党圣元 李继凯 说

党圣元 李继凯 著

中国古代道士的生活

北方联合出版传媒（集团）股份有限公司

万卷出版公司

引　言

　　说起道士，人们大概会立即联想到仙风道骨、超尘脱俗、炼丹服食、饮霞餐露、行气辟谷、法术高妙、长寿如仙等词汇。确实，在世人的眼中，道士属于远离流俗者，显得非常与众不同，甚至有些神秘莫测，他们的生活也与世俗生活截然不同，从修行练功到衣食住行无不具有奇异的色彩。

　　讲到这里，你的眼前可能已经浮现出了这样的一些画面：深山幽谷松下泉旁，一位鹤发童颜的道翁正闭目而坐，行气运功；宫观之中神坛之下，一群身着法衣的道徒肃坐蒲团之上，在一片香火缭绕和钟磬清音之中诵经礼忏；山门之前，法坛高筑，一位法服盛装、威仪万分的道长在众道徒的簇拥下登坛说法演道……不错，这正是道士生活中的一些场景片段。如果再加上人们平时对于道士们的一些近乎传奇的事迹的听闻，比如炼金丹服妙药，炼气化神而返老还童；步罡（gāng，冈）踏斗、使神役鬼、伏魔降妖、呼风唤雨、祈禳（ráng，瓤）除灾、抽签算卦而料事如神等，这时我们对于道士及其生活所产生的兴趣便会陡然大增，必欲揭开蒙盖在道士及其生活上面的帷幔而看个究竟。

然而，中国古代道士及其生活毕竟属于遥远的过去，其上面已经布满了一层厚厚的历史尘埃。所以，对于今人来说，要想真正较全面而又准确地了解和认识中国古代道士及其生活，并非一件容易的事情。但是，我们从留存下来的丰富的道教文化遗产中，可以大概看出发生在他们生活中的一些实际的情景。道教在近两千年的衍生、发展过程中，留下了一笔宏巨的文化遗产，包括宫观庙宇、道藏典籍、修炼方术、宗教仪范、仙话传说、道士的文学艺术创作以及其他各种道教文物。它们都从不同的角度记录了道教的兴衰历史和道士生活的一些具体内容。通过它们，我们既可以感受到道教所特有的宗教气氛，以及道士修行生活中的那种清苦、虔诚，还可以对道士们的宗教信仰乃至整个精神世界有一定的了解。另外，在浩瀚的中国史籍包括正史、野史、笔记中，也多有关于道教及道士事迹的记载，从中亦可以看出中国古代道士的一些事迹和他们生活中的许多色彩纷呈的镜头。所以，我们只能借助这些道教文化遗产和史籍记载，本着忠实于历史的精神，循着道士生活的内在逻辑，进入道士的生活之圈，走进道士的内心世界，对中国古代道士的生活及其特点进行考察。

在本书中，我们拟在道教发生发展的宏观背景下，对道士角色的诞生（即道士作为道教神职人员之由来）、道士的宗教信仰、道士的修炼方式，以及道士的衣食住行、戒律清规、法事活动等进行一番较为系统的考察，并予以比较翔实的说明。另外，道士的生活并不完全是孤立封闭、与世隔绝的。正像道教从创始到发展演变都与社会生活有着密切的关系一样，道士以及他们的生活也与特定时代的社会生活有着紧密的联系。因此，我们在考察道士的生活时，还必须顾及道士们的教外生活，即要注意道士与社会政治、经济、文艺、民俗、行会等多方面的联系，并作一定的介绍。以上几点大体上包括了道士生活的主要方面，从中可以看出道士生活的基本内容和主要特点。

目 录

第一章　道教与道士及道士的宗教信仰……………1

　　第一节　道教与道士 …………………………1

　　第二节　道教的发展及道派、道经………7

　　第三节　道士的宗教信仰…………………18

第二章　道士的修炼生活………………………29

　　第一节　道士的外丹修炼…………………30

　　第二节　道士的内丹修炼…………………44

　　第三节　道士的其他修炼方式……………55

　　第四节　道士的修炼与科学………………63

第三章　道士的日常生活………………………69

　　第一节　道士的服饰………………………70

　　第二节　道士的饮食………………………77

　　第三节　道士的居住………………………83

　　第四节　道士的行旅………………………90

　　第五节　道士日常生活的经济来源………96

第四章　道士的戒律清规·····················99

　　第一节　戒律由来和入教受戒·············100

　　第二节　戒律的种类和内容·············109

　　第三节　戒律的执行与清规·············117

第五章　道士的法事活动·····················129

　　第一节　道士的斋醮法事·············130

　　第二节　道士的符箓咒术·············146

　　第三节　宫观常行科仪及其他·············157

第六章　道士与社会生活·····················165

　　第一节　道士与宫廷·············166

　　第二节　道士与士林·············176

　　第三节　道士与民众生活·············199

参考书目　·····················223

第一章
道教与道士及道士的宗教信仰

要考察、了解中国古代道士的生活，就必须对道教的产生、发展有一个大概的了解。因为，道士作为一种宗教角色，是随着道教的产生而出现的。没有道教，便没有道士的存在；离开道教发展的历史景观，便不会看清道士的宗教面目。所以，我们先简要地介绍一下道教产生、发展和演变的历史概况，以及道士是如何随着这一过程而出现的，还有他们的宗教信仰的特点。

第一节　道教与道士

道教是中国土生土长的一种宗教，大约出现于公元 2 世纪前后的东汉时期，至今已有 1800 多年历史了。

"道教"这个词在中国古籍中出现得很早。在春秋战国时期，诸子们都将自己所讲的思想学说称之为"道"，如关于治理天下的叫"治国之道"，关于个人道德修养的叫"修身之道"。如果用这些学说主张去教育别人，便叫作"道教"，如《墨子》一书中就有" 有强执有命以说议曰：'寿夭贫富，安危治乱，固有天命，不可损益。穷达、赏罚、幸否有极，人之知力，不能为焉！'群吏信之，则怠于分职；庶人信之，则怠于从事。吏不治则乱，农事缓则贫，贫且乱，政之本，而儒者以为道教，是贼天下之人者也"的说法。① 但是，这里的"道教"与后来的作为宗教名称的"道教"完全是两码事。作为宗教名称的"道教"，首见于《老子想尔注》，而这已经是东汉末年的事情了。

许地山在考察道教产生过程后指出："巫觋（xí，席）道与方术预备了道教底实行方面，老庄哲学预备了道教底思想根据。到三张三葛出世，道教便建立成为具体的宗教。"② 这里，明确地指出了道教产生与原始巫觋之风、神仙方术、道家哲学的密切关系。事实上，道教的创立与谶（chèn，衬）纬神学、黄老思想也有密切的关系。总之，道教和道士的诞生是多种文化因素和社会因素及相应的社会心理因素相互作用的结果。

上古时期，人们对日月星辰、河海山岳和祖先甚为崇拜，视为神灵，对它们进行祭祀和祈祷，形成了原始宗教和巫术。"民之精爽不贰，齐肃聪明者，神或降之。在男曰觋，在女曰巫，使制神之处位，为之牲器。使先圣之后，能知山川，敬于礼仪，明神之事者，以为祝；能知四时牺牲，坛场上下，氏姓所出者，以为宗。故有神民之官，各司其序，不相乱也。民神异业，敬而不黩，故神降之嘉生，民以物序，灾祸不至，所求不匮。"③ 就是在这种鬼神崇拜的氛围中产生的专门从事交通鬼神、传达神意而为民祈福禳灾的宗教职业者，一直到春秋战国时期，巫在政治生活、民众生活中仍起着相当重要的作用。原始宗教和巫术中的鬼神崇拜思想以及相应的一系列巫术仪式，比如上古祭祀中的"斋""醮（jiào，叫）"仪式，以及天神、地祇、人鬼崇拜观念等，后来基本上都为道教、道士所吸收、继承。道教神灵系统的建

① 张继禹主编：《中华道藏·墨子·非儒下》第 24 册，华夏出版社 2004 版，第 53 页。
② 许地山：《道教史》，上海商务印书馆 1934 年版，第 182 页。
③ 中华书局编辑部编：《二十四史·汉书·郊祀志》，中华书局 2000 年版，第 993 页。

构和道教法事活动中对斋醮、符箓和其他祈禳术的重视，以及道士的修炼方术等，都从原始宗教和巫术中接受了许多现成的东西，以至人们至今仍然可以从道士身上看到一些古代巫觋的遗风流韵。因此，道教的创立和道士的产生与古代巫术有着十分密切的文化亲缘关系。

神仙观念的起源亦甚为久远，到战国时期，已广为流布，深入人心，"不死""升天"成为人们仰慕和追求的目标。"齐人徐市等上书，言海中有三神山，名曰蓬莱、方丈、瀛洲，仙人居之。请得斋戒，与童男女求之。于是遣徐市发童男女数千人，入海求仙人。"[1]所谓神仙方士，就是在这种风气下出现的鼓吹和传授长生成仙之术的术士。这些方士千方百计地搜求和行使奇方异术，来满足一些人长生不死的愿望，以至得宠于诸侯、帝王。秦始皇和汉武帝就十分宠信神仙方术，网罗了不少方士在身边，来帮助他们实现长生成仙的梦想。方士们所行使的方术很多，诸如炼丹采药、服食养生、祭祀鬼神、祈禳禁咒以及祠灶、谷道、候神、望气、导引、烧炼、却老方、按摩方等，无不在其使用之列，当然最主要的还是炼丹采药。由于这些神仙方术非常零散，不成系统，为了更加扩大其影响，一些方士便利用战国时齐人邹衍的阴阳五行学说来解释他们的方术，形成了所谓方仙道，而这些方士便被称为神仙家。方仙道对道教的创立产生了最为直接的影响，方士们的神仙信仰和求仙之术全部被道士们所承袭。所以，道士们所奉行的修炼方术实际上就是由神仙方术衍化而来，而道士则是方士的演变。在汉代，方士之称与道士之称通用，这固然表明一种混淆，但也更表明道教、道士与神仙方术、神仙家之间的非常密切的承袭关系。

从原始宗教和巫术、神仙方术到道教，从巫觋、方士到道士，还必须经过一座重要的思想之桥，这就是先秦道家学说。在道教的创立

---

① 中华书局编辑部编：《二十四史·史记·秦始皇本纪》，中华书局 2000 年版，第 176 页。

道教三清图像

过程中，道士们从老子、庄子的思想学说中，尤其是从他们的宇宙本体思想和人生哲学中吸收了许多东西，来建构或充实道教的教义教理。同时，道士们还将道家的著作奉为教内经典，给道家人物披上道袍，或奉为教主或许为真人①。所谓"道教"，正是由于对"道"的宗教化而得名。老子学说中的"道"，具有极难把握的神秘性质，其无形无名，自然无为，是开天辟地之前宇宙浑沌混一的原始状态，也是超越现实世界的最高法则。在道教创立和发展过程中，道士们以"道"为基本信仰和教义，他们视"道"为具有神格的圣灵，认为其不仅是万物之源泉，而且还是人世的救主；其无处不在，不断地变化自己的身形名号，降临人世，辅助明君，救危扶难，传经布道，教化民众。在神化"道"、神化"老子"的同时，道士们还把道家的清静无为、重视养生

---

① 道教称《老子》为《道德经》，《庄子》为《南华真经》，奉老子为最高尊神"太上老君"，庄子为"南华真人"。

以及相应的一系列意念和方法与神仙方术糅合在一起，建立起了自己的一套修炼方术。正因为这样，那位据说耳长七寸名叫李耳又叫老聃（dān，单）的道家代表人物老子，便成了道士心目中的备受尊崇的偶像，被奉为"太上老君"，成为道教公认的教主。

在道教的形成过程中，汉代的黄老道也起了极大的作用。黄老学说本是起源于战国时期稷下道家学者的一种思想学说，其特点是主张清静无为，尊传说中的黄帝和老子为道家创始人。汉初文、景时期以黄老清静无为之术治天下，一时黄老思想盛行，学者蜂起，其中亦包括许多神仙方士。由于黄老思想本身就具有一定的神秘主义的色彩，而这些治黄老之学的神仙方士们又以神仙思想和阴阳五行学说解释黄老学说，便使得黄老之学与神仙方术、方仙道合流，逐渐形成了以崇奉老子为神明的黄老道，并成为早期道教的前身。

除此而外，儒家、墨家以及佛家的思想对道教、道士亦产生了一定的影响。道教在创始过程中对儒家思想亦作了一些吸收，尤其是吸收了经汉代新儒家以图谶观点和阴阳五行学说改造过了的儒家经学思想，如在早期道教经典《太平经》《老子想尔注》中便有强调忠孝仁义、讲求阴阳灾异的内容。在早期道教及经典中，也留下了墨家影响的痕迹，如讲求五行变化、役使鬼神和修炼丹道等。另外，墨家天志明鬼和民众之道的主张也为道教的创立开辟了以神道设教的蹊径，而墨家的尚侠精神也融入了那些创设道教的先驱及一些高道的心理结构之中。佛教对道教的影响主要体现在其为道教的创立提供了现成的宗教参照，道教在教理教义、戒律礼仪及教团组织形式等方面都曾对佛教有所借鉴。

道士是道教的神职人员。他们因信仰道教而皈依之，履行入教的礼仪，自觉自愿地接受道教的教义和戒律，过那种被俗世视为清苦寂寞而他们却视为神圣超凡的宗教生活。同时，道士作为道教文化的传播者，又以各种带有神秘色彩的方式，布道传教，为其宗教信仰尽职尽力，从而在社会生活中，也扮演着引人注目的角色。

"道士"之称始于汉代。但当时指称的范围较广，除东汉时期"五斗米道""太平道"的信徒之外，方士、术士及一些道家也可以称为道士。魏晋南北朝时期，道士之称甚至与对佛教僧侣的称谓相混。直到隋唐时期，道士及相应的称谓如道人、羽士、羽客、羽人、黄冠等，才逐渐成为道教神职人员的专称。随着女性入道的增多，也有了道姑、女道等称谓。但泛指道士时，也可以包括女道。在道教典籍中，男道士也称为乾道，女道士则相应地称为坤道。黄冠专指男道士时，女道士则相应地称为女冠。道士之间互称道长、道友、道兄等，对女道士也可同样称呼，教外人士（包括居士、信士及一般世俗之人）亦可以如此称呼他们。在道门中有些道士享有特殊的尊称，譬如张道陵、寇谦之以及后世龙虎山天师派的历代掌门人，都享有"天师"之称。道士中那些德高望重、学识渊博者，又常常被教内教外尊称为真人、先生、高道、高士等。这些尊称，有时又是由朝廷封赠的，在古代这也算是难得的殊荣。在道门中，有时又按道士实际的修行水准而给予相应的尊号，如《唐六典·祠部》所记："天下观所总一千六百八十七所。每观观主一人，上座一人，监斋一人，共网统众事。而道士修行有三号：其一曰法师，其二曰威仪师，其三曰律师，其德高思精谓之炼师。"[1]《三洞修道仪》中将道士分为洞神部道士、高玄部道士、升玄部道士、中盟洞玄部道士、三洞部道士、大洞部道士、居山道士、洞渊道士和北帝太玄道士九种，将女道士分为正一盟威女官、洞神女官、高玄女官、升玄女官、中盟女官、三洞女官、上清女官和居山女道士八种，也是对道士的等级划分。在道教宫观中，道士又因其所担

---

[1] 李林甫等撰：《唐六典》，陈仲夫点校，中华书局1992年版，第125页。

任的职务而有相应的称谓，如方丈、住持、高功、监院、执事以及所谓"三都五主十八头"等。又全真道兴起之后，规定道士不蓄妻，出家住宫观，所以那些有妻室而不出家的道士便被称为火居道士，或径曰火居。而为了寻真问道而云游在外的道士，则被称为游方道士。《太上太霄琅书经》云："明解须专，专必有应，应则通神，何劳乎感？欣戚两遣日夜专勤，誓进无退，号为道人。人行大道，号曰道士。士者何？理也，事也。身心顺理，唯道是从，从道为事，故曰道士。"[1] "凡修上道，夷心寂意，静默守真，出入存念，唯道为身，清斋执科，计日成仙。"[2] 这就是说，道士之所以被称名为"道士"，是因为他们的行住坐卧、举念运心，即生活中的一切思想言行，惟道是修，惟德是务，惟行道业，亦即将信"道"、修"道"、行"道"作为人生的唯一目的。这一点至为重要，道士们的生活内容及其特点即是由此而决定的。对此，我们在后面还要详细论及。

第二节 道教的发展及道派、道经

道教创立之后，便在历史的风雨之中逐步成长、壮大，这自然离不开一代又一代道士们的努力。基于弘扬道教这一目的，道士们苦心钻研，传教布道。由于所属的教团组织不同，以及所处历史环境的不同，他们对修道的理解及具体修炼方法的采用便有所不同，因此便形成了不同的道教流派。而众多经文典籍的撰著，更是道士对道教发展呕心沥血的贡献。

道教最早的组织太平道和五斗米道出现在东汉末年，与此同时，

---

[1] 张继禹主编：《中华道藏·道典论卷之二》第28册，华夏出版社2004版，第353页。
[2] 张继禹主编：《中华道藏·道典论卷之二》第28册，华夏出版社2004版，第353页。

还出现了道教的第一部经典《太平经》，因此人们便将道教的正式诞生时期定在东汉末年。太平道是由奉事黄老道的河北钜鹿人张角于东汉灵帝时（公元168年—189年）创建的。张角的两个弟弟张宝、张梁以及手下的8个大弟子，在创教的过程中也发挥了重要的作用。太平道奉"中黄太一"为至尊天神，以《太平经》（又名《太平清领书》）为主要经典。太平道的主要宗教活动是依托神道为人治病，其方法是先由道师作符祈祷，病者叩头思过，然后吞食符水。太平道的组织单位为"方"。又有大方、小方之别，大方有教徒万余人，小方则六七千人左右，每方立部帅统领。东汉时著名的农民大起义"黄巾起义"就是由太平道组织发动的。这次起义遭到了朝廷的残酷镇压，张角兄弟牺牲，起义以失败告终。

五斗米道是由张道陵于东汉顺帝时（公元126年—144年）在蜀地所创立。张道陵后传子张衡，张衡死后又传其子张鲁，此即道教史上所称的"三张"。该教派起先主要活动于川西北和陕南一带，后传入中原及东南沿海一带。五斗米道又叫米道、鬼道，系因入道者须交五斗米而得名，其也是一支与太平道同时兴起的民间道教势力，太平道起事时，汉中地区的张修（五斗米道前期领导人之一）曾率领教徒响应。五斗米道奉老子为教主，以《老子五千文》（即《道德经》）为主要经典，流传下来的《老子想尔注》一书，就是五斗米道祭酒们讲解《老子》的记录。该道派以"治"为单位，是一种教权与政权合一的组织，各治均立治官，统领教徒信众，代天师行使职权。天师是五斗米道的最高领袖，新入教者叫"鬼卒"，成为骨干之后，便让他统领一些新入教的"鬼卒"，这时他就成了"祭酒"。在宗教活动方面，五斗米道除与太平道一样利用替人祈神思过、符水治病等手段传教而外，还采取在要道路口设"义舍"，以米肉菜肴供应过往行人的方法吸引群众入教。因五斗米道的宗教领袖为"天师"，因此该教派又称

罗浮山葛洪博物馆馆前雕像

为天师道。曾割据称霸汉中地区近30年之久的张鲁后来投降了曹操。张鲁死后，五斗米道仍不断发展，逐渐蔓延全国，到东晋时还曾发生过孙恩在江南聚集五斗米道信徒造反的事情。晋朝著名书法家王羲之家族也世代信奉五斗米道。

　　太平道和五斗米道尚属早期民间道教，主要在下层群众中传播，并往往被作为农民起义的旗帜。从晋代开始，早期天师道开始逐步由民间向官方渗透、转化，许多道士为此付出了努力。对此，首先要提到的就是东晋时的著名道士葛洪。葛洪，字稚川，自号抱朴子，丹阳句容（今江苏省）人，生于晋武帝太康四年（公元283年），死于东晋哀帝兴宁元年（公元363年）。葛洪的出现是道教史上一件划时代的大事，他的代表作《抱朴子》一书集神仙思想之大成，不但奠定了神仙道教的思想基础，而且为道教的官方化、正统化和合法化提供了理论依据。在《抱朴子·内篇》中，葛洪系统地总结了战国以来的神仙方术。"凡世人所以不信仙之可学，不许命之可延者，正以秦皇汉武求之不获，以少君栾太为之无验故也。然不可以黔娄、原宪之贫，而谓古者无陶朱、猗顿之富。不可以无盐、宿瘤之丑，而谓在昔无南威、西施之美。进趋尤有不达者焉，稼穑犹有不收者焉，商贩或有不利者焉，用兵或有无功者焉，况乎求仙，事之难者，为之者何必皆成哉？彼二君两臣，自可求而不得，或始勤而卒怠，或不遭乎明师，又何足以定天下之无仙乎？"① 并在此基础上构建了自己的一套修道成仙理论体系以及具体的修炼成仙方法。

他攻讦民间原始道教，主张以神仙养生为修道目标，并且将儒家的忠孝仁恕信义和顺等纲常名教思想引入道教教义，形成了他的神仙养生其内、儒术应世其外的修道模式，为道教被官方所接受修通了道路。神仙养生的修道目标，具体体现为通过炼丹服食，追求长生不死，羽化升仙，这也是葛洪所极力提倡和实践的，并成为其时大多数道士日常修炼生活的主要内容。葛洪对民间原始道教的改造，对道教的发展以及道士宗教角色的定型，起了极其重要的作用。道教史称两晋南北朝和唐代的道教为神仙道教，神仙、金丹成为其时道士修道生涯中的两大精神支柱。

葛洪之后，北魏嵩山道士寇谦之和南朝刘宋时庐山道士陆修静，在继续改造原始民间道教、修订道教教义理论和斋戒仪式方面，也做出了重大的贡献，对后世道教的发展影响极大，因而成为道教史上的两位重要人物。寇谦之（公元 365 年—448 年），字辅真，上谷昌平（今属北京）人，出身于信奉天师道的名门望族。据《魏书·释老志》记载："世祖时，道士寇谦之，字辅真，南雍州刺史赞之弟，自云寇恂之十三世孙。早好仙道，有绝俗之心。少修张鲁之术，服食饵药，历

---

① 张继禹主编：《中华道藏·抱朴子·内篇》，第 25 册，华夏出版社 2004 年版，第 5—6 页。

年无效。幽诚上达,有仙人成公兴,不知何许人,至谦之从母家佣赁。谦之尝观其姨,见兴形貌甚强,力作不倦,请回赁兴代己使役。乃将还,令其开舍南辣田。谦之树下坐算,兴垦一发致勤,时来看算。谦之谓曰:'汝但力作,何为看此?'二三日后,复来看之,如此不已。后谦之算七曜,有所不了,惘然自失。兴谓谦之曰:'先生何为不怿?'谦之曰:'我学算累年,而近算《周髀》不合,以此自愧。且非汝所知,何劳问也。'兴曰:'先生试随兴语布之。'俄然便决。谦之叹伏,不测兴之浅深,请师事之。兴固辞不肯,但求谦之为弟子。未几,谓谦之曰:'先生有意学道,岂能与兴隐遁?'谦之欣然从之。兴乃令谦之洁斋三日,共入华山。"[1] 他自幼修道,后随有"仙人"之称的成兴公入华山、嵩山修道 7 年,深得成兴公器重,认为他可以做"帝王师"。成兴公死后,寇谦之继续在嵩山修道,精专不懈,名声渐起,这时他便开始着手改革天师道。寇谦之对早期天师道的教会组织、教内规章以及修炼方术均加以改革,并得到了当时北魏政权的支持(详见后面"道士与宫廷"一节有关部分)。经他改造后的天师道,在性质上由原来带有浓重原始巫术色彩的民间道教,一变而为符合朝廷和士大夫贵族阶层口味的官方道教。所以,道教史上一般称它为"新天师道",或"北天师道"。

陆修静(公元 406 年—477 年)出身于江南士族名门吴郡陆氏,相传是东吴丞相陆凯的后代。陆修静对于道教发展的贡献主要体现在整理道教经典和制定新的道教戒律和斋醮仪规方面。"斋戒仪范,为将来典式。凡撰记议论,百有余篇,并行于世。"[2] 他曾与弟子孙游岳等居建康(今南京市)崇虚馆,"祖术三张,弘衍二葛(葛玄、葛洪)",

---

[1] 中华书局编辑部编,《二十四史·魏书·释老志》,中华书局 2000 年版,第 2027 页。
[2] 张继禹主编:《中华道藏·历世真仙体道通鉴》,第 47 册,华夏出版社 2004 年版,第 381 页。

整理道经，建立道门仪范，并开创了道教供奉神像的先例，结束了道教不奉神像的历史，使天师道在南方的传播、发展出现了新的特点。陆修静还创立了道教灵宝派（以极度讲究斋戒仪范为特色），成为道教仪式发展成熟的一个标志。经陆修静改造后的南朝天师道被称为"南天师道"，以与北方地区在寇谦之影响下所形成的"北天师道"相区别。南朝齐、梁时期的著名道士、陆修静的再传弟子陶弘景（公元456年—536年）在构建道教神仙谱系以及整理道教修炼养生术等方面亦殊有贡献，对道教的发展产生了积极的推动作用。陶弘景是弃官而到句曲山（今江苏茅山）隐居修道的。他主要传授上清大洞经箓，为道教上清派的代表人物之一。他和弟子们经过几十年的努力，终于使茅山成为上清派的中心，因此后世又称上清派为"茅山宗"，它是道教各宗派中较为重要的一个道派。另外，以位于终南山下的楼观（在今陕西周至县）为中心，广泛传播于北方关陇地区的楼观道，是继寇谦之新天师道之后兴起的另一个重要道派，道经上有关西周时函谷关令尹喜在终南山北麓结草为楼，观星望气，以及老子骑青牛过函谷关，尹喜迎请老子到楼观讲经而得道成仙的仙话，就是楼观派道士们编造的。该派道士还曾与当时势力亦不小的佛教徒发生了激烈的争论，对道、佛二教的发展都产生了不小的影响。

隋唐至宋，道教发展的格局更加扩大，道派也愈来愈多，道中分派，派中分宗，并逐渐出现合流的倾向。这与当时朝廷的扶持也不无关系，尤其是在唐代，朝廷尊道教为"国教"，奉老子为"圣祖"，这样道教与李唐王朝就共同崇奉一个"祖宗"，而道士便可以享受朝廷提供的种种特权。因此，道教在唐代十分兴盛，各种斋醮礼仪、炼丹方术以及法箓经戒传授制度在发展的过程中更加完善，并出现了一些新的变化。在宋代还产生了诸如神霄派、清微派、净明道等新的道派，至于从唐末五代至宋代逐渐兴盛的内丹修炼术，更是道教发展史上的

丘处机画像

一件大事。

　　金、元时期，道教的发展又呈新的格局。这时，南天师道、北天师道、上清派、灵宝派、净明派等道派一并而为以符箓为主的正一道，而于金代大定七年（公元 1167 年）由王重阳（公元 1112 年—1170 年）所创立至丘处机（公元 1148 年—1227 年）而进入全盛时期的全真道则成为当时与正一道并峙的另一重要道派。王重阳，原名中孚，字允

孙思邈雕像   陶弘景雕像

卿，咸阳（今属陕西省）大魏村人。出身豪门，早年习儒业，曾中武举，然而怀才不遇，便流浪四方，并悟道出家做了道士。王重阳先在终南山修道，金大定七年到山东传道布教，先后收了马钰（丹阳真人）、谭处端（长真真人）、刘处玄（长生真人）、丘处机（长春真人）、王处一（玉阳真人）、郝大通（广宁真人）、孙不二（清净散人）7 个弟子，即所谓的"北七真"。经过王重阳及其弟子坚韧不拔的努力，全真道不断发展壮大，成为在北方地区势力最为强大的一个教派。此道派名为"全真"，是取"保全真性"之意。"入圣之道，须是苦志多年，积功累行，高明之士，贤达之流方可入圣之道也。身居一室之中，性满乾坤，普天圣众，默默护持，无极仙君，冥冥围绕，名集紫府，位列仙阶，形且寄于尘中，心已明于物外矣。"①由于全真道的出现是道教史上的一件大事，所以特意介绍一下。另外，金、元时期还出现了由肖抱珍创立的太一教，刘德仁创立的真大道教，都在道教史上产生过一定的影响。

明、清时期，道教在发展中呈逐渐式微之势。其时，道教已经失去了唐、宋、元时期那样的活跃势头，更没有产生新的有影响的道派。历代皇朝虽然也利用道教、道士，但总的来说重视的程度不如以前了，因此道教、道士在明、清两代不如唐、宋、元时那样走红。当然，这只是就整体情况而言。具体说来，以江西贵溪龙虎山为中心的正一道在明代颇受重视，正一道的天师成了全国道教的首领，而全真道则不受重视，只是由于明成祖敬仰武当山全真道士张三丰，全真道才在武当山兴旺过一阵子。在清代，由于丘处机传下的全真道龙门派第七代宗师王常月的四处传教，曾使全真道出现过一段"中兴"的时期。

道教在发展的过程中出现了许多著名的道士，除了我们在上面提到的而外，尚有许多。比如仅在唐、宋两代，就有著名道士、医学家孙思邈，有被称为唐代三大神仙思想家的名道成玄英、司马承祯、吴筠，有堪称为道教礼仪大师的唐末五代名道杜光庭，有被列为"八仙"之一的吕洞宾，有被称为"睡仙"的宋代高道陈抟（tuán，团），有集内丹学说之大成而成为一代著名道士学者的张伯端，等等，不一而足。他们或潜心钻研修炼方术，或积极地传教布道、创宗立派，或整理修订教义教规、斋戒仪范，或整理注释道经，在道教教义教理、修持方法以及医学、药物学、化学、养生学等方面，做出了极大的贡献。从本书第二章开始，我们将陆续介绍他们的一些生活事迹，这里不遑列述。

---

① 张继禹主编：《中华道藏·重阳立教十五论》，第 26 册，华夏出版社 2004 年版，第 272 页。

关于道教流派，又有丹鼎派和符箓派之说，这是从道士所持的修炼方术之不同而进行的一种划分，并非特意指某一时期或某一地区的一个具体道派。所谓"丹鼎派"，又称"金丹道教"，系对道门中以炼金丹求仙为主的各道派的通称。该派道士受古代神仙家、方仙道的影响最大。魏晋至唐代，丹鼎派道士主要是烧炼外丹，宋代以来鉴于服食外丹的弊端（主要是中毒，详见本书第二章第一节），则转向修炼内丹，即所谓"钟（离权）吕（纯阳）金丹道"。全真道南北宗即属该派。该派道士追求长生不死、羽化生仙的意识最为强烈。所谓"符箓派"，系对道门中以符咒等方术治病为主的各派的通称。道教史上早期的五斗米道、太平道，以及魏晋以来的灵宝派、上清派和后来包容了许多道派的正一道都属于符箓派。该派道士受古代巫术和鬼神崇拜影响最深，擅长符咒祈禳、役神驱鬼、消灾却祸、治病除瘟、济生度死，多活动于民间。当然，这只是指主要倾向，事实上丹鼎派道士也使用符咒等方术，符箓派道士也修炼金丹（外丹、内丹）。因我们在后面的叙述中将要不断提到这两个道派，讲述他们的修道生活特点，所以这里特意先介绍一下。

对于道教的发展、传播以及道士的修道生活来说，道经的意义和作用是不言而喻的。

因此，那些有能力担当此任的高道无不将撰写道经视为一项使命。在道教史上，为了写经、编经而付出毕生精力乃至生命代价的道士颇有不少。如魏晋时丹鼎派道士葛洪离家别妻，长住罗浮山，撰写了《抱朴子·内篇》，该著作在道教史上有相当重要的地位。又如北魏道士寇谦之守志嵩山，精专不懈，为了弘扬道教、改革道教而撰写了《云中音诵新科之诫》《录图真经》等道书。南朝茅山道士陆修静则为了搜集道书，不远千里，跋山涉水，历尽艰辛，著成斋戒仪范百余卷，"先时，洞真之部真伪混淆，先生刊而正之，泾渭乃判。故斋戒仪范，为将来典式。[①]"并在整理道书的过程中首创"三洞"分类法（详后），对后世编修《道藏》产生了重大的影响。像这些献身于道教事业的高道我们还能举出许多，他们以亲身的修道生活体验为基础，或阐释教义教理，或整理发明修炼方术，或制定斋戒仪范，用文字记写下他们依循道教发展需要而萌发的种种玄思妙想，不仅不断地充实着道教理论的宝库，推动了道教的发展，而且这种著经立说的行动也构成了他们修道生活的重要内容之一。他们因为"立言"而在《道藏》中占有一席之位，从而获得了"不朽"。这大概也算是一种修炼，一种成仙成真的方式吧。

　　如果把各个时期的各种道教经书比作涓涓细流的话，那么作为历代道经总集的《道藏》便是由这众多细流汇成的汪洋。历史上第一部道经总集产生于唐代，开元年间（公元713年—741年），唐玄宗出于崇道抑佛的目的，下诏遍搜道经，仿佛教《大藏经》而编纂《道藏》，众多道士参与了这一盛事，经多年努力，遂编成《开元道藏》，凡3744卷。这是道教经书最早的结集成"藏"，"道藏"之名由此确立，并为后世所沿用。到了宋真宗大中祥符年间（公元1008年—1016年），道士张君房在朝廷的支持下率众道士开始重修《道藏》，至天禧三年（公元1019年），始编成《道藏》4565卷，总名为《大宋天宫宝藏》，共抄写7部，由朝廷分颁给一些著名宫观。张君房在主持编辑工作中，采用了"三洞四辅"十二类的分类法，对众多道经加以分类。所谓"三洞"，即洞真、洞玄、洞神。洞真意谓通向真仙之道，洞玄意谓通向玄妙之道，洞神意谓通于神灵。各种道经，凡托名元始天尊而撰写的归入洞真部，托名太上道君的归入洞玄部，托名太上老君的归入洞神部。"四辅"即太清部、太平部、太玄部、正一部，是对"三洞"辅

---

① 张继禹主编：《中华道藏·历世真仙体道通鉴》，第47册，华夏出版社2004年版，第381页。

助性的解说和补充。又"三洞"各分为 12 类，合计为 36 部经，12 类分别指本文（即原文）、神符（符书）、玉诀（注解、疏义）、灵图（图像）、谱录、戒律、威仪、方法（修炼、斋醮等）、众术（炼丹和其他方术）、记传（有关神仙方面的）、赞颂、章表（斋醮时所用章表、奏疏）等方面的道书。

其后，金、元、明代都重修过道藏，金代《大金玄都宝藏》6455 卷，元代《玄都宝藏》7800 余卷，明代《正统道藏》5305 卷，前后持续40 年才编成。只有明版道藏流传于今，之前的由于战火变乱等原因，均已亡佚。《道藏》的编纂是众多道士协作努力的结果，有的甚至献出了毕生的精力。如元代《玄都宝藏》的主编之一宋道方道士便为完成此项使命而忍辱负重，孜孜矻矻（kū，哭），几乎穷尽了毕生之力。《道藏》内容极其庞杂，是道教文化的百科全书，它为我们今天了解古代道士的生活，提供了诸多方便。

第三节　道士的宗教信仰

作为道教的神职人员，道士们的人生理想服从于道教的宗教信仰，所以他们必须围绕着这一宗教信仰而安排自己的生活。因此，在这里我们还必须要对道士的宗教信仰作一些介绍，以便看他们是如何在神仙信仰的支撑下构建自己的精神世界的。

"道"是道教宗教信仰的核心或曰最高准则，故在道士的心目中，"道"及其化身"太上老君"老子居于至高无上的位置。可以说，他们皈依道教，就是皈依于"道"，皈依于老子，成为"道"与老子的狂热信徒。但是，正如前面所言，道教在产生和发展的过程中，由于受特定的历史文化和现实因素的影响制约，"道"、老子在宗教化的过程中实际上被神仙化了，"神仙"成了"道"、老子的化身，因此"神仙"便成为道教最为直接、最为显赫的崇拜对象。崇拜神仙即为崇拜"道"、崇拜老子，反之亦然，此为道教宗教信仰的最根本的特点。可以说，道士生活中的一切都与道教的这一神仙崇拜的特点密切相关。他们因崇拜神仙而皈依道门，而修道的目的则是为了成为神仙。当然，由于道教内部教派之不同，各派道士所崇拜、敬奉的神仙便有所侧重，比如丹鼎派道士重修炼故较为崇敬"仙"，符箓派道士则重祈禳故较为崇敬"神"，但不管如何，所信奉的都不外是神仙。因此，鉴于神仙崇拜在道士的宗教信仰中具有根本的意义，是道士宗教信仰的基本特征，故道教又常被称为"神仙道教"或"仙道"，而道士也常被称为羽人、羽士、羽客等。

　　道士的宗教信仰既然在于神仙，那么他们所信仰的神仙究竟是怎么来的？又具有什么样的特点呢？由于道教系多神崇拜性质的宗教，这便决定了道士们信奉的神仙极其众多，从作为至高天尊的"三清"（元始天尊、灵宝天尊、道德天尊）以及三天君和五老君等尊神，到包括四御（玉皇大帝、天皇上帝、北极大帝、后土皇祇）、三官（天官、地官、水官）、日月星辰、风雨雷电、河岳山川诸大神，以及灵官（十天灵官、九地灵官、水府灵官、五百灵官等，皆系高功法师作道场时供驱使的小神，同时又司巡察世界，济世护法）、太岁功曹、城隍土地之属、瘟疫诸神、人鬼之神（包括各姓祖先、历代圣哲贤才、忠孝义烈之士等）、人体四时五行诸神，还有诸仙真，统统在信奉之列，由此而构成了道教所特有的名目繁多而庞杂不一的神仙系统。所谓"神仙"，便是对这一系统中众多信奉对象的统称。然而，如果细致区分，"神"与"仙"又有所不同。"神"一般指那些天地未分之时的先天真圣，如三清、四御、南辰北斗诸星君等，"仙"则指天地开辟以后得道成仙的仙真以及地方神灵。"神"由于是先天而存在的，并且有天帝的封诰，所以能在神仙世界里担任或大或小的官职，故而也能得到道士们的祭祀；而"仙"由于是后天"得道"（或修炼而成，或经神仙点化而成）而成仙的，仅能长生不死，在神仙世界中不管事，专以逍遥自在为乐事，当然偶尔也管一点世俗间的事，所以一般不为道士们所祭祀。

道士们所崇拜的神仙的来源，概而言之，一是继承来的，二是臆造出的，而这二者又常常是结合着的。所谓"继承"，就是将中国古代原始宗教中的各种神灵和神话传说中的一些人物统统"接收"过来，加以一定的改造，而成为道教诸神。比如在上古自然崇拜中产生的雨神、土地神、岳神、雷公、水神和日月星辰诸神等天地神祇，以及神话传说中的盘古、女娲、三皇五帝、大禹、九天玄女、西王母、东王公等人物，便都被道教吸收，或原封不动，或改头换面，成为道教神仙系统中的成员。所谓"臆造"，就是通过编造一段离奇曲折的故事，将历史上的一些显要人物，包括帝王将相、文化名流或技艺能手，如周文王、周武王、老聃、扁鹊、鲁班等，以及道教中的著名人物和传说中的古代仙人，如张天师、左慈、葛玄、陆修静、孙思邈、吕洞宾、陈抟、王重阳、丘处机等著名道士及赤松子、容成子、彭祖、广成子等传说中的"仙人"，渲染成得道升天的神仙。继承来的多为先天之神或既有之神，而臆造出来的则多为后天之仙真或仙化之人。前者属于"神"之范畴，后者属于"仙"之范畴。可以说，道教神仙系统中众多的仙真完全是道士们为了达到特定的宗教目的而充分发挥他们的想象能力臆造出来的，比如在中国家喻户晓的"八仙"，就是道士们臆造神仙的一个杰作。

道士们热烈地信仰着神仙，也热烈地创造着神仙，他们广开"神"源，以种种方式来塑神造仙。随着道教的发展，神仙的数额也越来越大。不但冥冥之中有神，各路仙人往来不绝于天地之间，就连人自身躯体的每个部位，也被臆造、安排了一位神仙，如《上清黄庭内景经》

便认为人体中有八大宿卫，又有禀自然之道气的 24 位真人。而《老子中经》则详细地描述了存在于人体中的 55 位神仙的具体所处位置、职能，以及与人体之外神祇如何一一相对的情况。尽管这样，道士们创造出这些神仙，并非是将他们杂乱无章地堆积在一起，而是按照区分高低尊卑及职能划分的原则，使他们各处其位，各司其职，组成一个庞大而有序的神仙谱系，从而使神仙世界亦如理想社会那样，整饬（chì，斥）有序，和谐统一。当然，在道教初创时，这个神仙谱系还是相当简单的，神仙们的位置也往往不确定，处于显要位置的尊神只有黄帝和老子（后来，黄帝的尊神位置渐渐丧失，而老子则凭借他是《道德经》的作者，始终居于神仙谱系中最高尊神的行列之中）。

魏晋南北朝时期，随着道数的发展，道士们也掀起了造神拟仙的运动，而道教神仙谱系的建构也在此时粗具规模。北魏高道寇谦之除了主尊太上老君外，还提出了三十六天宫均有宫主（神仙）的谱系，已相当可观。南朝名道陶弘景在神仙谱系的建构上，所费心力最大，所产生的影响也最大。他在《真灵位业图》中，将神仙世界划分为 7 个层次，每一层都有一位主神仙居于中位，其余诸神仙分列于左、右位或特意留置的散仙、女仙之位，使得在当时能搜罗到的近 700 名各类神仙秩序井然地各就各位，组成一个既庞大而又整饬的神仙阵容。如第一层，元始天尊居中位，左右分列着五灵七明混生高上道君、东明高上虚皇道君、紫虚高上元皇道君、洞虚三元太明上皇道君等。又如第三层，太极金阙帝君居中位，左右排列着黄帝、尧、舜、禹、孔子、尹喜、庄子、安期生、葛玄等由历史名人变化而成的仙人。像陶弘景这样精心排出一个道教神仙谱系，在道教史上还是首见，但他所列示的这一谱系并非是神仙谱系的最终形态。

事实上，道教的神仙世界素来是开放性的。道教教义向人们许诺，任何人只要修炼得道即可跻身仙界，位列仙班。也只有这样，才能吸引道士，使他们树立起修道理想，并坚信只要精诚修炼，即可实现理想目标，羽化成仙，从而依其阶次而升入相应层次的天界。所以，道教神仙谱系在陶弘景之后仍不断扩充，不过发展到宋代，道教神仙谱系便定型为 10 层结构，定编的主神也不再变动，显示着道教神仙谱系的建构已基本完成。其结构特点是这样的：最高层是三清，即玉清元始天尊、上清灵宝天尊、太清道德天尊；第二层是四御；第三层是日月五星诸神；第四层为四方之神，即青龙、朱雀、白虎、玄武四神；第五层为历代传经诸名法师，如玄中大法师、灵宝三师、三天大法师等；第六层是雷公、电母、龙王、风伯、雨师等；第七层是五岳神、诸山神以及各洞天福地仙官；第八层是北阴酆（fēng，封）都大帝、水府扶桑大帝及所属诸神；第九层是各种功曹、使者、金童、玉女、香官、仙吏等；第十层为城隍、土地、社稷神及门神、财神、灶神等。

可以看出，道教神仙谱系本身是一个开放的系统，世间万事万物几乎都可以在某种情况下化作神仙，并在神仙谱系中获得一席之位。更重要的是，有了这一庞大而又开放的神仙谱系，可以在两方面对道士产生积极的影响。首先，可以强化道士们的宗教信仰及其感情，使他们虔诚地匍匐在神仙的脚下，安心地过那种崇拜不已而信仰不止的宗教生活。这种生活带有神秘感，在神圣的体验中又渗入了恐惧和敬畏的成分。因为有这样一个庞大而又分工明细的神仙队伍的存在，道士们相信自己的一言一行都有神仙在暗中监控着，随时随地都有可能因言行失慎而获罪受罚，轻则减去修道之功和阳寿，重则打入地狱，身心之苦永难解脱。其次，又能激励道士们的修道信心，使他们时时铭记着自己的修道目标，窥视着神仙世界的门户，渴望着有朝一日的仙化，从而位列仙班，逍遥自在，其乐无穷。

道士们之所以崇拜、羡慕神仙，是因为在他们看来，神仙作为"道"的化身，具有不死不灭、形神同在的特征。那些先天地而存在的

"神"，自然是不存在生死问题的，即使是后天修炼得道的"仙真"[1]，也可以超越死亡而永生，这又并非仅仅是灵魂不死，其身体也不死不灭，亦即能以活人的形式成为仙真。这与佛教的涅槃思想即舍弃此生而死后成佛的观点不同，也与基督教的原罪说和皈依上帝、进入天堂的观点不同。因为佛教徒、基督教徒都把人的身躯（"命"）当成了与神及彼岸世界格格不入的东西，而道士却力图将人的生命无限制地延长，等同于神仙，超越死亡，从而进入生存的自由境界，亦即活神仙的境界。在道士们看来，这是能够做到的，方法就是采用仙术（修炼方术）。"若夫仙人，以药物养身，以术数延命，使内疾不生，外患不入，虽久视不死，而旧身不改，苟有其道，无以为难也。而浅识之徒，拘俗守常，咸曰世间不见仙人，便云天下必无此事。夫目之所曾见，当何足言哉？天地之间，无外之大，其中殊奇，岂遽有限，诣老戴天，而或无知其为上，终身履地，而莫识其下。形骸己所自有也，而莫知其心志之所以然焉。寿命在我者也，而莫知其修短之能至焉。况乎神仙之远理，道德之幽玄，仗其短浅之耳目，以断微妙之有无，岂不悲哉？"[2]葛洪的这一段话，为道士们如此迷醉于修炼方术的生活行为提供了一个脚注，原来那种种修炼方术在他们看来均是成仙之术。所以，方术修炼便在道士们的日常生活中占有了最重要的位置。可以说他们修道的目的就是以仙术致长生，而长生不死即为神仙，这与道士们的神仙崇拜信仰正相吻合。

在道士们看来，神仙不但长生不死，而且超越了一切身处尘世的人所必受的限制，而徜徉在仙境之中，享受着悠闲自在、快乐惬（qiè，

---

① 《淮南子·本经训》："莫生莫死，莫虚莫盈，是谓真人。"又《释名·释长幼》："老而不死曰仙。""仙真"为"仙人"与"真人"之统称，性质一样，但因真人系皇帝所册封，所以在品级上要高于仙人。
② 张继禹主编：《中华道藏·抱朴子·内篇》第25册，华夏出版社2004年版，第4页。

妾）意的生活。这同时也表明他们不愿受尘俗声色犬马、功名利禄之累，而渴望在超尘脱俗、高雅飘逸的生活中体味生命的真正乐趣。葛洪在《神仙传·彭祖传》中论仙人的一段话，便集中地体现了这一点，其曰如："仙人者，或竦身入云，无翅而飞；或驾龙乘云，上造天阶；或化为鸟兽，浮游青云；或潜行江海，翱翔名山；或食元气；或茹芝草；或出入人间，则人不识；或隐其身草野之间，面生异骨，体有奇毛，恋好深僻，不交流俗。然有此等，虽有不亡之寿，皆去人情，离荣乐，有若雀之化蛤，雉之为蜃，失其本真，更守异器，今之愚心未之愿也。"[①]可见，道士们对那些通过后天修炼得道而臻于不死不灭、形神同在之境的真人、仙人最为崇拜，并时刻引以为楷模。道士们崇奉的仙真很多，有四大真人〔南华真人庄子、冲虚真人列御寇、通玄真人辛钘（xíng，形）、洞灵真人亢仓子〕、赤松子、宁封子、广成子、彭祖、容成公、安期生，以及三茅真君、北五祖、南五祖、北七真、八仙等，不一而足。

为了使人们相信"旧身不改"也能成仙，道士们参与编造了许多常人通过仙术修炼或经仙人点化而成仙的故事，如汉代淮南王刘安"白日升天"的故事，东晋道士许逊举家拔宅飞升成仙的故事，等等。道士们宣扬的成仙方式，主要是"飞升"。不过在飞升时又有一些具体的差异，有的是乘火升天，如西周啸父；有的是骑龙升天，如黄帝和他的大臣们；有的是受到仙人点化与仙人一起飞升的，如"八仙"中的曹国舅就是经钟离权、吕洞宾点化升仙的。除了"飞升"之外，"尸解"也是凡人修道成仙的一种方式。所谓尸解，是一种假托死去而成仙的方式。表面上是死了，留下了尸体，但道士们认为，这是成仙者留下的假尸体，通常是用剑、杖、拂尘等物变化而成的。即使有时真

---

① 张继禹主编：《中华道藏·神仙传》，第45册，华夏出版社2004年版，第19页。

魂先行仙化，其后也会设法回来与真身复合在一起，成为形神同在的神仙。总之，从道士们对神仙的无限向往和不懈追求中，不难看出他们对心身恒存的非常强烈的渴望。正是在这种渴望的驱使下，道士们迷恋于种种方术，勤苦修炼，以冀得道成仙、长生不死。这种对于神仙的崇拜和追求，既是道士的宗教信仰之实质所在，又是他们的生活目的与理想之所在，道士们的日常修道生活的种种特点即与他们的这种信仰有着非常密切的关系。

不过，需要指出的是不同道派对于神仙及修道成仙的理解不尽相同。天师道认为欲成仙真，则必须炼化飞升，由此才能长存不灭。而欲与神仙往来，降神驱鬼、祈福禳灾，就须运用符箓法术。全真道固然也崇拜神仙，但鉴于天师道及丹鼎派炼化飞升法术的诸多失误，因此他们将"神仙"理解得比较平易。开创全真道的王重阳就认为打坐修行而尚内丹术者，即为"神仙"；能够孝养师长父母、断除十恶、保持良心、正直无私者，则曰"天仙"。"闻《传道集》中有五等神仙。第一不持戒，不断酒肉，不杀生，不思善，为鬼仙之类；第二养真气长命者，为地仙；第三好战争，是剑仙；第四打坐修行者，为神仙；第五孝养师长父母、六度万行方便，救一切众生，断除十恶，不杀生，不食酒肉，邪非偷盗出，意同天心，正直无私曲，名曰天仙。"[1] 由此强调养气修善，而不侈谈"不灭"成仙之术。这说明对神仙的崇拜与追求虽然往往导致道士们进入非理性的狂迷状态，但是有时他们也会平和下来，因为长生不死在事实上毕竟是难以验证的，而一旦能从理智上认识到这一点，便也会清楚长生与长寿的差异，从而比较切实地去追求长寿康健及身在凡尘而心入圣境的人生乐趣。

神仙的生活是道士们神往的生活，神仙的生存空间（仙境）自然

---

[1] 张继禹主编：《中华道藏·重阳真人金关玉锁诀》，第26册，华夏出版社2004年版，第398页。

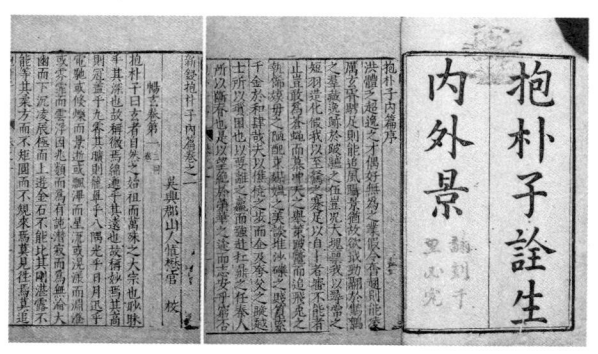

《抱朴子·内篇》书影

也为道士们所心驰神往。葛洪在《枕中书》中曾对天宫仙境做过这样的描绘:"《真记》曰:玄都玉京七宝山,周迴九万里,在大罗之上,城上七宝宫,宫内七宝台,有上中下三宫,如一宫城,一面二百四十门。四方生八行宝林,绿叶朱实,五色芝英,上有万二千种芝,沼中莲花径度十丈。上宫是盘古真人元始天王、太元圣母所治,中宫太上真人金阙老君所治,下宫九天真皇三天真王所治。"[①]这当然是一种美妙的遐想,但无不体现了道士们希求修道成仙、羽化飞升,在这天上神仙世界里找到自己的归宿的心理。受佛教三界三十六天说的影响,道士们也将他们所向往的天宫仙境分为三界(境)三十六天。据《云笈七签》卷三及卷二十一介绍,天分为欲界六天、色界十八天、无色界四天;三界二十八天之上又有四梵天(种民天);四梵天之上则为三清天(三清境);三清天之上还有最高一层的大罗天。计三界内二十八天、三界外八天,总共为三十六天。此外还有根据道教"一炁(qì,气)化三清"之说编创的三境三十六天,分别为玉清境十二天、

---

① 张继禹主编:《中华道藏·元始上真众仙记》,第 2 册,华夏出版社 2004 年版,第 631 页。

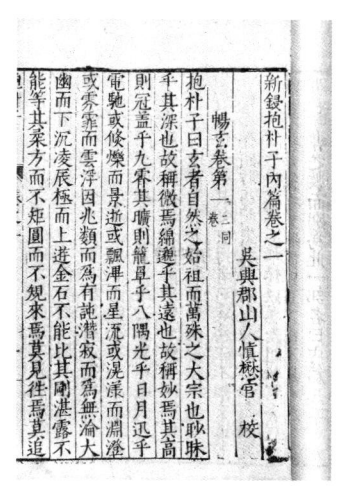

《抱朴子·内篇》书影

上清境十二天、太清境十二天。

在道士们所虚构的这种层层叠叠的诸天之中，都有神仙在里面逍遥，并且时刻等待着新来的道友或伙伴。那些尚在人世修道的众道，时刻都会因为道行修至圆满而羽化飞升，以其道位的品阶而升列相应层次的天堂。不过，据道教的观点，并非所有成仙者都能升天。葛洪在《抱朴子·内篇·论仙》中引《仙经》之说将仙人分为三等，"按仙经云，上士举形升虚，谓之天仙。中士游于名山，谓之地仙。下士先死后蜕，谓之尸解仙"。①《太真科》则划分得更为细致，有所谓上仙、高仙、大仙、神仙、玄仙、真仙、天仙、灵仙、至仙等九品。在这些仙真中不能升天的该去何处呢？为此，道士们又有十洲三岛、洞天福地之说，亦为胜境闳苑，凡间难比的神仙去处。

———————————

① 张继禹主编：《中华道藏·抱朴子·内篇》，第25册，华夏出版社2004年版，第7页。

所谓十洲三岛，指祖洲、瀛洲、玄洲、炎洲、长洲、元洲、流洲、生洲、凤麟洲、聚窟洲，以及东海蓬丘、昆仑、方丈三神山（岛），完全出自于道士们的想象，非为真实之所在。所谓洞天福地，包括十大洞天、三十六小洞天和七十二福地，①俱有址可寻，几乎囊括了天下名山，著名的"五岳"便属于"三十六小洞天"。实际上，这些洞天福地均系道教名山胜境，如列"十大洞天"之首的王屋山（在今河南济源县城西北），曾是唐代名道司马承祯修道之所；列"十大洞天"之五的青城山，则是天师道的重要修道场所之一；列"三十六小洞天"之四的华山，则是北宋高道陈抟老祖修炼的地方；等等。

道士的以神仙崇拜为核心的宗教信仰，分别从理性和情感两个层面，对道士们的生命意识和生活方式产生着决定性的影响，因此亦是道士生活行为的底蕴之所在。只有对此有一个基本的了解，才能够在更深的层面上理解道士的具体生活内容和生活方式。

---

① "十大洞天"依次为王屋山洞、委羽山洞、西城山洞、西玄山洞、青城山洞、赤城山洞、罗浮山洞、句曲山洞、林屋山洞、括苍山洞。"三十六小洞天""七十二福地"数额太多，从略，可参阅《云笈七签》卷二十七所载。

第二章

道士的修炼生活

　　在神仙信仰的支配下，道士们为了实现自己的理想，告别俗世，投身道门，自愿地接受宫观内种种规矩的约束，踏上了"路曼曼其修远兮"的"修道"之路。

　　道士们根据他们所接受的道教教义，相信那至高无上而又永恒存在的"道"，可以通过自己刻苦的修炼而获得。修道者一旦与这个"道"合为一体、融洽无间，便可以达到彻悟真谛、物我两忘、长生不死、自由自在的境界。而当这个"道"被"神仙"具象化或置换之后，"修道成仙"便成了道士们共同的神圣选择，成了他们修炼生活的主要目的。所以，道士们的修道生活，就是在"成仙"这一价值层面上展开来的。为了"得道"而"成仙"，他们采取了两种自以为行之有效的手段，道士们的一系列修炼方术就是由此而衍生出来的。采取种种方术来修炼，是道士们日常生活中的一项最为重要的生活内容，他们"成仙"的希望便全部寄托在这种修炼上。所以，要了解古代道士的生活特点，就必须了解他们的修炼生活情形。

第一节　道士的外丹修炼

服食丹药以求长生，曾是道士们的一种主要的修炼方术，因此亦是他们生活中的一项重要内容。为此，无数道士做出了非常执着甚至极其痴迷的努力，前仆后继，遍作尝试，确乎带有几分悲壮而复悲哀的意味。

在战国时期，燕国和齐国一带的方士们出于原始的神仙信仰，即开始探求服食仙药而成仙的途径。这种出于原始宗教幻念式的选择，曾经促使一些人冒险寻觅仙药，而其中又以那些贵为君王的人最为执迷，因为他们的长生梦与权力梦是统一的。像齐宣王、燕昭王以及秦始皇、汉武帝等，都曾遣人多方寻觅仙药。自然，仙丹妙药难以找到，成仙之梦也就无从实现。为此，秦始皇发怒坑杀了不少方士。但是，这并没有阻断信仰者的冒险与尝试。现成的仙丹既不可得，那就靠自己炮制炼就，于是秦汉时期试炼金丹的方术便出现了。方士李少君曾劝汉武帝"祠灶"，称用丹砂和其他药剂作原料即可炼出黄金，铸成饮食器皿，用之即可使人长寿。"少君言上曰：'祠灶则致物，致物而丹沙可化为黄金，黄金成以为饮食器则益寿，益寿而海中蓬莱仙者乃可见，见之以封禅则不死，黄帝是也。臣尝游海上，见安期生，安期生食巨枣，大如瓜。安期生仙者，通蓬莱中，合则见人，不合则隐。'于是天子始亲祠灶，遣方士入海求蓬莱安期生之属，而事化丹沙诸药齐为黄金矣。"[①] 其根据为：仙人食金饮珠，寿与天地相齐；服金者寿如金，服玉者寿如玉。这种将人之生命与金丹之不朽统一起来的思路，与中国传统的阴阳五行说、天人合一说以及原始巫术的类比思维都有

---

① 中华书局编辑部编：《二十四史·史记·封禅书》，中华书局 2000 年版，第 1182 页。

紧实的联系。既然服食金丹（或者用某种金属器皿）便有成仙永寿的希望，那么追求者便渐渐多了起来。

崇拜神仙是道教最基本的宗教特征，长生不老、羽化成仙是道士皈依道门的主要目的，而古代神仙方术中的合炼金丹仙药，其直接目的就是为了实现长生不死的梦想，加之道教、道士的诞生本来就与先秦以来的神仙方术、方士有着千丝万缕的联系，所以秦汉方士服食金丹之术便直接被道士们所继承，并被作为一种主要的修炼方法。

当然，服食金丹仙药作为道士们的一种修炼方术，有一个发展过程。并非是从道教一创立，道士们便选择了服食丹药作为修炼手段。东汉末期，道教初创，其时的道士们虽然已经开始吸收先秦以来的神仙信仰和方术实践，但这时道教的宗教义理学说的核心是救治危世而致太平，道士们修道、传道的重点放在实现这一理想上，所以炼丹服食在他们的生活中基本不占什么位置。魏晋以来，道教的发展进入了神仙道教的阶段，其教义学说的重点逐步移向了成仙不死，道士们的修道目的亦随之而定位于长生成仙这一点上。魏晋时期，以葛洪为代表的道派，重视服食金丹之法，认为这是修道学仙的第一要术。葛洪在《抱朴子·内篇》中系统地总结了修道成仙的各种方术，且极力向人们灌输神仙存在、神仙可学的道理和方法。"抱朴子曰：余考览养性之书，鸠集久视之方，曾所披涉篇卷，以千计矣，莫不皆以还丹金液为大要者焉。然则此二事，盖仙道之极也。服此而不仙，则古来无仙矣。"①经过葛洪的大力提倡，金丹服食就成为道士们的重要修炼方术，并且迅速地发展起来。

人们普遍地将道士服食金丹的修炼方术称为"外丹术"，与此相对应，道教中主要采用服食丹药为修道手段的道派，便被称为"外丹

① 张继禹主编：《中华道藏·抱朴子·内篇·金丹》第 25 册，华夏出版社 2004 年版，第 13 页。

派"。所谓"外丹",相对于"内丹"而言,简言之就是运用器具烧炼出来的药物。道士们认为,服用了这种药物便可以长生不死,羽化成仙。信仰外丹术的道士的修炼生涯,主要就是从事炼丹,不断地探索炼取丹药的方法。

作为一种修炼派别,外丹派在魏晋时期即已形成。东汉魏伯阳在《周易参同契》中,已经着力据《周易》阴阳之道,又吸收黄老自然之理,讲述炼丹之事,堪称历史上最早的外丹经。其中对炼丹的诸种药料、烧炼火候、服丹功效等都有相当细致的说明。他用五言诗的形式,带着美好的幻觉,来形容服食丹药的奇效:

> 巨胜尚延年,还丹可入口。
> 金性不败朽,故物为万宝。
> 术士服食之,寿命得长久。
> 金砂入五内,雾散若风雨。
> 熏蒸达四肢,颜色悦泽好。
> 鬓发白变黑,更生易牙齿。
> 老翁复丁壮,耆妪变姹女。
> 改形免世厄,号之曰真人。

魏伯阳的丹道思想对道士们的炼丹术影响很大,被后世奉为"丹经之祖"。到了晋代,随着道教外丹派的形成,笃信飞炼金丹黄白①、服食成仙的道士们便完全沉溷(hùn,混)于外丹术。其中,成就最高者当首推东晋名道士葛洪。

---

① 黄白:即黄白术,道教炼丹术名词。黄指金,白指银。丹砂可制黄金(药金)白银(药银),故又称炼丹为黄白术。所产黄金为黄色的物质,唐代以前都认为与真正的黄金相同,唐代以来,才能识别其与真金的不同,故称之为药金。

葛洪对外丹术作过系统的整理和研究，他在《抱朴子·内篇·金丹》中认为"金丹之为物，烧之愈久，变化愈妙；黄金入火百炼不消，埋之，毕天不朽。服此二物，炼人身体，故能令人不老不死。此盖假求于外物以自坚固，有如脂之养火而可不灭，铜青涂脚，入水不腐，此事借铜之劲以扞其肉也。金丹入身中，沾洽荣卫，非但铜青之外傅矣"[①]。这种观点代表了中国古代道士们从神仙方士那里接受来的一种追求长生的观念与方法。道士们认为，人可以长生，但要长生，必须服食不死之药。那么，这种不死之药是什么呢？其不可能是草木药之类，因为草木药本身易腐烂，在火中会化为灰烬。由于草木药自身没有坚固性、永恒性，移入人的身体中，自然不能使人长生不死。因此，必须发现一种坚固不朽、无变化的药物，通过服用这种药物，使其不朽性传入人体中，服用者便可以长生不死。这种不朽的药物，就是金丹。

葛洪不仅从理论上倡导外丹术，而且通过实践来亲验。然而，经过多年的勤苦烧炼，葛洪仍没有得到满意的丹药，他认为关键原因是自己没有像前人那样，远离尘嚣、与世隔绝、静心修炼。"合丹当于名山之中，无人之地，结伴不过三人，先斋百日，沐浴五香，致加精洁，勿近秽污，及与俗人往来，又不令不信道者知之，谤毁神药，药不成矣。成则可以举家皆仙，不但一身耳。"[②]因此，他便携带妻子鲍姑、侄儿葛望以及书籍行囊，来到了罗浮山。罗浮山位于今广东博罗县境内的东江之滨，纵横500里，有大小峰峦432个，形态各异，变幻无穷，气象万千。山中悬崖怪壑，乱石丛林，有朱明、桃源、夜乐等18个洞天和白水漓、水帘洞等980多处飞瀑幽泉，当地又盛产炼丹用的

---

① 张继禹主编：《中华道藏·抱朴子·内篇·金丹》，25 卷，华夏出版社 2004 年版，第 13 页。

② 张继禹主编：《中华道藏·抱朴子·内篇·金丹》，25 卷，华夏出版社 2004 年版，第 15 页。

丹砂，正是理想的炼丹之所。因此，葛洪便在这被道士们称为"三十六洞天"之"第七洞天""七十二福地"之"第三十二泉源福地"的名山中居住下来，开始了自己的新的努力。

住下之后，葛洪首先建庵砌灶，先后修筑了都墟、孤青、白鹤、酥醪（láo，牢）四庵，并且在位于东麓朱明洞南的都虚庵旁，用花岗石砌成一座丹灶。丹灶顶高 3.6 米，底座呈四角形，边长为 2.5 米；灶体呈八角形，边长为 0.8 米。灶坛的每一面，按照方位分别雕有乾、坤、震、巽（xùn，训）、坎、离、艮（gèn，亘）、兑八卦图形和麒麟、仙鹤等异兽灵禽图案，四角的石柱上还刻上云龙。然后，葛洪开始采集炼丹所用的药物。他洁身7日，身带升山符，背悬驱魔镜，口念咒语，进入深山，用禹步法（道士做法事时召役神灵的一种方术，详见后文有关介绍）采回许多矿物和植物。葛洪把采集回来的草木植物拿到麻姑峰下的池水中清洗干净，供自己服食和配制成行医用的药丸，矿物则用来炼丹。择定了炼丹的黄道吉日，他在灶边悬挂上古剑、古镜等法器，然后正式升火炼丹。他先用丹砂炼出了一种银白色的液体（汞），又将这种液体炼成赤红色的结晶体。他还曾用铁涂曾青（硫酸铜）得到了一种"外变内不变"如铜一样的物质。还有一次，他用盐和石胆，再调和雄黄粉、牛胆，放入丹灶之中，灶外用蚯蚓土调盐为泥封盖，以文火烧炼了 30 天，炼出了一种被称为"丹宝"的金黄色的混合物。总之，葛洪在罗浮山中尝试过道教的各种各样的炼丹方法，多次合炼金丹，可以说他在山中的修道岁月，主要就是烧炼金丹。外丹修炼成为他生活中的主要内容。葛洪于 81 岁时死于山中，传说他死后身体柔软，颜色如生，抬尸入棺，轻如一件衣服，世人以为他已尸解成仙，故称他为"葛仙"。其实，他系因长期服用自己炼的金丹，体内过量存积硫酸铁等金属而中毒死亡。

南朝名道士陶弘景是葛洪之后的又一个大炼丹家。为了获得奇妙的金丹，陶弘景也付出了极为艰辛的努力。"江左伏龙山乃其第八，谓之金坛华阳洞。汉有三茅君得道，实居之。吾其长往于此。……乃自称华阳隐君。"[1]据《南史》记载，从梁天监四年（公元505年）到梁普通六年（公元525年），在这长达20年之久的岁月里，陶弘景进行了无数次的炼丹实验。他一次又一次郑重其事地在深山中挖灶安鼎，"阳燧"取火[2]；一次又一次地沐浴斋戒，虔诚地祈祷神灵，保佑他炼出上好金丹。就这样，他日复一日地苦候在毒烟笼罩、酷热难当的丹房中，然而得到的却是一连串的失败。据《华阳陶隐居内传》记载，天监四年、五年以及其后的几年里，陶弘景炼丹"鼎事累营，皆不谐（不成功）"。连续的"开鼎无成"，使得这位清修之士变得脾气烦躁、疑虑多端，自信心骤减，甚至想到了以死来解脱。但是，陶弘景毕竟不是一个庸常之辈，"不见金丹心不死"，他苦心孤诣修道几十年，梦寐以求的就是炼成金丹，白日飞升。所以，他岂能甘心半途而废。也真是功夫不负有心人，在年近70岁之时，他总结此前历次炼丹的经验教训，再次"营鼎"，终获成功，开鼎之时，只见"光气照烛，动心焕目"，"金丹"静静地躺在鼎中。欣喜之下，当即服用，当然也没有忘记将此作为厚礼送给他的方外之交——梁朝君主梁武帝萧衍来享用一番。

在道门炼丹服食修炼方术的影响下，整个魏晋南北朝时期社会上也酿成了一种服食仙药的风气，士大夫阶层服药(外丹)的事屡见不鲜。在这个被称为"人的觉醒"的年代，文人士大夫们对人生苦短、浮生易逝的感受极为强烈，于是便欲千方百计地留住生命，使其鲜活美好而不衰。而道士们所苦心经营的外丹术，恰恰迎合了这种心理期待。

---

① 张继禹主编：《中华道藏·华阳陶隐居内传卷上》第46册，华夏出版社2004年版，第214页。
② 炼丹时以磨镜将阳光聚合而点火生灶。

这样，炼丹不仅成为道士们日常生活中的主要任务，而且由于贵族阶层的加入，使外丹道士因此能够得到物质上的支持，这又刺激了外丹术的发展。这是因为炼丹费资颇巨，而皈依道门、不事俗务的道士们是无力负担的。事实上许多道士都是靠官宦阶层提供物质和生活保障而从事炼丹实验的，如葛洪就是依靠广州刺史邓岳的支持而坚持在罗浮山中炼丹的，陶弘景曾为萧衍取代齐朝建立梁朝献计献策，是萧梁王朝的"山中宰相"，自然不会缺少来自于朝廷的支持。

就这样，在一代又一代道士的努力下，到唐代道门外丹修炼术的发展达到了鼎盛时期，所使用的工具和设备以及操作、药物用量等已更加完善与合理。尽管外丹道士中屡屡出现服丹中毒而死、而癫的事件，但仍旧有大量"丹心"坚定的道士将自己的修道理想全部寄托在外丹修炼上。他们的日常生活就是在丹房中满面尘垢、惨淡经营、一心希望创造出奇迹来。如孙思邈这位被誉为"药王"的唐代高道，同时也是一位著名的炼丹家。为了探索丹药的种种配方和采集原料，他"但恨神道悬邈，云迹疏绝，徒望青天，莫知升举。始验还丹伏火之术，玉醴金液之方，淡乎难窥，杳焉靡测，自非阴德，何能感之？是以五灵三使之药，九光七曜之丹，如此之方，其道差近。此来握玩，久而弥笃。虽艰远而必造，纵小道而亦求，不惮始终之劳，讵辞朝夕之倦？研究不已，冀有异闻"。① 为此，他在炼丹中如何去除矿物的毒性方面做出了突出的贡献。他发明了将炼丹用的雄黄在油中泡9天9夜去除毒性，又在山中以丹砂、曾青、磁石等苦炼成"太一神精丹"。他不但精研炼丹术，而且还撰写了《太清真人炼云母诀》《烧炼秘诀》《太清丹经要诀》等多种炼丹著作。

道士们炼取外丹和服食的方法，通常是师承秘授的，故在择徒、

---

① 张继禹主编：《中华道藏·云笈七签》，第29册，华夏出版社2004年版，第572页。

授术方面严格保密。这样的"单线联系"便形成了外丹修炼术的传承派系，派系之间在配方、炼取、服食的具体方法上有明显的不同。葛洪将炼丹术分为神丹、金液、黄金三种，虽然互有不同，但服用之后都可以使人身体不朽，长生成仙，这是外丹派道士从事服食炼丹的最基本的信念。大体说来，根据炼丹时所用材料的不同，外丹道士可分为金砂派、铅汞派和硫汞派三大派。金砂派资格最老，左慈、葛洪、陶弘景等人就是此派的代表。据葛洪自述，他习炼的外丹术是由左慈传其祖父葛玄，再由葛玄传郑隐，又由郑隐传给他的。为此他曾付出艰辛的努力，才取得了郑隐的信任。一起师承郑隐的许多道徒，都没有得到此术，只有葛洪得到了郑隐的秘授。葛洪荣幸地读到了郑隐秘不示人的《九鼎丹经》《金液丹经》等典籍，深信其理，视之为"仙道之极"。葛洪在自己的丹房生涯中总结出不少经验，他认定丹砂烧炼之后能还原，此之谓"还丹"。经由不断烧炼而又不断还原的丹砂，其次数越多，"仙效"愈快。葛洪在《抱朴子·内篇·金丹》中称，一转丹（仅还丹一次的）服后需 3 年才能成仙，二转丹则需 2 年，三转丹便降至 1 年，如果到了八转丹，10 日就可飞升，而九转丹服食 3 日就可飞升。想来当初嫦娥偷偷服食的灵药，大概就是这种九转丹吧。

至于铅汞派，则主张炼丹必须用铅汞，但也可适当配上银、朱砂、雄黄、硫黄等。此派可以追溯至东汉魏伯阳，以其《周易参同契》为经典。该派道士将铅汞视为至宝大药，认为铅汞"去四黄之大非，损八石之参杂，要在铅汞。合天地之元纪，包日月之精华，上冠于乾，下顺于地，总七十二石，统天地之精光，修炼成丹，服之延驻，何不信乎？"[1]铅汞派外丹道士还充分发挥他们的玄思妙想，在炼丹过程中将炼丹用的鼎器想象为一个缩小了的宇宙（乾坤之合），铅汞（药）

---

① 张继禹主编：《中华道藏·云笈七签》，第 29 册，华夏出版社 2004 年版，第 599 页。

在鼎中即为居于乾坤之内，鼎盖为天，鼎座为地，鼎唇作雌雄，乾坤相合化育，炼成大丹，此丹四象齐全，五行完满，即合于阴阳五行妙道，服之岂能不产生奇效！

至于硫汞派，唐代方兴。此派道士主张用硫黄与水银合炼，方可获得仙丹。在炼制过程中，他们也强调要契合阴阳之道，以为硫黄是太阳之精，水银是太阴之精，一阴一阳合为天地，恰如夫妇合精，乃可炼成灵丹。派系不同，方法各异，自然导致了各派系之间的争论和互贬。但在互相攻讦的过程中，彼此借鉴、融合的情形也是存在的。

炼取外丹所用原料，除了上述三派格外强调的丹砂、铅汞、硫汞外还有许多，大多为天然产物，如雄黄、曾青、石胆、砒霜、白盐、白矾、云母等"石药"，以及牡蛎、胡粉、菟（tù，兔）丝、朱草等动植物原料。在唐代，外丹术最为兴盛，所用原料更为广泛，简直称得上是别出心裁，无奇不有，连童男女的便溺也派上了用场。唐代梅彪所撰《石药尔雅》，便收集了炼丹常用药150种之多，这还是仅限于"石药"的统计。由此可见外丹道士的尝试覆盖面很广，可以说他们在日常生活中几乎将全部精力倾注于药物的采集、选用，以及具体的炼制上，同时也将全部喜怒哀乐系于鼎中之物的成败上，真可谓"为伊消得人憔悴"。

道士们具体的炼丹过程，既神秘又复杂，且还有很多禁忌。首先，要慎选炼丹场所，宜选名山幽僻之处，结伴3人左右。入山前要斋戒沐浴，避与俗人往来，以免邪气袭入，妨害炼丹。入山时又须择黄道吉日动身，并且要佩戴进山符、驱魔镜。进至山中，先踏勘地形，选择良址，然后筑造丹房。筑丹房很有讲究，需要佩戴符印，清心洁斋，先除去地上的杂草，且挖去地表3尺深的土，填以好土，并且铺平夯实。然后是建屋、筑坛、安（炉）灶、置鼎、配料以至生火炼药。每一个步骤都必须慎之又慎，不容马虎。譬如建丹室，必须严格按照规定於长 3 丈、宽 1.6 丈来建造，墙壁内外用泥抹平，务求坚实而严密。门和窗户的位置在正东正南，窗户宽 4 尺，必须非常严密。门户要密闭，关严后不漏光线。坛，又称丹台，是用来安放丹炉、药灶的，其营造也极有法度，必须筑于丹房的正中央，垒土而成，高 8 寸，宽 24 寸，亦有分为 3 层的，每层高低和宽广尺寸各不相同。炉是容纳鼎的设施，灶是容纳釜的设施，一般仅用其一，安放时先要在坛上埋符箓，而其大小尺寸以及置放的方位、安放的时间等也必须与天地日月星辰、五行八卦一致。鼎有内盛水、盛火两种，从材质来讲则有金鼎、银鼎、铜鼎、铁鼎等，安法不同，名称也不同，水鼎在上、火鼎居下的安法叫"既济炉"；水鼎在下、火鼎在上的叫"未济炉"。"既济"与"未济"均系《周易》六十四卦中的卦名，上坎（水）下离（火）为"既济"卦，上离下坎为"未济卦"，这就是二炉名称之由来。鼎是炼丹的反应容器和冷凝装置，其中火鼎最重要，炼丹用的药料即放于其中，鼎内燃火加热；水鼎中盛的是水，外围充以灰土之类。二鼎有管相通，水鼎另有一管贯通，以供给冷水和引出蒸汽。

炼丹实际上是一种化学反应过程，具体又可分为水法反应和火法反应两种。水法反应主要是溶解。《正统道藏》中收有《三十六水法》，相应的具体配方有 59 种。火法反应在炼丹过程中更受道士们的重视，基本方法有煅（长时间加热）、炼（干燥物加热）、炙（局部烧烤）、熔（熔化）、伏（加热使之变性）等。掌握火候是火法反应的重点，难度最大。

因为在古代，要做到适时、恰当地控制炉内温度，颇为不易，故有"凡修丹，最难于火候也。火候者，是正一之大诀。修丹之士若得其真火候，何忧其还丹之不成乎。设若火候不全，如何制作。万卷丹经，秘在火候"[①]之说。为了掌握好火候，炼丹道士要按时添减燃料，

---

① 张继禹主编：《中华道藏·诸家神品丹法》，第 18 册，华夏出版社 2004 年版，第 371 页。

既济炉（上图）与未济炉（下图）

调节通风量，以及密切注意炼丹过程中出现的各种变化，还要做一些记录。在掌握火候时，临到丹头（指初炼出的用于点化的丹药，又称黄芽）已成的时候更须小心，稍有疏忽，便前功尽弃。北宋高道张伯端在《悟真篇》中有这样的描述：

> 偃月炉中玉蕊生，朱砂鼎内水银平。
> 只因火力调和后，种得黄芽渐长成。

这首小诗实是对炼丹（包括外丹和内丹）的要言不繁的形象概括。

除了火候之外，由于火法反应需要一个密闭的反应空间，因此炼丹道士还必须掌握一定的密封技术，道士们称此为"固剂"。最常用的是"六一泥法"，即将戎盐、卤盐、矾石、牡蛎、赤石脂、滑石、胡粉7种药料（"六一"为七，故称"六一泥法"）研细和泥，涂于鼎器对接之处，既起密封作用，有时也参加化学反应。因为炼丹是在一种秘密状态下昼夜不息的"实验"，所用时限一般都较长，如果是炼大丹，便需要一年的时间。长久地在丹室中忍受烟熏火燎，加之在技术上又丝毫马虎不得，所以外丹修炼实际上也是对道士们的体能、智能、意志的严峻考验。

金丹一经炼成，即可开鼎。其时应虔诚地斋戒、念诵祷词。取得灵丹，还要先设大祭，祭祀天地、日月、山川之神，表示让神们先行享用，然后方可自己服用。据道经云，如果取丹不祭，妄自先用，则必遭祸殃。服用丹药，具有较大的冒险性，当然因为道士们有成仙成真的幻念支撑，所以即便是冒险，他们也义无反顾，勇于一试。侥幸者一般无事，甚至还从丹药中得到一些补益，比如滋润皮肤、治疗某些疾病等，但必须严格控制服用量。如果大量服用，则大难临头、中毒而死。不过外丹道士一般不认为这是中毒，而有另外的说法，叫尸解成仙，非但不以为悲哀，反而将之视为梦寐以求的事。陶弘景由于长期服用金丹损害健康而亡，但死前留诗一首：

> 性灵昔既肇，缘业久相因。
> 即化非冥灭，在理澹悲欣。
> 冠剑空衣影，镶镲乃仙身。
> 去此昭轩侣，结彼瀛台宾。
> 傥能踵留辙，为子道玄津。

大意是：我求道之灵性和与神仙的缘分早已有之，现在仙逝，并非真的死了，而是尸解成仙，或是肉体白日飞升，去那蓬莱仙境。所以，你们（道徒们）不要悲伤，而要遵照我的遗教，修行成仙后，我再来告诉你们仙玄的道理吧。自然，金丹不会使陶弘景成为活神仙，但是至少他是带着服食而成仙这一幻觉离开人世的。其实，对于任何一个修炼一生因服食金丹中毒而亡的外丹道士，又何尝不是如此呢？

当然，外丹道士们的种种努力并非全然是徒劳无益的。他们在丹室中所进行的实验，实际上是在做一种化学实验，并且取得了相当惊

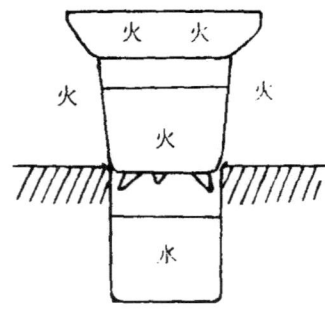

未济炉

人的成就，由此获得了许多化学反应、矿物溶解反应、矿物学和冶金学以及药理学等方面的知识。尤其值得一提的是驰名世界的我国古代四大发明之一的火药，就是唐代的炼丹术士们发明创造出来的。而这些成就，几乎囊括了中国古代化学科技成就的全部。尽管外丹道士们在生活中的外丹修炼，孜孜以求的是神丹仙药，目的是不死成仙，但是后人却不会忘记他们的历史功绩。

唐代是道教大兴的历史时期，也是外丹修炼术的黄金时期。但是，外丹道士服用的所谓金丹实际上只是铅、汞、硫、砷一类物质及其化合物，这些物质有的本身即有毒，有的组成化合物后毒性更强。所谓服食金丹后的"白日飞升"，实际上是服食者过量服食而迅速中毒死亡。因此，道士们迷恋于服食成仙，实际上最终反而被金丹所误，不但许多道士因此而中毒身亡，付出了惨痛的代价，就是上层社会，包括皇帝在内，中毒而死者亦不计其数。唐代一些著名文人如李白、白居易等人，都对炼丹有着浓厚的兴趣，并曾亲自从事炼制。不少王公大臣也热衷于服食延寿，以致殒命丧生。至于唐代皇帝中因为服用丹药而死亡的人数更为历代之冠。据记载，除广为人知的唐武宗因迷信长生药饵，吞食金丹毙命而外，尚有太宗、高宗、宪宗、穆宗、敬宗、宣宗等亦因服食而致死或早夭。因此，道教外丹修炼术从唐末五代开始便逐渐衰落。惨重的生命代价促使道士们开始对外丹术加以反省，并寻觅新的更有效验的修炼途径，希望通过一种既安全而又可靠的修炼方术来取代外丹术，以达到长生成仙的修道目的，由此道教内丹修炼术开始兴起。不过，外丹术并没有就此而绝迹，信奉者仍有之，宋、元、明、清几代，都不乏炼外丹的道士，有的是内、外丹兼炼。比如唐末宋初的道士吕洞宾，便内外丹双修，有他作的分别描写内、外丹修炼的两首诗为证，其中《外丹百字吟》云：

> 铅汞鼎中居，炼成无价珠。
> 都来两个字，了却万家书。
> 用铅不用铅，非铅汞不归。
> 会盗铅里黑，定死石中殊。
> 大药良无头，金丹釜无耳。
> 不须用别药，铅汞自相制。
> 相制作夫妻，自然得相契。
> 百日火符功，鼎中有天地。
> 一载成大丹，功能方出世。
> 用铅者无数，贵铅者有几。

甚至在明代，外丹术还曾出现了短暂的"中兴"。不过，唐代以后，道门的外丹术毕竟式微了，代之而兴的是下面我们所要介绍的内丹修炼术。

第二节　道士的内丹修炼

"内丹"作为道士们的一种修炼方术，系相对于"外丹"而言。作为道士们的主要修炼功法之一，内丹修炼术不同于外丹修炼术之处主要在于其不是以金石铅汞等药物在炉鼎中冶炼成金丹来服食，而是以修炼者自己的身体为炉鼎，以身体中的精、气、神为药物，通过一系列特殊的修炼功法，在自己的体内炼成"金丹"。因这种修炼主要是在修炼者自身的体内"作业"，故称为"内丹"修炼。道士们认为，通过这种不假借外物的自我修炼，便能收到如服食金丹那样的功效，获得金刚不坏之身，寿蔽天地，不死成仙。

内丹术是继承、综合了古代的服气、胎息、守一、存思等气功功法，同时也继承和发展了古代精、气、神学说和经络学说。并以《周易》阴阳、图卦说为理论框架，从而形成的一种独特的修炼功法，是宋元以后道士们的主要修炼方术。关于内丹术的起源，说法不同。有人认为东汉末已有之，魏伯阳的《周易参同契》就是讲内丹的，其所说的清虚内守、强骨益气、会精养神、筋骨致坚等，均属内丹功法；有人认为魏晋南北朝已有之，如《黄庭内景经》中的"琴心三叠儛（wǔ，舞）胎仙"讲的就是内丹，甚至东晋时许逊《灵剑子·服气诀》中还有了"服气调咽用内丹"的说法，"形之所依者，气也。气之所因者，形也。形气因依而成身体，魂魄跣而往来，降注为神，而生五藏焉。气之为母，血之为子。血之为母，精之为子。精之为母，神之为子。神之为母，形之为子，未有无气而自成形者也。气因形有，乃魂魄偕之。神者，气之母也。胎息者，想婴儿而成焉，而号冲和，冲和则元和矣。出入呼吸之间，三元之内，毛发之中，无不通透。……二段者，上元一段，从心中元并下元为一段，号曰二段。上段理上焦诸疾用之，下段服气心中之内气。凡服气调嚥用内气，号曰内丹"。① 又有人认为隋朝的名道士苏元朗的《旨道篇》就是专讲内丹的著作。不管如何，在唐代持内丹修炼术的道士已逐渐增多，这自然与唐代道士迷恋外丹服食中毒身亡的惨痛教训有关。唐末五代时期，研讨内丹在道士们中间已普遍成风，产生了如《灵宝毕法》《钟吕传道集》《入药镜》等内丹著作，内丹修炼术的理论和方法更加丰富和系统化了。宋代以来，内丹术分为南北二宗。南宗以名道士张伯端所传功法为祖，主要流行于南方。张伯端的《悟真篇》等为该派功法的经典著作，其特点是主张先命后性。北宗以全真道教主王重阳为祖，《重阳全真集》等道书为该派的经典著作，其特点是主张性命双修，以修性为先。此后，又有元代道士李道纯创立的中派、明代道士陆西星创立的东派、清代道士李涵虚创立的西派。

正因为内丹术只不过是道士们为了避免外丹术所带来的中毒死亡代价的替代性的修炼方术，所以其与外丹术实际上存在着很密切的关系，通俗些说，"内丹"不过是道士们将"外丹"，移至自己的身体之内来炼罢了。就是说道士的炼丹炉鼎不再是那些金属制的沉重家伙了，而是他自己的躯体；炼丹药料也不再是什么丹砂、铅汞、硫汞了，而是自身体内的精、气、神。这三者经过一定的修炼（自然也并非是容易的事）而凝结成的东西仍叫"金丹"②（或叫"内丹""圣胎"），其功效可使人养生长寿，甚而成仙不死。所以，内丹术基本上沿用了外丹术的那一套术语。这说明，从内在原理来看，无论外丹术还是内丹术，都是道士们求取仙丹以谋永生的手段。正因为如此，修炼内丹便成了他们日常生活中的主要内容，并且都宁愿为此而承受修炼过程中所必

---

① 张继禹主编：《中华道藏·灵剑子》第 31 册，华夏出版社 2004 年版，第 603—605 页。
② 元代陈致虚《悟真篇三注·序》："（内丹）其用则精、气、神，其名则云金丹。"

须付出的种种辛苦。对于内丹道士来说，虽然表面上看来不必像外丹修炼盖屋、安鼎、升火，以及守候在丹房中忍受寒暑侵袭、烟火熏烤等诸多辛苦，但是要真正炼出"内丹"来，则更有登天之难，仅从时间上来说，就远非一年半载所能奏效的，所以比外丹修炼更能考验一个道士的信念与毅力。

一般说来，道士们进行内丹修炼的过程分为筑基准备、炼精化气、炼气化神和炼神还虚这样四个阶段。筑基准备是内丹修炼的前提，要求道士或道姑以基本功调理好自身的一切，达到精全、气全、神全。比如要无病、填亏、补虚，男性戒绝房事，女性回绝月事。并且还要改变呼吸方式，因为呼吸时"顺行成人，逆行成仙"。其要点是吸时收腹，呼时鼓腹，且要细长均匀深厚。

炼精化气是内丹修炼的"初关"，目的是使体内精、气这两种药互化互凝，结成先天之气——大药，就已能防病健身了。

炼气化神是内丹修炼的"中关"，目的是将精、气、神三者炼至更高层次的"统一"状态，使它们凝结成"圣胎"（亦即"内丹"），其时，"圣胎"留在体内循行，便使修炼者得以长寿还童了。

炼神还虚是内丹修炼的"上关"，即将"圣胎"（又被喻为"婴儿"）再加修炼，使其从脑颅（头顶）出入，化为身外之身，就可永世长存，万劫不灭了。内丹道士认为，当修炼到炼神还虚阶段时，"内丹"（"婴儿"）即从顶颅飞出，初时仅在周围活动，渐渐远翔，便最终摆脱人的躯壳而飞升成仙了。其实所谓"内丹"出颅飞升，仅是一种心理幻觉罢了。但是，内丹术能够祛病养生、延年益寿却是屡验不爽的。

道士们修炼内丹的关键在于运转大小周天，即在精神导引下，运输丹药（精、气、神）在体内循环，先由背部通三关（即尾闾、夹脊、玉枕三个部位），然后沿前面三丹田下降。三丹田指上丹田（脑部泥丸宫，在两眉间）、中丹田（胸部黄庭宫，在心窝处）和下丹田（腹

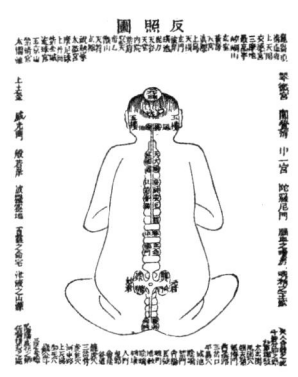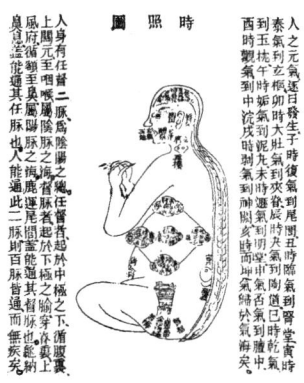

小周天循环图

部脐下一寸三分处）。通三关谓为"进火"，降三田谓为"退符"，如此周行于人体这一小小天地之中，有如天地相合、时运周转而又天人感应，便可皈依自然之神、虚化成仙。这种被称为"周天功法"或"还丹"的内丹术，为后世气功提供了不少有益的启示。

在道教史上，先后出现了许多修炼内丹术的著名道士，为内丹术的发展做出了贡献。首先应该提到的是隋末唐初的著名道士苏元朗，他对于内丹修炼术，曾做过大力的提倡。并且在内丹理论方面也做出了一定的探讨和阐释。苏元朗曾在罗浮山青霞谷修道，故自号青霞子。一次，苏元朗的弟子和信徒们听说了一个姓朱的道士如何因服用灵芝而成仙的传闻，便在一起议论起了灵芝。有人说，灵芝在春天是青色的，夏天是赤色的，秋天成白色，冬天变黑色，而黄色的灵芝独产于嵩山之巅，功效最神奇，也最为难得，大家为此而徒生叹息。苏元朗听了众人的谈论之后，笑着对他们说，灵芝就在你们的体内，何必舍近求远呢？常言说："天地之先，无根灵草，一意制度，产成至宝。"说的就是人只要经过一定的修炼，自己体内也可以产生至宝大药。因

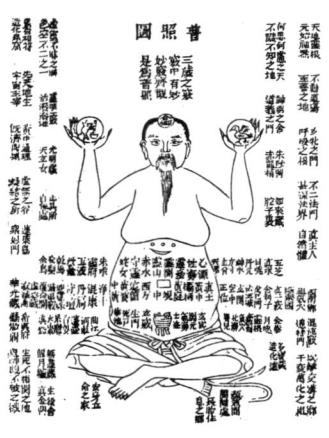

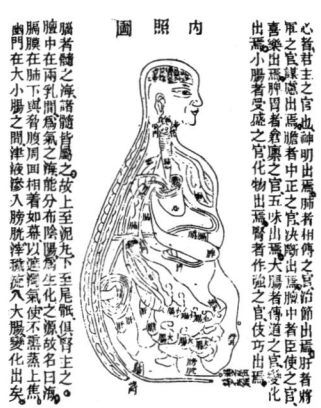

小周天循环图

此，苏元朗便撰写了《旨道篇》来具体讲述在体内炼丹的方法，从此内丹修炼术始为道徒所知。这则出自于《图书集成》引述《罗浮山志》的故事，真伪如何不必深究，但苏元朗重视与提倡内丹修炼术，却是真实的。苏元朗还在《龙虎金液还丹通元论》中，明确地将神丹归于心炼，说："天地久大，圣人象之。精华在乎日月，进退运乎水火，是故性命双修，内外一道。龙虎宝鼎即身心也。身为炉鼎，心为神宝，津为华池，惟用天铅。……有物之时，无为为本，自形中之神入神中之性，此谓归根复命，犹金归性初而称还丹也。"可见，苏元朗的确是有将外丹理论转化为内丹理论的企图，并且进行了切实的实践。道教中人说他修炼内丹九年而道成，冲举而去，自然未必可信，但内丹术因他而渐兴却是事实。

唐代的道士，有许多是内、外丹兼修的，如孙思邈就是其中之一。孙思邈曾在五台山中隐居修道。五台山又称"药王山"，在今陕西耀县城东。山中翠柏葱郁，流水潺潺，鸟语花香，整个山势高而不险，卑而不夷，山顶有五小峰对峙相聚，顶平如台，故称"五台山"。在山中，孙思邈一边炼外丹服食，一边又修炼内丹。每天，他鸡鸣时分就起床，先在室内自我按摩，活动肢体，然后在户外漫步，排出体内废气，饮霞餐露，呼吸新鲜空气。户外活动的时间，根据气温和季节的不同而不同，远者二三里，近者仅数百步而已，孙思邈在《千金要方》中称此为"小劳"。户外活动之后，孙思邈便回到屋中，面向南，双手放在膝上，徐徐按捺肢节，口吐浊气，鼻引清气。然后，定心禅坐，闭目养神，让元气由丹田自达涌泉穴，使"若彻则觉腹中有声汩汩然，意专思存，不得外缘，斯须即觉元气达于气海，须臾则自达于涌泉，则觉身体振动，两脚蜷曲，亦令床坐有声拉拉然，则名一通"。[①]每天他都坚持这么练一二次，他认为"神仙之道难致，养性之术易崇。故善摄生者常须慎于忌讳，勤于服食，则百年之内不惧于夭伤也"[②]，只

① 孙思邈：《千金方·备急千金要方卷第二十七》，刘清国等校注，中国中医药出版社 1998 年版，第 447 页。
② 孙思邈：《千金方·千金翼方卷第十二》，刘清国等校注，中国中医药出版社 1998 年版，第 653 页。

要去掉名利声色、喜怒哀乐的惑扰，善于养生，坚持修炼，延年益寿或长命百岁完全是可能的。孙思邈之所以能坚持不懈，在于他相信炼内丹可使人"一通二通，乃至日别得三通五通，则身体悦泽，面色光辉，鬓毛润泽，耳目精明，令人美食，气力强健，百病皆去，五年十岁，长存不忘"。[①]孙思邈还注意将修炼内丹与运动和饭食相结合。在日常生活中，他坚持不吃生食、陈食，饭后漱口，并对最常见的水果、谷米、菜蔬等150多种食物的性质和食疗作用进行过详细的研究。平时，他坚持练功后散步，吃饭后"行步蹒跚"。孙思邈修炼内丹的目的比较现实，即注重健身祛病，延年益寿，而不过分迷恋于尸解成仙。这与他将炼制外丹与"救疾济危"结合起来，重点在运用炼丹术来炼制药剂是一致的。孙思邈死于唐高宗永淳元年（公元682年），终年101岁，如此高寿，正得益于他的内丹修炼和其他养生术。

唐末五代时的钟离权、吕洞宾、施肩吾、彭晓、陈抟等高道，以自己亲炼亲传的努力，将内丹道派推向了道教的前沿地带，较业已衰退的外丹道派更为世人注意。吕洞宾本是唐末道士，名岩，道号纯阳子，后来道教内部和民间将他神仙化，为他编织了许多仙话，列为"八仙"之一。据有关史料记载，现实生活中的吕洞宾也是一个修炼内丹的高手，他年过百岁之时，身体仍相当健壮，步履如飞，状貌如婴儿。他在隐居修道的日常生活中，内外丹兼修而侧重于内丹炼养，并曾作《内丹百字吟》，介绍了自己如何炼气养神固精，在身体内部通过存精保神运气的功夫而炼成"圣胎"，从而返老还童。其曰如：

养气忘言守，降心为不为。

动静知宗祖，无事更寻谁。

---

① 孙思邈：《千金方·备急千金要方卷第二十七·养性》，刘清国等校注，中国中医药出版社1998年版，第447页。

真常须应物，应物要不迷。

不迷性自住，性住气自回。

气回丹同结，壶中配坎离。

阴阳生返复，普化一声雷。

白云朝顶上，甘露洒须弥。

自饮长生酒，逍遥谁得知。

坐听无弦曲，明通造化机。

都来二十句，端的上天梯。

　　世传《钟吕传道集》还以吕洞宾问、钟离权答的形式，记录下了吕、钟的内丹修炼理论，其特点是不假于外物，视人体为鼎炉，以精、气、神为药料，"炼形成气，炼气成神，炼神合道"。大概正因为吕洞宾是一位内外双修的高道，且成就惊人，享年甚高，所以死后便被列为"八仙"之一，成为一个家喻户晓的人物。

　　被称为"睡仙"的北宋名道陈抟，亦是一位造诣精深的内丹修炼家。他的内丹修炼功夫体现在睡上，不过这种睡不是普通人的睡懒觉，而是一种高深的内丹术。陈抟可以不吃不喝不动地酣睡一个多月，他曾写过一首《对御歌》进呈宋太宗："臣爱睡，臣爱睡，不卧毡，不盖被。片石枕头，蓑衣覆地。南北任眠，东西随睡。轰雷掣电泰山摧，万丈海水空里坠，骊龙叫喊鬼神惊，臣当恁时正酣睡。闲想张良，闷思范蠡，说甚曹操，休言刘备。三四君子只是争些闲气，怎如臣向青山顶头，白云堆里，展开眉头，解放肚皮，但一觉睡。管什玉兔东升，红轮西坠。"活脱脱地刻画出了一个"昏昏黑黑睡中天，无暑无寒也无年"的潇洒超脱的"睡仙"形象。陈抟的这种"睡功"奥妙何在呢？说穿了就是"胎息"功夫，"精气切须坚慎守，益身保命得长久，人多嗜欲丧形躯，谁肯消除全永寿，未病忧病病难成，已灾去灾灾遣否？

临终始解惜危身，不及噬脐身已朽。胎息纵然励力修，欲情不断也殃咎。阴丹体得道方全，如此之人还夥有。"① 其修炼秘诀称为"胎息诀"，《道藏》中对此有记载：有个叫金砺的云游者去华山拜访陈抟，正值陈抟睡觉。有人告诉金砺，陈抟一睡长则数月，短则月余，金砺只好怏怏而去。次年他再去华山，终于见到了陈抟，便请教睡功之奥妙。"先生哑然有声，耸肩收足，昂面颓然曰：不意子屑琐若是也，于起居寝处尚不能识，欲脱离生死，跃出轮回，难矣。今饱食逸居，汲汲惟患衣食之不丰，饥而食，倦而卧，鼾声闻于四远，一夕辄数觉者，名利声色汩其神识，酒醴稿膻昏其心志，此世俗之睡也。若至人之睡，留藏金息，饮纳玉液，金门牢而不可开，土户闭而不可启，苍龙守乎青宫，素虎伏于西室，真气运转于丹池，神水循环乎五内。呼甲丁以直其时，召百灵以卫其室。然后，吾神出于九宫，恣游青碧。履虚如履实，升上若就下。冉冉与祥风遨游，飘飘共闲云出没，坐至昆仑紫府，遍履福地洞天。咀日月之精华，玩烟霞之绝景。访真人，论方外之理，期仙子，为异域之游。看沧海以成尘，指阴阳而舒啸。兴欲返，则足蹑清风，身浮落景。故其睡也，不知岁月之迁移，安愁陵谷之改变。"② 陈抟介绍说睡有世俗之睡与真人之睡的区别，世俗之人，因饥饿而食，因倦困而卧，鼾声四闻，心志被吃喝玩乐所遮盖，神志为名利所吞没，一夜数觉。而得道真人的睡，饮纳玉液，运转真气，神水循环体内，然后神出躯体，出没昆仑紫府，遍游洞天福地，冉冉如祥风，飘飘如白云，履虚如覆实，升上若就下。在睡中，不知岁月之迁移，不愁陵谷之改变，所以能睡得久长，睡得安稳。据《天仙道戒须知》介绍，陈抟的睡姿是：或左或右侧卧，左侧式则是弯曲左胳膊，以手心垫面，

---

① 张继禹主编：《中华道藏·胎息秘要歌诀》第23册，华夏出版社2004年版，第188页。
② 张继禹主编：《中华道藏·历世真仙体道通鉴》第47册，华夏出版社2004年版，第529页。

伸开大拇指和食指，将左耳贴放在拇指和食指中间，腰背伸直，左腿弯曲，须接触到小腹，右腿伸直放在左脚旁侧，右手心贴在肚脐之上。右侧式如左侧式，只是反左为右罢了。陈抟还作过两首描写"世俗之睡"和"至人之睡"的诗：

> 常人无所重，惟睡乃为重。
> 举世以为息，魂离形不动。
> 觉来无所知，贪求心欲动。
> 堪笑尘地中，不知身是梦。

又如：

> 至人本无梦，其梦乃游仙。
> 真人亦无睡，睡则浮云烟。
> 炉里长存药，壶中别有天。
> 欲知睡梦里，人间第一玄。[①]

可见，陈抟的睡，确实是一种高深玄妙的内丹修炼功夫，据说是得之于一位叫何昌一的西蜀高道所传授的"锁鼻术"。吕洞宾[②]曾在《华山搜隐记》解释陈抟的睡是："抟非欲长睡不醒也，意在隐于睡，并资修炼内养，非真睡也。"确实如此，陈抟不仅以"睡功"闻名于世，而且精于《易》学，他作的《无极图》概括了内丹术的功法和理论特点，对后世内丹术的传播与发展产生了极大的影响。

---

① 张继禹主编：《中华道藏·历世真仙体道通鉴》第 47 册，华夏出版社 2004 年版，第 529 页。
② 据记载，吕洞宾是陈抟的师友，两人曾同隐西岳华山。

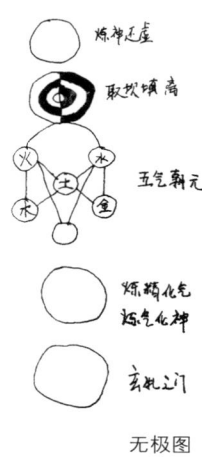

炼神还虚

取坎填离

火　水
土
木　金
五气朝元

炼精化气
炼气化神

玄牝之门

无极图

　　尽管内丹修炼术在发展的过程中演变出了许多不同的流派，但无论修哪一派的功法，重视"鼎炉"（修炼道士的身体，尤指任督脉以上的几个关键部位）、"药物"（修炼道士的精、气、神）、"火候"（修炼过程中对意念或运用意念掌握呼吸的程序、法度）却是共同的特点。讲究程序，依法而炼，防止走火入魔，也是各流派道士在修炼中予以注意的要点。在道门中，内丹功法的传授主要是师徒之间的直接传授。有些功法因不轻易外传，便采用了灯谜、譬喻的形式，再加之所采用的术语差不多完全是外丹术的那一套，所以显得非常神秘玄虚，亦非常芜杂。但是，其综合道、释、儒思想，容纳医家学说的特点却是十分明显的，因而具有兼采众家之长的优点，既克服了儒佛只讲心性修养，忽视对身体（命）的珍视和摄养之不足，又纠正了道教外丹派只讲求食丹服散、舍本外求、缘木求鱼的弊端，在养生的"命功"和修性的"性功"两方面都达到了相当高的水平。同时，二者又相互影响，相互渗透，从而使道士们的修炼思想和方法更加合理可行，并且也改变了道士们的日常生活方式，使之出现了一些新的变化。

第三节　道士的其他修炼方式

道士们的修炼生活并不像有些人认为的那样单调乏味，个中滋味究竟如何，也许只有身处道门、躬行修炼者才能说得清楚。从道士们的修炼方式来看，也是多种多样的，并不仅仅局限于外丹、内丹两种。比如服食、守一、行气、导引、辟谷、房中术以及道门中讲求的记功过、守庚申和练动功（太极拳等）等，都属于道士修炼生活的范畴。

这些修炼方术，有的与外丹术有关系，比如服食，但又并非完全是一回事。道士们服食的范围很广，既可服食外丹（用丹鼎炼就的金丹），又可服食其他东西，如各种草木药和食物，尤其是素食和一些中草药。古代楼观派道士爱服用终南山所产的胡麻、黄精、天门冬、茯苓、五味子、松脂、黄芪等草木药物。这些天然之物多具有滋补、镇静等功效，是楼观派道士因地制宜而采取的将修炼与日常饮食结合起来的一种修炼方式。也有的与内丹有密切关系，如守一、行气、导引等，内丹术就是吸取这些方术之后才形成的。但是内丹术在吸收借鉴、总结提高的基础上形成了自己的一套系统而独特的思路与方式，因此终究又不同于守一、行气诸法。

所谓"守一"，就是守持身中魂神或精、气、神的内修之法，目的在于使精、气、神不向外散逸而长驻体内。早期道教如太平道，便提倡守一，以为守一时可以并行存思之术，即存思身内之神，以求宁静神安，长生久世。这在形式上与内丹术有"内养"上的共同点，但毕竟有所不同，即使在内丹术广泛流行之后，操此术的道士亦不乏其人。

所谓"行气"，又叫服气、食气或炼气，是一种以呼吸吐纳为修炼方式的内养方法，种类繁多，仅其中吐气一法，便有呬、呵、呼、嘘、吹、嘻六法。"六气疾差即止，不可过，过即败心气。一呬　呬法最灵应须秘，外属鼻根内关肺，寒热劳闷及肤疮，以斯吐纳无不济。二呵　呵属心王主其舌，口中乾涩身烦热，量疾深浅以呵之，焦腑不和自消灭。三呼　呼属脾神主其土，烦热气胀腹如鼓，四肢壅闷气难通，呼而理之复如故。四嘘　嘘属肝神主其目，赤翳昏昏泪如哭，都缘肝热气上冲，嘘而理之差奔速。五吹　吹属肾藏主其耳，腰膝冷多阳道止，微微纵气以吹之，不在外边求药饵。六嘻　嘻属三焦有疾起，三焦所有不和气，不和之气损三焦，但使嘻嘻而自理。"[1] 这种方法被内丹术吸收，形成其运转大、小周天的功法。但"行气"仍有自己的独立性。道士们的行气修炼，分为外息法和内息法两种。外息法即深呼吸法，为的是吐故纳新，凝神静气，使呼吸变得轻、缓、匀、长、深，从而达到养生的目的。行气功力愈深，养生之效愈显著，历代许多高道都深谙此法。内息法指闭住口鼻，尽量不让口鼻吸取空气，旨在调动自身固有的内气自我呼吸循环，若胎儿在母腹之中，故又称"胎息法"。此法难度很大，但据称如谙此法，必有神效。从我们前面介绍的陈抟修"睡功"的情况来看，他就是一个炼内息法的高手，其睡实际上是进入"胎息"状态，似睡而非睡。在进行"行气"修炼时，道士们还常辅以导引、按摩等方法，以便使修炼效果更加明显。

所谓"导引"，其方法很多，如葛洪曾言："夫导引不在于立名象物，粉绘表形图著，但无名状也。或伸屈，或俯仰，或行卧，或倚立，或蹲踢，或徐步，或吟或息，皆导引也。不必每晨为之，但觉有不理则行之。皆当闭气，节其气冲以通也。亦不待立息数，待气以极，则先以鼻少引入，然口吐出也。缘气闭即久则冲喉，若不更引，而便以

---

① 张继禹主编：《中华道藏·胎息秘要歌诀》，第 23 册，华夏出版社 2004 年版，第 187 页。

口吐，则气——粗则伤肺矣。如此，但疾愈则已，不可使身汗，有汗则受风，以摇动故也。凡人导引，骨节有声，如不引则声大声小，则筋缓气通也。夫导引疗未患之患，通不和之气，动之则百关气畅，闭之则三宫血凝，实养生之大律，祛疾之玄术矣。"①总之，"导引"是一种活动肢体的柔软体操，长沙马王堆三号墓出土的帛书《导引图》，便绘有如熊经、鸟伸、凫浴、虎顾等44种导引姿势，多为仿生（模仿动物）之姿。这很能体现出道士们对大自然的深切认同感。

所谓按摩术，为导引术的辅助手段，故有人就干脆把它归入导引术之中。这是一种通过按摩的方式来达到修炼目的的修炼方术，种类繁多。具体手法有摩、捏、按、推、揉等，通过按摩人体的各个部位，作用于人体经络穴位，以求筋肉舒展、血脉畅通。按摩作为行气的辅助手段，会使行气更为有效。按摩有时也作为一种独立的修炼方式为道士们所采纳，不过他们对其功效并无太高的期待。

在道士的修炼方式中，辟谷与房中术是多为世人诟病的修炼方术。辟谷又称断谷、绝谷、休粮、却粒等，特点是以服气代替食五谷。这种修炼方式也是道门长期流传的一种功法，在汉代即有道士行练此法。这种方法要求道士以无病的状态进入修炼，先稍服缓泻剂，去掉腹中积滞之物，然后减食，渐至绝谷，不知五味，每日仅做三遍静卧服气功，即可不饥不饿。为什么要辟谷呢？道士们认为人体内有"三尸"（也叫三虫、三彭，指嗜吃、嗜味、嗜色），上尸居脑宫、中尸居明堂、下尸居腹胃，是毒害人体的邪魔。三尸依赖谷物之气而生存，所以只要不食五谷，断了谷气，三尸便亡，人体内的邪魔也就斩灭了，自然可以益寿长生。所以，欲求长生的道士，便要进行辟谷修炼。道士在辟谷时先要进行斋戒以得神气内助，然后行服气、胎息之法来达到辟

---

① 张继禹主编：《中华道藏·抱朴子别旨》，第23册，华夏出版社2004年版，第145页。

谷目的。之所以行服气、胎息之法，是因为这样可以将体内能量消耗降至最低限度，从而在不加以食品补充的情况下，生命照样可以维持一段时间。然而，辟谷在时间上毕竟是有限度的，修炼者不可能无休止地坚持不吃不喝，否则不但达不到修炼目的，反而连性命也要搭进去。为此道士们想出了补救的办法，服饵和服水便是其中的两种。在辟谷时虽然不能吃五谷，但是服用药物却不在禁忌之列，所以道士们发明了一些他们称为药饵的食品来服用，谓之"服饵"，这样既可以保全性命，又完成了辟谷的"壮举"。算作药饵的东西有蜂蜜、茯苓、大枣、核桃、胡麻等，将这些东西经过九蒸九晒后制成蜜丸或膏状的食物，饿急了便可适量服用。这些"药饵"颇有营养，并有药用价值，故能维持辟谷道士的生命。服水辟谷，难度更大。但那水在一定的时限内，也确实可以成为辟谷道士的生命源泉。所服用的水有香水（有香灰的水）、咒水、符水、井华水等。其中井华水是早晨最先汲取的井泉水，中医认为此水味甘平无毒，有安神、镇静、清热、助阴等作用。如果再在水中加上一些药物（如山药、白术、黄精、山萸、大枣等），则恰如唐代高道司马承祯《服水绝谷法》所说的那样："不至虚惙（chuò，绰）也。"应该承认，辟谷法即使对修炼有帮助（如锻炼道心、意志），也毕竟是有限的，正常情况下似不宜采用。那些修道者因深入山林无人之地，或坠入涧谷深井之中，陷入无食境地，在万般无奈之下行辟谷之法，以延时日待救，则不失为一种暂时有效的自救方法。不过，辟谷术对于提高一个道士道术的知名度，却是非常有效的。一个道士如果可以在那里仅靠服饵或服水长期坚持辟谷，那将会被外界认为道术高超，修炼有方。

房中术在先秦神仙家和方士那里已经萌生，后来被道士吸收、改造为道教养生修炼术的一种。房中术又叫黄赤之道，本为讲房中禁忌与卫生之术。但是，当它被称为御女术或男女合气术时，就演变成了通过异性交接而谋求长生的方术。葛洪在《抱朴子·内篇》中一再强调和评说了这种独特的修炼方术，认为强调保精贵生的房中术比服补药金丹还要重要。如果不懂房中术，不懂得"还精补脑"的要义，即使服药千种也没有什么益处。南朝名道士、道教上清派代表人物陶弘景也在《养生延命录》卷下《御女损益篇》中，对房中术进行了总结。他在《真诰》中也生动地展示了上清派的"房中观"，即追求那种将享受与长生相统一的房中术。其要点在于还精补脑，恰当节制。唐代高道、名医孙思邈也非常重视房中术，作过深入的研究，提出了许多极有价值的见解。他在《备急千金要方》卷二十七《养性·房中补益第八》中讲道："凡欲施泄者，当闭口张目，闭气，握固两手，左右上下缩鼻取气，……并琢齿千遍，则精上补脑，使人长生。若精妄出，则损神也。"①他认为房中术应以"闭固为谨"，同时还应兼服药饵，只要坚持不懈，便可气力百倍，智慧日新。道教房中术对女性也相应给予了指导，即"呼吸元气以求仙，仙公公子似在前，朱鸟吐缩白石源，结精育胞化生身，留精止精可长生。三气右徊九道明，正一含华乃充盈，遥望一心如罗星，金室之下可不倾，延我白首反孩婴"。②所谓"留胎"，即不生育。道教房中术在长期发展过程中形成了不同的流派，从汉代到唐代是房中术比较流行的时期，历代留传下来的房中术著作洋洋可观矣。概而言之，道教房中术之目的在于"务求节欲，以广养生"，而不是"务于淫佚，苟求快意""淫女色以纵情"。认为人不可以阴阳不交，否则致疾病，但如果纵情恣欲，不加节制，必将丧命，这是这种修炼术的基本理论出发点。无疑，这种认识很有科学性，即

① 孙思邈：《千金方·备急千金要方》卷第二十七《养小生·房中补益第八》，刘清国等校注，中国中医药出版社，1998年版，第452页。
② 张继禹主编：《中华道藏·太上黄庭内景玉经》第23册，华夏出版社2004年版，第3页。

使在今天来看，也多有借鉴之处。不过，在历史上，房中术也常常被一些人歪曲利用，成为一些低级道士和上层社会寻欢作乐的手段和口实，对道门和社会都产生了不良的影响。在南宋以后出现的道教清修派，如全真道龙门派，就摒弃了房中术。

在道士的修炼生活中，还要做两件也不太容易做到的事，即记功过和守庚申。道教在发展的过程中，将儒家的伦理道德和道教的长生成仙理想结合起来，认为欲成仙真，必须积德行善，因此出现了以天人感应、因果报应为思想基础，以儒家道德原则和道德规范为具体衡量标准的劝善书，如流传极广的《太上感应篇》《文昌帝君阴骘文》等。"太上无言，不得已而言。其言《感应篇》云者，律程严备，途径朗分，策之使趋，尼之使辟，总一千二百七十有四字。始之曰：祸福无门，唯人自召。终之：诸恶莫作，众善奉行。指归精切，不过此一十六字，愚夫愚妇，易知易行。"① 这些劝善书为道士日常生活中的道德伦理修养规定了种种善恶标准，如《太上感应篇》便列出了 26 种善，170 种恶，并认为如行 1300 善者成天仙，行 300 善者成地仙。但是，如何来具体计算，则没有明确规定，即仅有"定性"而没有"定量"。因此，为了能更加精确地衡量道士在日常生活中的善恶表现，在《太上感应篇》《阴骘文》等的基础上便出现了《功过格》这种具体计算道士善行（功格）和恶行（过格）的形式，著名者有《太微仙君功过格》《警世功过格》《十戒功过格》等。在这些书中，根据道士善行或恶行的大小程度，相应地规定了该记若干功或若干过。比如道士医救重危病人 1 次，记 10 功；如打杀 1 只蚊子，记 1 过。名目繁多，不一而足。修炼中的道士，要根据《功过格》的具体标准条款，坚持长期自记功过，善言善行记在功格，恶

---

① 张继禹主编：《中华道藏·太上感应篇》第 42 册，华夏出版社 2004 年版，第 664 页。

言恶行记在过格。月月结清，年年总结，功过相抵，累积的功或过转入下月或下年，这无异于一种自我考核。如此自记功过，仿佛日记，自己树一面镜子来观照检查自己的日常言行，借此督勉自己更好地修炼，以便早日名列仙班。从方法上来讲，道士们的这种做法，是仿照儒生三省吾身的方法，而且在《警世功过格》《太微仙君功过格》等常为道士所用的册子里，用以区分善恶功过的具体标准，也大多是依据儒家的伦理纲常而规定的。

守庚申也是道士修炼生活中不可轻忽的一件事。道士们认为人的体内有三尸虫，即上尸彭倨，在人头中；中尸彭质，在人腹中；下尸彭矫，在人足中。此三尸虫专门引诱人犯戒，上尸诱人滋生色欲，中尸诱人滋生爱欲，下尸诱人滋生贪欲，且喜欢打小报告，专门于庚申之夜离开人体赴天庭或地府言人过咎，削人生籍，正所谓"第一门名色欲门，一名上尸道，一名天徒界。第二门名爱欲门，一名中尸道，一名人徒界。第三门名贪欲门，一名下尸道，一名地徒界。此三恶之门，一名三尸之道，一名三徒之界。常居人身中，塞人三关之口，断人三命之根，遏人学仙之路，抑人飞腾之魂。为学之本，而不落尸于三道之上，去欲于三界之门，真何由降？道何由成？夫学上法，宜遣诸欲，灭落尸根，道自然成。克得飞腾，上升三清"。[1] 但是，如果道士在庚申日通宵静坐不眠，此三尸虫便不能离开人体，也就无法上天入地去说长道短，伤害这位道士了，道士们称之为"杀灭三尸"。道书中对守庚申即斩灭"三尸"有具体的方法上的规定，一般认为应先灭下尸，继之灭中尸，最后灭上尸，而每年六月、八月的庚申日则最为行此法的"黄金时间"。道士在守庚申的过程中，静坐不眠并非唯一的形式，尚需伴以叩齿、密咒、服药、服气、思念道诫等。可见，

---

① 张君房纂辑：《云笈七签·卷八十一》，蒋立生等校注，华夏出版社 1996 年版，第 506 页。

所谓"守庚申"，是与服食、炼气等其他修炼方术结合进行的一种修炼方式。其实质是通过这种形式，尤其是虚构出人体中的"三尸"，来增强道士们的道德观念，以便进一步强化他们的修道意识。在打坐静思的同时，辅之以一定的服食、炼气，可使清气入，浊气除，以便道士们坚持"守"下去，否则抗不住疲倦而睡过去了，岂不半途而废。

至于一些道书中所列出的去"三尸"服食方，如《刘根真人下三尸法》中，以蜀狗脊、干枣、芜荑（tí，提）为配方，往往是一种内服杀虫药方，说明一些道士将"三尸"与人体内的寄生虫混为一谈了。但杀灭体内寄生虫，自然有益健康，而这与道士的修炼目的是一致的。

在一般情况下，人们都容易忽视道士在动功方面的修炼。道士固然以求清静无为、得道成仙为目的，但也并非全然与动功无缘。在道士性命双修的追求中，练形的过程就必须适当结合动功。特别是云游在外的道士，必须有一定的自卫能力，这也促使一些道徒专门练一门动功，以便关键之时派上用场。事实上，内功与动功并非完全分家，内功往往是动功的根基，动功高超者，内功无不造诣精深，历代道士中不乏这样的内功、动功兼修的高手。吕洞宾的内丹修炼功夫在道教史上赫赫有名，且据《宋史·陈抟传》，他又善剑术，行走如飞。另据《历世真仙体道通鉴》所记，吕洞宾著有《述剑集》，可见他对宝剑是情有独钟的了。而流传的大量关于吕洞宾的故事，许多是讲述吕洞宾身怀绝技，浪迹江湖，除恶扶善，仗剑行侠的业绩。可见，吕洞宾的动功修炼也非常高深。内外兼修，动静结合，正是一种理想的修炼模式。另如向来被视为隐仙的张三丰，能文能武，不但精通内丹法，而且通过观察鸟蛇之斗以及吸取少林拳术，创立了享誉天下的内家拳。这种拳路屈伸俯仰，变化自如，以静制动，贵柔尚意，融内丹炼养的内功于外在搏击的拳脚中，成为一种内功与武术相结合的上乘锻炼方法。这种功法对道士们来说，具有较大的吸引力，故练习者蜂起。将练功与练武结合起来，统一在修道的原则之下，这种情形在道士中相当普遍。

第四节　道士的修炼与科学

试图通过种种修炼方式而达到生命永驻的境界，这是道士们在宗教信仰支配下的神圣选择，也是他们生活的主要目的。他们的日常生活都是围绕实现这一最高理想而展开、进行的。在此过程中，中国古代道士亦展开了对生命的大敌即死亡的持久的反抗。在执着不息、幻想联翩的生命追求中，虽然他们一次次地失败了，但就在他们对生命奥秘的探索中，却积累了许多有价值的经验和教训，在有意无意之中踏入了科学的疆域。

道士的外丹修炼贯穿了整个道教史，即使在唐末趋衰之后，习炼外丹者仍不绝如缕，时至清代后期，还有《金火大成》之类的外丹著作出世。虽然这种外丹修炼长生成仙的追求是虚妄的、失败的，不仅损害过许多道士的生命，也损害过许多帝王将相、文人学士乃至一般民众的生命，但是从科学发展史的角度看，道士们生活中的这种努力并非全然是徒劳无益的。"在道教外丹术一千余年的历史发展中，无论是服丹成仙和飞丹合药的根本信仰及基本理论，还是具体的实践操作，包括方法、器具设备、原料药物及炼丹产物、对丹药中毒的认识等等，都广泛涉及中国古代自然哲学和科学技术思想，涉及矿物学、冶金学、化学、医学和药物学等诸多学科领域。"[①] 这种情形——追求宗教信仰却踏入科学之门，倒确如一句俗话所说的那样：有心栽花花不发，无心插柳柳成荫。

---

① 金正耀：《道教与科学》，中国社会科学出版社1991年版，第157页。

比如作为中国古代四大发明之一的火药，它的发明即与道士炼丹术有着非常密切的关系。火药最主要的成分是作为氧化剂的硝石。道士们炼丹配药时，常将硝石与三黄（硫黄、雄黄、雌黄）及其他一些原料合在一起烧炼，结果引起了剧烈燃烧或爆炸。炼丹道士在惊魂甫定时必然会注意并思考这种现象，《周易参同契》对这种现象便作了记述，并提醒炼丹者予以注意，否则配方及操作不当，就会出现"飞龟舞蛇，愈见乖张"的剧烈反应，严重者可危及炼丹道士的生命。中唐的《真元妙道要略》也记载："有以硫黄、雄黄合硝石，并蜜烧之，焰起烧手面，及烬屋舍者。……凡砒霜、砒黄、水银、粉霜等，多伴死伏诸三黄，但得好柜，即永伏。悉有立可变化五金之功。唯硝石伏火，不能独化五金、石硫黄，宜服养诸药。硝石宜佐诸药，多则败药。生者不可合三黄等烧，立见祸事。硝石宜佐诸药，多则败药。生者不可合三黄等烧，立见祸事。"[①] 这种现象发生多了，便会形成相应的概念，所谓"火药"之称，便是唐代炼丹道士对这种会发火爆炸的药物的称呼，尽管他们是在"药"的系列里为火药安置了一席之位，还没有认识到火药的其他价值，但是如果没有炼丹道士的实验，火药的发明也许要推迟许久。

炼丹道士的丹房本是羽化飞升、炼丹成仙的所在，但实际上却成了原始的"化学实验室"。在他们于震悚中记下"火药"名字的时候，他们实际上也积累了许多化学知识及实验技术。其中有关于铅、汞、矾、砷、金、银、硫等化学物质的知识，对许多矿物的认识，古代炼丹道士实际也走在了前列。特别是对这些金属、矿物的化学反应过程的了解与把握，勤谨而又虔诚的道士也积累了不少知识，并实际炼成了被视为"合金"的物质，如"雄黄金""雌黄金""曾青金""硫黄金""白锡金""朱砂金"，等等。难怪著名的英国学者李约瑟在其名著《中国

---

① 张继禹主编：《中华道藏·真元妙道要略》第 18 册，华夏出版社 2004 年版，第784—787 页。

科学技术史》中，会将中国古代炼丹术视为近代化学实验的先驱。

　　既然道士们生活中的种种修炼方式目的在于养生益寿，那么这些修炼手段便自然与医学科技有不解之缘，因此对中国古代医学甚至世界医学的发展也做出了重大的贡献。古代社会巫医不分，巫师又兼医师的角色，他们除以种种巫术为人消灾除病外，同时也以药物为人治病，比如《山海经·海内西经》："开明东有巫彭、巫抵、巫阳、巫履、巫凡、巫相，夹窫窳之尸，皆操不死之药，以距之。"① 即有巫彭、巫抵等巫师"皆操不死之药"的说法。到了秦汉时期，在众多神仙方士中更不乏掌握一定医药知识之人，我国现存最早的药物学著作《神农本草经》，据说很可能即为秦汉以来的神仙方士整理汇编而成。道士们在这方面的成就比之于古代巫师和神仙方士，堪称"青出于蓝而胜于蓝"，他们通过自己的修炼实践或直接的行医实践，在病理学、药理学方面做出了诸多贡献，其中医术高明者也不在少数。如葛洪既为一代高道，又是著名的道教医药学家，由其撰写的《金匮药方》②《肘后备急方》等医药著作，在疾病防治、药物性能鉴别、养生保健等方面，可称得上是中医史上的经典之作，而对于某些疾病和传染病如天花、结核病、恙虫病、急性黄疸肝炎的记录和认识，以及对免疫方法的认识和以免疫法治病等，则在中外医学史上均有先驱首创之功。此外，在《抱朴子·内篇·仙药》中，葛洪对于药用菌科生物和植物的药性功能及用法的记叙，亦贡献甚巨。南朝高道陶弘景对中医的贡献则突出地体现在药物学方面。他一生撰写了大量医学著作③，其中的

---

① 张继禹主编：《中华道藏·山海经·海内西经》第 48 册，华夏出版社 2004 年版，第 58 页。

② 该书计 100 卷，已散失。

③《效验方》《肘后百一方》《药总诀》《养性延命录》等，均已先后散失，现仅存《本草集注·叙录》残卷。

《本草集注》在系统整理、全面总结前人药学经验，以及创立新的药物分类法等方面，功盖后世。唐代的《开宝本草》、宋代的《证类本草》、明代的《本草纲目》，在药物分类法方面均受其影响。至于被奉为"药王"的唐代名道孙思邈，更是一位医术精湛、医德高尚的"神医"，他修道炼丹，又兼行医看病，在中医方剂学、本草学、各科疾病防治以及整理《伤寒论》等方面均成就斐然，至于《千金要方》《千金翼方》二书，堪称中医史上的鸿构巨著。孙思邈的医学成就，是道门的一大骄傲。除上述三人外，道士中精于医术者还大有人在，这里难以一一介绍。总之，从道教的性质以及道士修炼的目的两方面来看，道士们的修炼方式除了其终极目的之外，亦有与医学科学相通的一面，这是有其内在的必然性的。所以，尽管在道士修炼方式基础上形成的道教医学因受神仙观念等的影响而掺杂有许多非科学的糟粕，但其在中医史乃至世界医学史上的地位均值得大书特书。

　　道士生活中的内丹修炼，则具有气功养生学方面的价值。英国学者汉密尔顿曾通过深入研究，认为宇宙、地球、人体在化学组成方面确实具有相关性和同一性，天人感应及内丹术也均有化学方面的依据。他明确指出，道士们把人体看成小炼丹炉不失其从某一角度看问题的合理性。随着现代生命科学、中医学、仿生学、养生学及气功学的发展，人们对内丹修炼（主要是气功）的内在合理性必然会有更加充分的认识。气功与内丹术的关系非常密切，其内在的传承关系与相通之处早为人们所公认。道士炼内丹讲究运用先天真气、元气，导引吐纳，使人体内的精、气、神凝合为丹（实为"功"），这种路数在气功中体现得十分鲜明。一般情况下，气功都要求练功者调节内气，寂然入静，在调身、调息、调心的努力下，排除杂念，达到浑然忘我的境界。在呼吸吐纳、反复修炼的过程中，即可调和阴阳，翕聚精气，存神内视，气沉丹田，经络畅通，神完气足，由此便能激活生命潜能，"小可祛疾，大可延年"。现在学者研究认为，气功能够开发人的智力，优化人的情绪，增进人的身心健康，防治人的心身疾病等，功能之大，不可轻视。也有人论证，气功治病，可以不假外药即可病除，其原理是微粒流产生的异体电波输入病者体内，刺激病人神经系统或病灶部位，改善内在血脉与经络的现状，即可达到治疗目的。这些说法，抑或有待验证，但是以内丹术为代表的道士修炼方法对现代气功的启示，却只会有增无减，则是无疑的。

道士修炼方式与科学的诸多联系，丰富了道士生活的内容。他们在修炼过程中偶然所取得的一些科学成就，不管是出于有意或无意，终归是他们的生活收获。所以，在我们了解和认识古代道士生活的同时，且不可疏忽了道士在生活中的科学发现与创造这一点。

第三章

道士的日常生活

　　道士们所向往的得道成仙之后的生活，对于肉体凡胎的人来说，堪称是一种神奇的诱惑。"登虚蹑景，云舆（yú，于）霓盖，餐朝霞之沆瀣，吸玄黄之醇精，饮则玉醴（lǐ，理）金浆，食则翠芝朱英，居则瑶堂瑰室，行则逍遥太清。"[①] 葛洪在《抱朴子·内篇·对俗》中对仙人的逍遥享乐生活作了如此诗意化的描写。然而，这种描写和渲染，只不过表现了道士们对理想生活境界的追求而已，并非是他们实际生活情景的记录。那么，道士们实际的日常生活又是怎样的呢？

　　道士们的生活除了修炼之外，也有与世人相通的一面。他们亦少不了衣食住行，在有的道士那里，甚至还少不了娶妻生子，阴阳和合。但这并非是说道士们的日常生活与世俗无别。实际上，道士们的包括衣食住行在内的日常生活也是他们修道生涯的不可缺少的一部分，其在实现特定的宗教目的即得道成仙方面，与我们在前面介绍的道士的修炼方式具有同样重要的意义。因为作为一个道士，他在衣食住行等方面也必须严格遵守有关清规戒律，注意与修炼生活保持同步，以便积功积德，早日得道成仙。因此，道士们在日常生活中也有自己的境

[①] 张继禹主编：《中化道藏·抱朴子·内篇·对俗》，第 25 册，华夏出版社 2004 年版，第 11 页。

界追求，以至一衣一食，居处行走，皆成"修炼"，无不可以见出其道行之深浅来。

第一节 道士的服饰

道士们对自己的服饰非常重视，他们认为："衣者，身之章也。道俗不可混杂，若出家超世，一通而已。至于陆通散发，徒跣倮形，有之与无，弗拘限制。其涉世居家，又不得过三通。通过三者，急以施人。积而能散，转伪成真，真人建学，修身率众，应须两通。常令新净，故随布施，施与法人，人非法者，不得充用，秽辱真正，深宜防之。良无其人，火净如法。非唯衣服，爰及屋宇，林席帏帐、屦履被毡褥，食器书疏，触物堪施则施人，不堪则净。巾帽服饰，椅衫裙襦，行縢臂衣，事事各二。其一分别异室安处，法事则著，事竟脱之。别箱各箧，内外不参，每使香洁，齐整副称，大小厚薄，布绢随时，富不得奢靡，贫不得秽陋，调和中适，依按师仪。受法之初，便应令备。贫未悉具，浣濯中延要服所须，大略如左：葛巾，单衣，被，履，手板。"[①] 由此可见，道士认为衣着是内在境界的体现，道俗之不同亦反映在服饰方面，因此万万不可混同于俗界。所以，道教在其发展过程中对道士在服饰方面也制定了一系列的规定，称为"服饰威仪"。于是，便使得道士们在衣着打扮方面也体现出了非常显著的特点。

在道教发展的早期，道士的服饰尚没有统一的式样，直到南朝时，始由陆修静制定了相应的道戒，才有了法定的道士服饰。道士的衣着开始制度化。《历世真仙体道通鉴》卷二十四说，陆修静"立道士衣服之号，月披星巾，霓裳霞袖，十绝灵幡，于此著矣"。这里所点到

① 张继禹主编：《中化道藏·传授经戒仪注诀·衣服法第九》，第 8 册，华夏出版社 2004 年版，第 304、305 页。

的月披、星巾、霓裳霞袖、十绝灵幡等，均是道士的服饰种类，代表着道士服饰的基本特点，以至人们从服饰方面便可以辨认出道士的身份，甚至还能够辨认出他的品阶或道职。《道书援神契序》说："世之议老子教者，皆曰异端，其初本于儒，而末之流自异也。儒不可谓之教，天下常道也。尧、舜、禹、汤、文、武、周公、孔子，相继而作，何教之云？周道衰，礼乐废，而俗多诈，视孔子之道若与时异，因指为教，其本诸此。老子与孔子同时，最号知礼，孔子常问以礼，老子以道莫行于乱世，洁己去国，务为清虚。孔子悯道之不行，斯文将丧，历聘诸国，其进退不同，衣服礼法未尝异也。后世孔子徒之服随国俗变，老子徒之服不与俗移。故今之道士服，类古之儒服也。"① 就是说，作为孔子的徒弟的儒生们的服饰，经常随着时代风俗的变化而改变，而唯独作为老子徒弟的道士的服饰，则不追逐时尚，仍保持古制，这也是道士们引以为荣的一个方面。道士的服饰大抵可分为两大类：法定式和自由式。质地虽然与时代的条件相符合，但以棉质为主。道士的法定服饰，种类繁多，从头到脚，有冠、巾、裙、袍、戒衣、法衣、花衣、鞋袜等，它们在形制以及使用方面都颇有讲究。

冠：即道士们为仿效神仙世界之品第等级而戴在头上的一种装饰之物，其含义与我们今天的帽子大不相同，与其说它是为了御寒而用，更不如说是体现道士等级身份的一种象征性饰物。冠分五种，分别为黄冠，又称月牙冠或偃月冠，形如弯月，黄色，受初真戒的道士才可以戴；五岳冠，形如覆斗，上刻"五岳真形图"，受过戒的道士方能戴；星冠，亦为覆斗形，上刻五斗星形，道士拜北斗时所戴；莲花冠，又称上清冠，形如莲花，高功所戴；五老冠，形如莲瓣，上绣五老像，亦为高功所专用。戴冠通常意味着道士要参加法事活动，要衣冠整齐

---

① 张继禹主编：《中化道藏·道书援神契》第28册，华夏出版社2004年版，第664页。

地出场。

巾：即道士们所戴的头巾。俗话说：道有九巾，僧有八帽。据清代闵小艮所著的《清规玄妙》介绍，全真道的"九巾"为"唐巾（纯阳巾）、冲和巾（庄子巾）、浩然巾（传为孟浩然所制）、逍遥巾（荷叶巾）、紫阳巾、一字巾（混元巾）、纶巾、三教巾、九阳巾（九梁巾，又称诸葛巾）。也有人不把"一字巾"列入其中，而以"太阳巾"（类似于遮阳的大草帽）代之。九巾之外，尚有包巾或称幅巾等。巾与冠往往配套使用，如道士受初真戒者戴纶巾，配以偃月冠；曾受天仙戒者戴冲和巾，配以五岳冠。

褂：分大褂、中褂、小褂3种，长短各异，袖宽有别。大褂为蓝色，在右腋有两根飘带，以寓飘飘欲仙之意。

袍：即道袍，又称"得罗"，为道士的大礼服。长随身，袖子宽至1尺8寸，亦为蓝色，以象征天空之色与东方之气。未曾受过戒的道士所穿的大褂和道袍，则应为黄色。

戒衣：道士受戒时所穿。黄色，衣袖宽至2尺4寸，长则随身，常于衣领、对襟等处绣有具有象征意义的图案或者各种神秘图案，如现保存于北京白云观的慈禧太后当年所赐的4件戒衣，其中的金丝绣八卦天仙洞衣和金丝提花天仙洞衣，便在衣领对襟上饰有由丝线织成的神秘图案，背部则绣有生翅飞龙和白云。道士穿用戒衣，亦有一定的讲究，如受初真戒时应穿初真信衣，受中极戒时着轻尘净衣，受天仙大德妙戒时则可穿天仙霞衣，此之谓"三衣格"。可见，戒衣在名称和式样方面亦有种类之别。

法衣：为方丈、高功、经师在做道场以及举行宗教大典时所穿的法服，无不制作精细，且绣有不同的图案，以显示不同的身份与职司。法衣通常为紫色。方丈的法衣，常由帝王所赐，所以，史书上常有"赐紫道士某某"的记载。

花衣：又称班衣，素净不绣花，经师上殿诵经或出外念经时所着之服。此外，道士所穿的裤裙，在式样上没有教内的特殊规定，颜色一般与上衣或外衣相配。道士通常穿云履（云头鞋）或青鞋（青布圆口鞋），袜子则为高筒白布袜，裤管要装入袜筒内绑紧，即使不是高筒袜也要将裤管沿膝以下绑扎，绝不可散开裤管。有条件的道士也可以穿比较讲究的双脸鞋或十方鞋，山居道士则大多穿比较坚固的麻鞋。

道士的服饰，有品第次序之分，以区别贵贱尊卑。因此在制作方面，长短、颜色以及条缝多少，均有一定的规定，不可乱来。比如，高玄法师的服饰是玄冠黄裙，黄褐（袍，粗布制作）黄帔（pèi 配，披肩）28 条条缝；洞神法师玄冠黄裙，青褐黄裙紫帔 32 条条缝；洞玄法师的服饰则是芙蓉冠，黄褐黄裙紫帔 32 条条缝；正一法师的服饰为玄冠黄裙，绛褐绛帔 24 条条缝；一般道士的法服则为平冠上下黄裙，帔 24 条条缝；一般女道士的法服为玄冠上下黄裙，帔 18 条条缝。女道士与男道士的服饰基本相同，唯冠异制。女道士所戴的冠制作更加考究些，装饰的意味更浓。场合不同，道士的服饰也略有变化，比如在诵经时应披上帔，在礼拜时则穿上褐，在拜北斗时戴星冠，在受戒时则戴五岳冠，等等，俱有定例，不得有违。关于男女道士衣冠服饰的规定及式样，在《洞玄灵宝三洞奉道科戒营始·法服图仪》中均有图示和说明，并且强调指出："服以象德仪形。道士、女冠，威仪之先，参佩经法，各须具备，一如本法，不得叨谬。违，夺算三千六百。……科曰：道士、女冠，若不备此法衣，皆不得轻动宝经。具其法服，皆有神童侍卫。正一法衣，将军五人、力士八人侍卫。高玄法服，神童、神女各二人侍卫。洞神法衣，天男、天女各三人侍卫。洞玄法衣，玉童、玉女各八人侍卫。洞真大洞三洞法衣，玉童、玉女各十二人侍卫。总谓之法服。违，侍童远身，四司考魂，减

纯阳巾

算二千四百。科曰：凡道士、女冠，欲参经法，皆预备法衣。既告斋传法位讫，即须冠带法服，执简称名位，拜其本师，朝谒太上。违，灵官不附身，魂考五帝，夺算一千二百。"[1]如果不按规定，随便穿戴，便犯了大过失，定会受到惩戒。为了显示法师的地位，其在穿戴法服时，须有侍卫或玉童玉女若干人服侍在旁。在正式场合都要求道士穿上法服，装饰齐备，以示庄严。道士在着装时，还必须念诵规定的咒语，如全真道规定道士在簪冠时念"当愿众生头容常正首出万类"，着衣时念"检束威仪服膺善法"，穿鞋袜时念"当愿众生践履真实行不离道"。

尽管道士的服饰通常是法定的，如若妄着乱用，违背相应的规戒法则，便要记过受惩罚。但事实上有的道士在穿着上也很随意，不完全拘于法定的服饰。早期道士多属散居道士，尤其是丹鼎派道士，其

---

[1] 张继禹主编：《中华道藏·洞玄灵宝三洞奉道科戒营始·法服图仪》第42册，华夏出版社2004年版，第22、23页。

衣饰常因人而异，但均以俭朴为尚。道士如果受朝廷征用而入朝为官，也会依官制而穿上朝服。陶弘景曾被召为诸王侍读，后不奈其俗，脱朝服挂于神武门，辞官隐去。逝世时遗令仍穿旧衣服，上面加生祴（gé 革）裙及臂衣鞨（mò，莫）冠巾法服，左肘录铃，右肘药铃，佩符络左腋下。这种装束很能见出陶弘景作为高道的个性，透露了他渴求超脱、自由的心态。唐代高道司马承祯亦曾应诏进入宫廷，由唐睿宗赐以绛霞红帔，鲜亮华贵，但他终于还是辞别而去，以着普通道装为乐。全真道鼻祖王重阳及其七大弟子皆以"异迹惊人，畸行感人，惠泽德人也"[1]，他们的清节苦行也突出地表现在服饰上：不讲究穿戴，有的经年赤脚，有的仅着一蓑，即便衣衫尚全，也不修边幅，更不讲求整齐划一。还有那位赫赫有名的武当山高道张三丰，据记载，他的衣着打扮十分奇特，无论春夏秋冬总是穿着一件破烂不堪的衣服，披着一件蓑衣，时常蓬首垢面，因此被人称为张邋遢。他自己竟以此为荣，自称"邋遢道人"，据传武当山道派也因之被称为"邋遢派"。传世的张三丰铜铸鎏（liú，流）金坐像，神态潇洒，头戴斗笠，脚穿草鞋，其形貌虽被美化、神化了，但仍能看出他着装的朴素。《松窗梦语》卷六也记载，华山高道"黄冠草履，身以一衲，寒暑不更"。的确，对于高道们来说，穿着服饰反而是细枝末节，关键是内在的道行要超凡脱俗。有些深受道士影响的士大夫也意识到了这一点，对于道士服饰的简朴甚至不洁也能理解并给予辩护。据《因话录》记载，有一个大臣退朝后去访问朋友，看到有一位衲衣道士坐在客厅里，便不高兴地走了。不久，当他再见到这位朋友时便责备道：你为何要与穿毳（cuì，脆）褐的道士打交道呢？这些道士身上那么臭！这位朋友坦然答道：毳褐衣服的臭气仅在外表，哪里比得上铜臭的恶臭！你沾染

---

① 陈垣：《南宋初河北新道教考》，中华书局 1962 年版，第 35 页。

了那么多铜臭也不知羞耻，反而讥笑我与山野高道来往，在我眼里那褴褐远远胜过满朝公卿身上的朱紫！应该说，这种辩护是有力的。高道深居山野，穿着麻衣布衫草履，而他们的精神状态则是超然自由的。这种情形在一些民间道士或正一派道士身上也存在，因为他们不住宫观，穿着也就不必遵守衣冠定制，不必讲究整齐划一。

虽然道士的服饰存在着自由随意的一面，甚至一些高道往往不修边幅，任其脏臭，但从整体上看，这毕竟是个别现象，我们不能因此而否认道士在服饰方面讲究衣冠整齐的特点。事实上，大多数道徒都能恪守服饰威仪，故他们的衣着虽然朴素，但无不整洁，确实体现出了"富不得奢靡，贫不得秽陋，调和中适，依按师仪"的服饰特点。

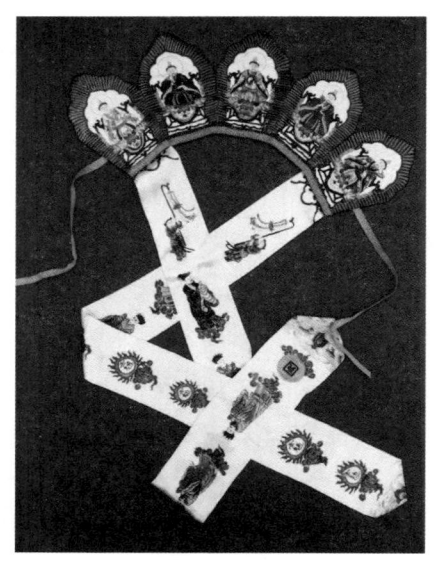

五老冠

道门还规定，道士备巾帽服饰袴衫裙襦（rú，儒）行縢（téng，腾）臂衣各两套，能够换洗即可，如有多余便要施与别人。显而易见，衣着之事，亦可以反映出一个道士的修道境界来。

第二节　道士的饮食

道教戒律规定，道士禁绝杀生，禁绝喝酒。因此，道士的饮食相当简单。通常五谷杂粮以及青菜咸菜便是他们的主要饭菜，这恰与世俗社会对饮食的追求相反。世俗之人追求的是鸡鱼肉蛋、美味佳肴，而道士们却在饮食上追求节俭朴素，甚至千方百计想出办法来尽可能地少吃少喝甚至不吃不喝，或是寻求各种各样的替代手段，比如服食、辟谷、气功等法术，均显示了道士们在饮食上竭力排除世俗欲念而追求超凡成仙的努力。

在道教宫观中常住的道士，一般一日三餐，有时是一日两餐，通常是集体用餐。其具体食谱，根据所处环境及条件而定，主食以五谷杂粮制品为主，副食以时鲜蔬菜为主，饮品有茶。干稀饭搭配，或者早稀、午干、晚稀，不求丰盛，但求简朴；不求精美，但求素净，果腹而已。有的高道隐形于山林之中，吃的喝的皆就地取之，并与服食修炼结合起来，形成了自具特色的食谱。所以，对于这些高道来说，饮食与服食养生便合而为一了。所谓服食，系指服用某些药物以求延生乃至长生不死的方术，为道士们的重要修炼方法之一。在古代巫术中，便有食用某些动物、植物能使人不老、不死的观念。到了战国时期，神仙家们更据此而大肆宣传服用不死之药可致长生而跻位神仙。从西汉开始，一些方士则自己合药，供信仰者服食。这些高道继承了方仙道的服食思想和方法以及传统医学服药治病、防病的方法，并与自己的日常饮食结合起来，成为修仙的重要方术之一。如陶弘景便在《养性延命录·教诫篇第一》中说："《神农经》曰：食谷者，智慧聪明。食石者①，肥泽不老。食芝者，延年不死。食元气者，地不能埋，天不能杀。是故食药者，与天相异，日月并列。"②道士的服食方种类多得惊人，如果将历代的服食著作开列一个书目，则足以让人眼花缭乱③。就选用原料而言，道士的服食可以分为两类，一类是草木药，以植物和菌类为主；一类是金石药，即丹药。

关于道士服用丹药的情况，我们在本书第二章中已有介绍，这里只介绍服用草木药的情况。道士们认为某些草木植物，经过特殊制作，食用后，可以使人延年益寿，甚至长生不老。因此，他们便致力于这种草木服食方的搜集、发掘，并反复试验，长年食用，乐此不疲，这在他们的日常饮食中占据了重要地位。尤其对于一些高道来说，已经替代了正常的饮食。举凡茯苓、黄精、枸杞、松脂、柏籽、天门冬、地黄、胡麻等，在道士们看来均具有神奇的功效，依法制作，按时食用，便可收到预期的作用。比如，将茯苓削去黑皮，捣成小块，再用醇酒泡在瓦器之中，酒要没过茯苓块，然后将瓦器盖上，涂泥密封，15 日后便可打开食用，每日 3 次，每次吃一小块，久之，便可以使人除病延年。又比如，将天门冬 3 斛（hú，胡），剥皮捣碎压汁，得汁 1斛，用文火煎之，煎至约剩 5 斗汁时，加入白蜜 1 斗，继续煎熬至出现香味及颜色变黄，这时需不停地搅动，一直熬到非常浓时下火，然后加入大豆面，制成直径 3 寸、厚半寸的饼，每天食 1 个，100 天之后，可以使人肌肤润泽，白发变黑，牙齿再生，收到延年之奇效。甚至一般的五谷杂粮，道士们亦可以运用特殊的方法制成养生佳品。比如将白粱米 1 石用南烛汁浸泡，然后九蒸九曝，可得 3 斗多干米粒，每日

---

① 指五石散等金丹。
② 张继禹主编：《中华道藏·玄品录》第 23 册，华夏出版社 2004 年版，第 642 页。
③ 陈国符先生在《道藏源流考〉中对历代服食书目有较为详细的著录，见该书附录四。

蒸食1匙，一月后减为半匙，两月后减为1/3匙。长期食用，肠化为筋，风寒不能伤，须鬓如青丝，返老还童。道士们这种希望通过服食成仙的梦想，无疑给他们的日常饮食增添了一层神秘的色彩，其中不无虚幻的成分，但是除了金丹已被实践证明非但不可使食用者实现长生之梦，反而会中毒死亡而外，草木方和药酒方确实具有药用的价值，可起到健身防病的作用。当然这种作用被道士们过分夸大了，因而使得道教服食著作中充斥着食用某种东西可以长生不老或终身不饥的神话。总之，道士们希望能够像神仙一样超越肉体凡胎所必需的每日进食，闲置起肠胃，不受饥渴之苦，免除口腹之欲，惬意自在，长寿升仙。即使极境难至，但也不妨是退而求其次，即尽可能地简单朴素，粗茶淡饭。不过对于那些养生有道的道士来说，并不会因此而面露菜色，反而多有高寿者。

　　道士在饮食方面亦有许多仪范规定，称为"饮食威仪"。道士们集体用餐的地方叫"斋堂"，到斋堂吃饭叫"用斋"，又叫"过斋堂"或"过堂"。对此有3种规矩：不讲威仪，随便到斋堂用斋，称为"便堂"；衣冠整齐，在斋堂门外排队进斋堂用斋，称为"过堂"；从腊月二十四晚斋开始直到正月初五午斋毕，其间的用斋，仪式极其隆重，宗教色彩甚浓，称为"过大堂"。"便堂"不讲什么形式、规矩，"过大堂"则规矩甚严，礼仪繁多，非简短之语所能介绍得清楚，故从略。这里重点介绍一下"过堂"的情形。每到"过堂"即开饭之时，宫观中的厨房饭头发出信号，或为梆声，或为铃声。听到信号，道士们便马上顶冠束带，像士兵那样迅速集合于斋堂前的院子里。通常分两行对面排好，有时还要求道士们挽臂不动，秩序由执磬的带班经师维持。此时，担任执事的道士去请监院即观内住持或称当家前来用斋。斋堂的主领执事堂头则去厨房端出事先准备好的供品，通常是一小盂饭，一小盂清水，一双筷子，燃香两炷，均放在供盘内，举供齐眉，到斋堂前，从道众两排中间经过，再进入斋堂，供于灵祖像前。在此过程中须有一名经师随行护供。这一仪式完成之后，两名经师鸣磬先进，然后监院、侍者、执事、道众依次而进斋堂用餐。道众进斋堂要两排并进，左排的先迈左脚进，右边的先迈右脚进，二人还必须成侧身相对形。进门后二人同时转身并立，动作一致地向上打一躬，躬毕，再同时转身分赴两边入座。各人的位置都是固定的，不可乱坐。坐定之后，堂头擎拳打躬喊"大——众——请——斋"，这叫作"让斋"。"让斋"毕，侍者归座，合堂用斋。每个人面前碗筷的摆法亦有讲究，两个碗一左一右而放，左边的为饭碗，右边的为菜碗，筷子则横放在两碗前近身处。用斋开始后，负责斋堂内一应事务的行堂左右巡视，随时加饭添菜。道士用餐要神情专注，不能交谈喧哗、碗筷出声；不能搔首剔齿、随便起坐；不能抛洒食物，挑食或贪食，若发现饭中有谷有虫，须去皮食之或暗地挑出，不能让他人知之；不能吃得太慢，也不能吃得太快，举筷放筷不能在师长之前。如需添加饭菜，便以目注视行堂，用筷子指碗，并向碗内画圈，以示所需多少，不可呼唤，亦不能急躁。食毕，要将筷子直放在两只碗的中间，以示斋毕。全体用斋完毕后，侍者离座喊"大——众——结——斋"，堂头将供奉圣真的供盘送回厨房，然后道众以与进堂时相同的动作依次退堂，到堂外分站两排，等待监院退出斋堂，行躬身礼后，执事引路送监院回寮，道众亦散班各回各寮。在用斋时，如有失礼者，将要受到跪香的处罚。道教教义规定，道士每次用饭，心里必须想到十方供养，来之不易，无功享受，唯恐罪过，所以在吃饭过程中要轻声念入食咒、结斋咒。入食咒为："自然天厨食，吾今与加持。一粒遍十方，河沙共尘迷。饥渴永消灭，食之宴瑶池。今将与幽魂，功德不思议。"结斋咒为："百谷入胃，与神合气，填补血液，尸邪亡坠，长生天地，飞登玉阙，役使六丁。灵童奉卫。"

尽管道教戒律中明确地立了戒酒戒肉的条文，但仍有道士破戒，肆意地畅饮与啖肉。道教仙话中所描写的仙人往往是一位酒仙，他们不但以豪饮著称，而且以金针度人，使得平民百姓也大沾其光，有了成仙的机缘。《女仙传》写酒妇女几善酿酒，有仙人来饮，以《素书》五卷抵押了酒钱。女几开视《素书》，依其长生术修炼，变得越来越年轻。忽一日仙人复来，引女几升仙而去。《续仙传》亦记载，有个好道爱客的王老，以酒食热情款待了一个穿着破烂的道士，当这位道士遍体生疮时也不嫌弃，反而求医诊治，益加殷切。这位道士说用大瓮盛酒放上药浸之便可治愈。王老听了，便精心酿造了一瓮酒，依法让道士入瓮，3 天后出瓮，再看道士，变成了翩翩少年，使得王老一家惊异万分。道士告诉王老，饮此酒可升天成仙。王老信之，与道士及家人共饮至醉，遂得全家飞升。饮酒而能成仙，这自然是编造的仙话。但饮酒能够获得如仙如飞的生命体验，这大抵却是可能的，而这种体验正是道士们心驰神往的，因此一些道士破戒豪饮便不难理解了。曾正式受箓入道的李白，就常常在这如仙如飞的体验中，发挥出超群出众的创作能力，写出了许多想象神奇的浪漫诗篇。在深得道士之风的"竹林七贤"、陶渊明、苏东坡等文人那里，酒醉时"所达到的那种无意识的忘却与古代道家所提倡的生活似乎完全相吻合"。[①] 从一定意义上说，这种吻合也是道文化与酒文化的一种融合。

　　道士在饮食方面的特点亦与所属道派有关。恪守道教戒律，是全真道清修派的基本特征，故此派道士多与酒肉无缘。而正一道或茅山道等历史上不同时期的道派，相对而言就不那么恪守戒律，无论在家还是在山，饮食方面的禁忌便少多了。比如现今仍存在于壮族地区的茅山派道士——在当地被称为"道公"，就不出家，不吃素，还可以

---

① [美] 刘达：《道与中国文化》，刘泰山等译，广西人民出版社 1990 年版，第 18 页。

北京白云观

成家立业。饮食方面，唯忌食牛狗肉，其他肉类则不在禁食的范围之内。而这种禁食也是与当地民俗相关的。此外，对于一些高道来说，饮食威仪也并不那么重要。比如著名道士张三丰，吃饭、睡觉均无规律可言。据《明史》记载，他有时三五天才吃一顿饭，有时数月不食。但是，不吃则罢，一吃则饭量惊人，"所啖升斗辄尽"。他睡觉亦如此，不睡则已，一睡便是月余。甚至在寒冬腊月，他可以在雪堆里酣然熟睡，鼾声如雷。当然，这些高道们的这种自由随意的饮食、居处方式之所以可能，是以深玄精湛的内炼功夫为基础的，一般道众自然学不来，而且只要身处道观之中，宫观中的清规戒律必须严格地遵守，尤其对于全真派道士而言，更是如此。

第三节 道士的居住

　　道士分出家与在家两种。出家道士必须住在宫观之内，以宫观为家，生活于斯，终老于斯。在家道士名义出家而实际居家，所以又叫记名出家。居家道士既可穿道服，亦可不穿道服；家中设道坛，早晚须礼拜念经；可以婚娶；居家道士可读书、耕作或从事其他职业，故与世俗之人多有相通之处。就正一派、全真派这两大道派而言，正一派道士多有居家者，而全真派则提倡出家，常住在道观中修炼。

　　宫观是道宫和道观的合称，其作为道士修道居处场所的命名，自有一定的来历。在道教初创的东汉时期，道士的居处并不称宫观，而杂称为"茅室""幽室""精舍""靖室""靖""草屋"等，从这繁多不一的称谓本身，我们便不难想象当时道士的居处是如何简陋，大约不外茅屋瓦房之类。魏晋以来，情况有所变化，这时山居道士的住所称"靖庐"。皇家设于都邑的修道祀神场所，南朝称"馆"，北朝则称"观"。唐代以来，便统一以"观"来命名。"古者，王侯之居皆曰宫，城门两旁之高楼谓之观，殿堂分东西阶，连以门庑。宗庙亦然，今天尊殿与大成殿，同古之制也。《诗》曰：雍雍在宫。《传》曰：遂登观台。"[1]关于"观"的含义，据《渊鉴类函·居处部四》载，其意有二，一为观望，二为楼观，概源自尹喜结草楼以远观，得迎老子前来讲经的典故，"故号此宅为关令草楼观，即观之始也"。当然这只是说法之一，实际上关于"观"的命名来历众说不一，比如有说"观"是道士沿用了汉武帝敬神之所蜚廉桂观、益延寿观之"观"的名称而来，有说其由来与早期道教的五斗米道所设置的二十四治制度有关。"治"为教区，其"治所"即是道士祀修之处，这里不予详说。关于"宫"，

---

① 张继禹主编：《中华道藏·道书援神契》第28册，华夏出版社2004年版，第664页。

本是皇帝居处的专用名词，但是由于唐朝以道教为国教，尊奉老子为宗祖，视道士为宗族，因此唐玄宗便准许道士以"宫"来为自己的修道场所命名。至此，道教"宫观"的名称便基本定型，后世沿用不变。当然，金元以后，全真派亦有称其修道场所为"庵""堂"的，此为融合三教之产物。

　　道士居住的宫观庙宇分为子孙庙和十方丛林两种。"子孙庙"和"十方丛林"，是道教宫观的两种组织形式，它们在内部组织和管理体制方面有严格的区别。子孙庙又称"小庙"，其特点是：庙产私有，师徒承继；主持即当家道士，一般从庙内辈分最高、资历最老的道士中选举产生，也可以由上一代当家住持临终时指定；可以招收徒弟，但不能传戒，亦不能悬钟挂板。子孙庙严格遵守师徒代代相传的道规，不接纳外来的游方道士。从某种程度上看，子孙庙可以说是居家修道模式的放大，仍呈现着居家修道的封闭型特征，通常小城镇和农村的宫观大多属于子孙庙。到子孙庙出家的道士，进庙后由住持和资深道士商定，指定其拜在某道士名下为徒，并按本庙法眷定辈，由师父给起一个法名，因此新道徒便称师父为"度师"。经过 3 年修行之后，庙内还要为道徒举行隆重的冠巾礼，须请本庙宗亲以及邻近道众出席做客。仪式结束后，此道徒便成为一个正式的道士，有资格在外住庙收徒弟了。庙内论资排辈，规矩森严，不可逾越。十方丛林又称十方常住，其特点是：庙产属教团道众公有，四方道士凡符合挂单条件者，不管是全真派的还是正一派的，皆有在此挂单居留的权利；有传戒的权利，但是不能收徒弟；观内悬挂钟板，道士们以钟板声为日常作息号令，正所谓晨钟暮鼓，日出而课，日没而息；由于规模大、产业多、道徒多，因此管理机构齐全，执事众多，责任分明。十方丛林实际上是道士们学习道教规法威仪和受戒的中心聚集点，分布在各地，如陕西楼观台、北京白云观、沈阳太清宫，便是其中

终南山上隐休的茅舍（选自《寻访终南》）

最著名者。十方丛林的常住道士，大都从前来挂单即参学访道的道士中择优留居。十方丛林中的修道生活，具有出家修道的典范性，由于它接受不同道派的道士前来挂单留居，以及承担着小庙所推荐的道士前来受戒的任务①，所以又呈现出开放型特征。此外，尚有一种介于子孙庙和十方丛林之间的宫观组织形式，即子孙丛林，又称子孙常住。它也为道士的修道场所之一，多系由子孙庙兴盛发展之

①丛林宣布传戒时，小庙便推荐徒弟前去，集中接受三堂大戒（初真戒、中极戒、天仙戒）。

后，悬挂钟板、留单接众升格而来，因此在组织机构和管理制度方面与十方丛林基本相似。

随着道教的兴盛发展，宫观越来越多，泰山、衡山、华山、恒山、嵩山、龙虎山、青城山、茅山、阁皂山、罗浮山、终南山、武当山、崂山、庐山等名山胜境中，都有巍峨壮观的宫观建筑，都有道士们开静止静的云板声音，都有信众虔诚进献并点燃的缕缕香火，构成了非同凡俗的人文景观。许多道教著名宫观之所以选址在名山胜境之处，是因为道士们认为修道必须要静心，而要做到静心，除了修道者的信念和主观努力外，良好的外部环境也非常重要。因此，许多远离尘嚣的名山大岳就成为道士们修炼的理想之地。甚至，有的宫观专门选建在山中悬崖峭壁或孤峰绝顶之上，其用意甚明。这些名山大岳不但被道教宫观所占，而且还被道士们说成本来就是上天遣派仙真统治的地方，因此也是绝佳的修道之所，这就是道士神仙崇拜中的"洞天福地"之说。所谓的十大洞天、三十六小洞天、七十二福地，包括了华夏大地众多的名山大岳，当然也必定成为宫观的所在地。唐末五代道士杜光庭曾在前人的基础上编录有《洞天福地岳渎名山记》，可参阅。当然，也不是所有的宫观都建造在名山大岳林壑山野之中，城邑之中或其附近也多有宫观，甚至不乏著名宫观，比如位于今北京市区的白云观、东岳庙以及沈阳市区的太清宫等，都是闻名天下的道教胜地。这些宫观，虽然地处通都大邑，然而经过特殊的营造，山门之内仍可以不染市尘，清静幽雅，成为理想的修道场所。

道教宫观，作为道士修道祀神、举办法事、起居养生的处所，在建筑格局布置和建筑风格方面，有自己鲜明的特点。无论是全真道，还是正一道，在宫观建筑格局方面，基本没有什么差别，一般都是前有山门、华表、幡杆，山门之内则为庭院式建筑群落。以华表为界，华表之内属仙界，华表之外属俗界。宫观建筑根据乾南坤北、天南地北的方位，以子午线为中轴，坐北朝南。中庭是宫观建筑的主体部分，一般都建有三大殿堂，殿堂由正殿和陪殿组成，正殿中祀三清、四御、玉皇大帝、王灵官等神祇；正殿两侧为陪殿，祀一般道教尊神，或者为十方堂、云水堂①及执事房。中庭两边是道院，通常称东、西道院，除祀一般诸神外，斋堂、寮房等亦设于此。宫观一般都以红墙圈围起来，门前立有影壁，起着藏风聚气的作用，山门则必定是三个门洞，据说是象征跳出三界外的意思。宫观内种植着松柏、翠竹、银杏等树木及花草。宫观殿堂由基座、墙身、屋顶三大部分构成，殿内墙壁大多绘有壁画，一般都是斗拱结构，殿脊、檐角等处都有珍禽异兽等装饰物。整个宫观建筑群，由于讲究布局，以及局部结构多呈曲线型，因此显得高低交错，抑扬有致，极富节奏感；同时又由于采用高基座、坡形屋顶，因此又给人以凝重、庄严、肃穆的感觉，比较充分地体现了我国传统建筑的特征。同时又融进了道教教理，比如讲究阴阳五行方位的对称配合，以及通过殿堂的偏正、面积大小和屋脊高低来显示所供奉神灵的尊卑高低，等等。有许多道教宫观建造于名山胜川之处，或依山构势，或傍水结庐，与周围环境和谐融洽，显得清新自然、超尘拔俗，这无不有利于一种宗教气氛的营造，住在其内的修道者们也就更加显得不近俗尘、与世隔绝了。最能体现道教宫观建筑风格特点的有北京白云观、东岳庙，江西贵溪龙虎山上清宫、武当山紫霄宫、嵩山中岳庙等。道教宫观为道士们的日常生活与修炼生活提供了良好的条件和环境，道士们就是在这样的环境中，从事日常修炼、做道场、开坛传戒、庆贺神仙诞辰等。他们认为自己所栖身的宫观，亦是天地人间至尊神灵所居之处，自己在此修道奉祀，便能超凡出世，得道升仙。

---

① 云游挂单道士。旨住此二堂中。

嵩山中岳庙

　　道教宫观的宗教作用是多方面的，为道士提供栖身修道之所是最基本的方面。宫观既是道士们宗教生活的舞台，也是发展道教的基地。这里既可以满足道士们饮食养生及起居方面的需要，又是道士们举行诵经、斋醮、传戒等宗教活动的场所。为了修道弘道，道士们还要在此收藏道教经书、文物等。因此，道士们的宫观生活与纯粹意义上的修炼生活是融为一体的，以致他们从早到晚，一言一行都要如法如仪，绝对不可随心所欲，率性而为。因为在宫观中有许许多多的清规戒律，还有等级分明的管理监督机构。大的宫观，组织机构都比较齐全。以十方丛林为例，通常由方丈、监院与都管负主要责任，下设客堂、寮房、库房、账房、经房、厨房、堂主、号房等8大执事部门，并设有"三都""五主""十八头"等执事人，分管各种具体事务。正常情况下，道士们的宫观生活都显得很有秩序。清晨 5 点左右，由担任钟头、鼓头的道士准时鸣钟击板，发出起床信号，称为"开静"。道士们闻声即起，有的稍用点时间进行叩齿、漱唾等修炼后便马上起床，不论寒暑晴阴，都不能贪睡。起床后洗梳完毕，便分工打扫庭院，再集中起来到殿上举行诵经法事，谓为"早坛"（详见本书第五章）。然后又集体进入斋堂吃早饭。早饭毕有一定的休息时间，之后便开始研习教义、切磋法术或操办宫观事务，如有法事活动，便要求各方面紧密配合，准时举行。吃午饭时，道众也要集合，像早饭时一样有秩序地进行。午饭至晚饭这段时间，除了安排一定的休息时间外，仍主要用来研习教义、切磋法术、处理事务等。有些正规法事活动也可以安排在下午进行。道士们的晚饭吃得较早，一般在下午 4 点就开饭。吃毕还要上殿诵经，称为"晚坛"。约至 7 点便会响起"止静"的云板声音，宣告准备就寝。再次打板，道士们就要全部睡下，不得交谈嬉笑。早睡早起身体好，这也算是道士们养生的一条经验。

道士生活在宫观中，需要注意的事项很多。正所谓不矜细行，终累大德。一言一行都要合乎仪范，否则便会受到惩罚，减削功德，贻误修道。比如，早晨起床后洗漱梳理，便要合乎盥栉（zhì，至）威仪，洗脸要认真，漱口要轻声，泼水要轻泼，不能泼在路上，更不能泼溅到他人身上；长发要经常梳理，掉的头发多要到僻静处焚化，不能乱扔乱塞；不能高声呕吐唾涕，如要吐唾沫、擤鼻涕，当至无人处或指定的地方。道士说话的时候则要求合乎言语威仪，在法堂上不能高声说话和大声咳嗽，更不能胡言乱语；饮食时不能说话，睡觉时也不能说话；对师长、同道乃至俗众均不能出言不逊，更不能恶语谩骂，言语要得体。站立坐卧也有一定要求，如站立不能单足独立或倚桌靠壁，不能站在师长正前面，也不能站在师长后面的时候倚靠着师长的椅座；不能歪七扭八地坐卧，焚香时要正襟危坐，不能正对着圣像坐卧；夜里宜多坐少卧，卧宜向右侧体屈足；醒时舒展，不能四肢平展仰卧；不能与师同房卧，更不能同床卧，不能脱小衣卧，更不能随便什么地方就卧；还有不能大白天卧，不能吃饱后便卧。在宫观中干活的道士要依循作务威仪。干活时要认真负责，不辞劳苦，珍惜宫观设备和米谷面粉；做饭时要反复洗手，不能指甲藏垢；洗菜时要洗3遍，务必洗干净；扫地时先洒水，扫时要轻缓，不得扬尘，不得逆风扫，不得聚灰土垃圾于门扇之后。除此之外，宫观中的出入威仪、事师威仪、视听威仪、听法威仪、起立威仪、沐浴威仪等还对道士相应的日常行为订立了规矩。如出入威仪规定道士不得无故进入别的道观或僧院，不得无故回到出家前的家中；视听威仪规定不得看外教的书，不得读传奇小说等闲杂书，不得睨视女人等；听法威仪规定听法学道要循序渐进而不得急功近利，不得与俗姓子弟结友，不得与女冠结拜及书信往来……凡此种种，足证道士们在宫观中的日常起居生活禁条甚多。尽管如此，凡认真修行的道士都能做到以"敬"的态度对待日常起居中的一应事情，并能随事体察，触类旁通，身体力行，无怠无忽。

第四节　道士的行旅

道士在宫观中生活，要遵循的仪范很多，这在出入行走方面也不例外。这方面有出入、出行威仪在制约着道士，如进入法堂，行走要安详舒徐；进入观宇，要沿路的左边或右边前行；与师长同行，要低头随后，不能左顾右盼；不能与女人前后随行，也不能与醉汉狂夫前后随行；遇到官府行道，不论大官小官都要让道回避；走出宫观办事，事毕即返；等等。

道士有时也外出寻师访道，搜集道经，或者去指定的宫观受戒，或者到十方丛林挂单，或者去云游传教。总之，外出的机会很多。尤其对于那些热衷于云游的道士来说，更是常年在外，行踪飘忽不定。

在道教史上，有一些道士为了搜集整理道经、编制经目、修撰《道藏》，曾经不辞辛劳，四处访求，其事迹甚为感人。比如，南朝时曾在庐山隐居多年的著名道士陆修静就是如此。陆修静同当时的许多道士一样，极其爱好游历，只要听说哪里有高道异士，即使远在千里之外，也要前往造访，务必见到其人，当面请教道术，接受指点。而这些被参访者又都深居山林，所以陆修静在行旅途中也免不了要风餐露宿，经险历难，有时粮绝食尽了，只好以辟谷来保存性命。更为可贵的是，为了改变当时道经真伪杂混、散乱无统的状况，陆修静下决心搜集道经，辨别真伪，分门别类，以便适应促进道教发展的需要。为了采访收集道教经典，陆修静曾经"南诣衡湘九嶷（yí，疑），访南真（魏夫人）之遗迹。西至峨眉西域，寻清虚之高躅（zhú，烛）"①，跋山涉水，历尽艰辛，广搜博求，终于著成斋戒仪范百余卷，并在整理道经的过程中，首创"三洞"分类法，对后世编修《道藏》产生了重大的影响。又如唐末五代道士杜光庭在许多道经因战乱而散失、焚毁的情况下，决心著经立说，阐扬教理，便不畏艰险，云游四方，访求道经，共搜集道经多达3000卷，并在此基础上撰写出30部道经，尤其在道门斋醮科范方面建树甚丰，成为道教礼仪大师。像陆修静、杜光庭这样为了搜集、整理道经而四出寻访、足迹遍于天下的道士还有很多。道士们外出的机会很多，其目的亦各不相同。在此，我们着重介绍一下道士们为了访学深造而去十方丛林挂单的情形。

所谓"挂单"，是指道士离开自己原住的宫观或子孙庙，前往比较著名的十方丛林参学访道。"单"，指宫观中的名单，即道士的花名册，前来云游参访的道士，法号列入名单，故称"挂单"。按照道教

---

① 张继禹主编：《中华道藏·玄品录》第45册，华夏出版社2004年版，第467页。

行止威仪的要求，参访云游者要备有棕蒲团、便铲、缘瓢、引磬等物具，衣钵也要齐全。行至十方丛林，整理衣冠，放好行李，呼喊"号房老爷慈悲"，或喊"迎宾老爷慈悲"，不能随便闯入号房。号房道士^①出迎，叙礼毕，询问有关情况。如"老修行从哪里来""老修行仙姓""老修行宝庙何处""老修行上下怎么称呼""老修行以前来过本观没有"挂单道士都要一一据实回答。此后还要应要求背诵一些经文，总之等于是验证道士身份的一次特别的口试。通过这一道程序，号房道士才写号单、号牌，并注明大号或复号（初来注大号，重来注复号），挂单道士恭谨地接过号单号牌，便到客房接洽。又是一番礼让、询问，如知客^②道士觉得可以接纳，便喊"知随^③老爷送单"。知随道士便带领挂单者去客堂，介绍给堂主^④。堂主便领挂单道士到厨房去参见灶房道士，告知又添了吃饭的新单客。随后，堂主才为单客具体安排住宿之处，并宣布丛林规矩，听候转单。所谓"转单"，即参照挂单道士此前的道阶、道职，在十方丛林里安排个新职务，或转厨房执事，或转茶果执事，或转都管等职，使挂单者能够安顿下来，长住修道。能够云游参访、挂单丛林的，必须是经由正式受戒或受箓获得"道士"或"法师"资格者。初入道门者不能挂单，故而少有机会远行。本来，古代道士就有不辞辛劳、游历四海、遍访天下高道的传统，后来随着全真道的兴起，有了十方丛林这样能够随时接纳游学参访道士的去处，因此道士们就更愿意云游远行了。所以，道门中有所谓"天下丛林饭似山，钵衣到处任君餐"的说法。

在社会安定风调雨顺的年景里，云游道士行旅在外，会得到各方

---

① 丛林执事之一，亦称迎宾，负责考察挂单道士真伪，即身份检。
② 丛林中负责应酬宾客及接待参访道徒的执事。
③ 协助知堂的执事。
④ 斋堂的主领执事，总负责人。

终南山的茅舍（选自《寻访终南》）

面的善待，既可寄食于丛林，也可化缘于俗家，不必为食住而发愁，
甚至旅途中可以免付车船、住宿费。但是，若到了社会动荡，天灾人
祸不断的时候，行旅在外的道士往往会困顿潦倒，沦为乞丐。有时连
乞讨也无法果腹，以至于饥饿而死。不过也有一些道士故意自找苦吃，
宁愿漂泊受难，以此磨炼道心。尤其对于那些修道意志坚定，以传教
弘道为终生目的的道士们来说更是如此。如全真道创始人王重阳（公
元1112年—1170年）在修道过程中，曾短蓑破瓢，到处乞食。他先
在终南山挖穴而居或搭茅庵隐居，最终又一把火烧了茅庵，带一铁罐，
辗转乞讨到了山东，行程数千里，才有了传教上的成功。他所收的七
大弟子皆效其师，散尽家财，飘然入道，甘受寒饿之苦，浪迹江湖，
云游四方，传教布道。如马钰修道时每日仅乞食一钵面，赤足而行，
夏不饮水，冬不向火；王处一赤脚往来山中，不怕砺石荆棘，人称他

为王铁脚；郝大通乞食云游至赵州桥时突有所悟，遂静坐桥下，默不言语，忘形炼功达 6 年之久，而且居然能够寒暑风雨不易其处；丘处机在辗转布道过程中，也以乞食为生，还坚持常年赤脚背人过河，苦己利人。尤值一提的是丘处机"西游"的事迹。据丘处机的高徒李志常所撰《长春真人西游记》记载，1220 年春天，已经 73 岁高龄的丘处机应成吉思汗的邀请，带着李志常等 18 个徒弟怀着"不以死生动心，不以苦乐介怀"的信念，开始了漫长而又艰巨的西行壮举。他们从莱州（今山东掖县）出发，途经燕京（今北京）、呼伦贝尔大草原，折向西南行进，登上蒙古高原，翻越阿尔泰山，过准噶尔盆地，中经天山、楚河、赛里木湖、吉尔吉斯山、塔拉斯、塔什干等地，历时两年有余，方才辗转来到阿富汗北部的兴都库什山，来到了"一代天骄"成吉思汗的行宫，得与成吉思汗说经论道。丘处机向成吉思汗传的"道"既涉及"修身养命"，也涉及"治国保民"，颇对其胃口。但当成吉思汗怀着期盼的心情询问有无长生不老的仙药时，丘处机却坦然相告：只有卫生之道而无长生之药。成吉思汗虽然失望，但认为丘处机是诚实高道，可钦可佩，仍称他为"神仙"，予以特别关照。到了 1223 年春，丘处机离开中原已经 3 年了，思乡之情日重，便请求返回中原。成吉思汗百般挽留无效，只好放行，并派人护送这位丘神仙东归。经过一番更为艰辛的长途跋涉，次年春天，丘处机终于回到了燕京，并住持燕京天长观（今北京白云观）。丘处机历时数载，行程逾万里，向"一代天骄""世界征服者"成吉思汗传授修身之术、治国之方，同时亦借此而传教度人，弘扬道法，给全真道带来了一个鼎盛兴旺的时期。这在道士云游参访、行旅传教的历史上，堪称奇迹。

丘处机、马钰、王处一等全真道"北七真"，不畏艰辛云游四方的行旅生活，目的是为了传教弘道，在这一信念的支撑下，他们虽乞食度日、风尘困顿也在所不辞，确实做到了以苦为乐、以苦为荣，充满了悲壮色彩。然而，并非所有道士的行旅都这样。有的道士虽然也终年漂泊在外，云游四方，靠乞食度日，但他们这样做的主要目的并不是为了传教弘道，而是为了摆脱宫观生活的寂苦，浪迹江湖，逍遥四方，无拘无束，自在常乐，堪称为道士中的"浪子"。后世有传真道士作《正宫》散曲，道出了这类云游乞食的"浪子"道士们所特有的精神风貌："撇了是和非，掉了争和斗，把俺这心猿意马牢收。我则待舞西风两叶宽袍袖，看日月搬昏昼。千家饭可求，百衲衣不害羞，问什么破漫漫遮着皮肉，傲人间伯子公侯。我则待闲遥遥唱个道情，醉醺醺地打个稽首，抄圣汤仙酒，藜杖瓢钵便是俺的行头。我则待今朝有酒今朝醉，明日无钱明日求，到大来散祖无忧。"从这番表白可以看出，这些云游乞食、散祖无忧的道士也是一群颇有识见、快乐自得、超然物外的"流浪汉"。

从道教史上看，早期道士多为游方道士。他们浪迹山水，云游四万，采药寻仙，访道会友，啸傲山林，不受限制。这种修道方式为

悬崖上的修道者（选自《寻访终南》）

后世的散居道士所继承。而由天师道发展而来的符箓诸派（统称正一道）道士则常居子孙庙，较少出游，尤其不远游，也不接纳游方道士，这实际上限制了自身的发展。后起的全真道的开创者们则热衷于云游布道，这对全真道的发展起到了重要作用。同时全真道兴建的十方丛林所确立的挂单制度，对扩大全真道的影响，无疑大有裨益。注重"行"，可以说是全真道的一个特色。

第五节　道士日常生活的经济来源

道士们要保障自己在宫观中的日常生活所需，必须有一定的经济来源，所以他们在潜心修道的同时还要与社会经济领域建立种种联系，以便获得衣食之资，维持其生存。

在古代，道教作为宗教团体，在兴盛时期可以拥有数量可观的土地和财产，衣食住行的顾虑便少。这种情形多与宫廷的关照、优惠密不可分。如北魏太武帝崇信寇谦之，让他和弟子大办道场，同时给以生活上的充分保障。"及嵩高道士四十余人至，遂起天师道场于京城之东南，重坛五层，遵其新经之制。给道士百二十人衣食，齐肃祈请，六时礼拜，月设厨会数千人。"[1]唐高祖虽曾严令整肃信尼、道士、女冠，但对那些勤于修道的佛道信徒，则"上亦恶沙门、道士苟避征徭，不守戒律，皆如奕言。又寺观邻接廛邸，混杂屠沽，辛巳，下诏命有司沙汰天下僧、尼、道士、女冠，其精勤练行者，迁居大寺观，给其衣食，毋令阙乏。庸猥粗秽者，悉令罢道，勒还乡里。京师留寺三所，观二所，诸州各留一所，余皆罢之"。[2]

---

[1] 中华书局编辑部编：《二十四史·魏书·释老志》，中华书局 2000 年版，第 2029 页。
[2] 司马光编著：《资治通鉴·唐纪七》，标点资治通鉴小组校点，中华书局 1956 年版，第 6002 页。

道士们居住的宫观也多是在宫廷官府的大力支持下才兴建起来的。据《明史·张三丰传》记载，明成祖曾命工部官员征集数十万民工，历时 7 年，大兴土木，营建武当山宫观，所耗资费以百万计，并赐名"太和太岳山"。著名的楼观台、白云观、上清宫、太清宫、青羊宫等，皆因为获得官方资助，才得以建造得如此规模宏大而且装饰考究，既能够容纳众多的道士，又能够以其独特的宗教建筑艺术，给修道者和游览者带来审美的愉悦。

　　由于有宫廷官府的支持，道士的日常生活便有了基本的保障，使历史上的道教教团成了非生产性的集团。即使那些下层道士的劳作，也基本限于教团内消费需要的服务性劳动。在较多情况下，进入道门，就意味着由此可以享受皇朝赋予的豁免国民义务的特权，诸如兵役、劳役、纳税等义务均可免除。

　　道士们的经济来源还有其他渠道，比如接受信众的捐赠、收取一定的法事酬金、必要的化缘行乞和躬耕自养等，都是古代道士维持生存的常规做法。而道士的餐风饮露、行气吐纳、辟谷食丹等不食人间烟火的生活方式，往往仅限于进行修炼的特定时阈（yù，玉），与衣食方面的考虑无关。

第四章

道士的戒律清规

　　进入道门并要"得道"和最终实现"得道成仙"的目的，就必须遵守道门的戒律清规。细究之，戒律与清规作为道教的教规或"法律"，二者有其密切配合的关系。戒律与清规的出现虽然有先后之别，但两者的配合作用及根本目的则是相同的，即都是为了规范道士的各种行为以防止其违反道教的教义而作恶。从其文本功能层面及实际作用看，二者的区别也较为明显，即戒律功能在于"解众恶之缚，分善恶之界，防止诸恶"①，是警戒于事前的行为准则，具有学理性；清规的功能在于具体实行对犯律道士的处罚，具有条例特点和惩罚性。显然二者都是必需的，对维护宗教本身的发展也是非常重要的。

　　概而言之，道门的戒律清规，是根据道教教理教义而制定的一套旨在规范道士日常生活行为的规章制度。道门在制定这些戒律清规时，借助了"道""老君"或"神"的权威，将它解释成是"老君"或"神"的旨意。所以，道士恪守戒律清规，即为奉"老君"或"神"之旨而

①　见《玄门大论》，《正统道藏》太平部，《云笈七签》卷六。

行事。戒律清规的执行，既靠道士们的自觉，又离不开道教教团的强制，道士如触犯戒律，必受惩处。道门戒律清规，为道士的思想言行提供了准则，所以在道士的生活中发挥着重要的作用。

第一节　戒律由来和入教受戒

道教戒律是在继承和改造原始宗教的戒律的基础上发展起来的。原始宗教中已有"戒斋以告鬼神"[①]和"圣人以此斋戒"[②]的规定。所谓"斋戒"，是指人们在从事宗教活动（多为祭祀或巫术）之前所进行的节食、沐浴、清心寡欲，以及在进行宗教活动过程中所必须遵守的一些仪轨。作为一种宗教修养要求，斋戒在这里被认为是保证宗教活动有其效验的重要手段，同时亦使宗教活动在操作方式上达到规范化。

道教作为一种宗教，创教者不仅要创设教义教理，而且也要创设戒律教规，通过这些具有神圣性的宗教文化创造行为争取信徒，并通过自己的戒律教规对信徒们的言行进行约束，防止道教徒违反教义教理。道教的教义具有几大特点，即其一是道教神学的创世论，体现了道教神秘而博大的自然观；其二是道教的重己贵生论，体现了的道教的人生观；其三是道教重玄学派的有无双遣论，体现了道教非有非无的"中道观"或思维方法。[③]由此，信奉道教的人们普遍认为，人的罪福、哀乐、生死、贵贱，等等，都是行愿所得，非道非天非地非人所为，学道之人要以得道为终生不渝的追求，为

---

① 《礼记·曲礼》。

② 《易经·系辞》。

③ 道教重玄学派认为，在解释《老子》时，无论肯定道体是有是无，都存在着偏见，应该秉持"有无双遣"观，即"既不滞有，亦不滞无"。重玄学者强调道体非有非无，亦有亦无，有无不定。由此才能体现老子的"玄之又玄"（重玄）思想。

此必须积善、定念、修德、理身，在任何情境中都要有所禁戒而排斥恶行，由此才能精进为善，积德累功，以求正果；否则，就会适得其反，学道不受戒不仅登仙无缘，而且要受到各种相应的惩罚。这也就是说，戒律清规是教徒必须遵守的行为"铁律"，一旦违背了要获罪受遣受罚。即使道教组织内部因故不处罚，高高在上的"天意"也会体现报应的。

在道教初创时期，创教者们继承了原始宗教的斋戒规条，并加以改造和充实，从而形成了早期道教的"道诫"。如《太平经》中便规定道士在思神之前应"先斋戒居闲善靖处"，要遵守"虚无无为自然图道毕成诫"，并强调不可轻易泄露所得之道，否则即会遭殃。此外，还规定不能贪财色，应讲诚实，等等。五斗米道则规定教徒不得饮酒，不准说谎，不得欺骗他人，以及严禁春秋杀生，等等。这些规定均具有戒律的性质，在当时叫作"科律"。但是，这些初期的"道诫"毕竟十分粗糙，还只能算是道教戒律之早期形态。随着道教的发展，尤其是在道教逐步"官方化"的过程中，以及要同佛教抗衡和竞争（事实上在此同时对佛教也有参照和借鉴，即佛教对道教的影响主要体现在其为道教的组织和管理提供了现成的宗教参照，很显然，道教在教理教义、戒律礼仪及教团组织形式等方面都曾对佛教有所借鉴），就必须要求道教教团能够在组织上具有严格的纪律性，建立起良好的社会声誉，因此建立更加系统而完善的道门戒律便成为非常迫切的事情。道教戒律是在早期"道诫"的基础上，吸收佛教的戒律，以及儒家道德伦理思想，而逐步发展起来的。比较系统的道门戒律，出现于魏晋南北朝时期上清派、灵宝派及新天师道的经籍之中。它出现虽晚，但托言却早，都假称是元始天尊或太上老君降授的，其目的是假借天神之名而增强其权威性，以便引起道士们的敬畏和重视，从而自觉地将它作为日常修炼生活中行为、意念的准则，来约制和规范自己的思想言行，防止"恶心邪欲""乖言戾行"等败道行为出现，勤于修道，积德向善，以便早日得道登仙。同时，在那些传授经戒的高道法师们看来，本着开度众人、替天行道的目的而说经演戒，是一种神圣的职责，"能解众恶之缚，能分善恶之界，又能防止诸恶也"[1]，由此方能学道修道而得道仙化，否则便只能与恶俗相伴而"无缘上仙"。

一般认为，最早的道教戒律是"老君想尔戒"。这种来自五斗米道的戒律思想，是托老君之名制定的戒律，后来被逐步细化为《老君一百八十戒》（道教宣称一百八十戒是周幽王时代的老君授予干吉的），成为道教影响深远和使用广泛的一个大戒。《正一威仪经》称"不受之者，三界四司考罚尔身，名削善簿，字列罪科。生死父母，不免三涂。受之奉行，诸天称庆，鬼神所宗，七祖生天，身登云宫"[2]。又据《太极真人敷灵宝斋戒威仪诸经要诀》称，早期道教的神职人员尤其要奉行老君百八十戒，规定"不受大戒，不得当百姓及弟子礼拜也。受此戒者，心念奉行，今为祭酒之人矣"[3]。从三归戒、五戒、八戒、无上十戒、初真戒、七十二戒直至老君百八十戒等，"道士诵习，防非止恶，以制六情，进品上仙，远超三界，自浅之深，非无优劣，从凡入圣，各有等差"[4]。魏晋南北朝时期，是道教戒律发展的重要阶段。其时的道门戒律不但已完全成熟，趋于定型化，而且种类繁多，一些有影响的戒律，如"五戒""八戒""元始天尊十戒""老君二十七戒"，等等，都是在这一时期形成的。唐至明清，道教戒律继续得到发展，各道派都非常重视教规戒律的制定，因此戒律的种类和科目越来越多，但其最基本的内容则一直沿

---

① 《道教义枢·十二部义》。
② 《正一威仪经》。
③ 《太极真人敷灵宝斋戒威仪诸经要诀》。
④ 《上清经秘诀》。

袭不变。金元之际，还出现了道教清规。戒律和清规虽然都是用来开度众人、防邪止恶的，但彼此之间又有所不同，戒律是为了规范道士的思想言行而特意制定的一整套警戒于事前的行为准则，而清规则是对犯律道士的处罚条例，后者是前者作用的延伸。无论戒律还是清规，都体现着道教教理教义的基本精神，都属于宗教性的伦理道德规范，其与道士的生活是密切相关的。一个道士从受戒入道的那一天开始，便要以道门戒律的要求来规范自己生活中的每一个细小的方面，务必使自己的行持礼忏、言笑坐卧、衣食住行等都符合规定，以免因行为过失而获罪受谴。

对于道徒们来说，要真正进入道门，必须经过接受道门戒律这一关，即受戒入道。所谓受戒入道，即是在十方丛林开期传戒之时前去受戒。按照全真道的规定，道徒只有经过受戒仪式，方才成为一个合格的道士，因此受戒是道士生活中的一件大事。但是，并非任何一个道徒都可以随便参加受戒仪式。前去十方丛林受戒的道徒必须经过严格的筛选，其条件必须是有品行，有道性，诸如好求胜法、好近贤知、聪明谨慎、谦和不骄、敬师重教、不畏辛劳、知恩图报、殷勤待人、亲近自然，等等，皆是一些具体的衡量标准。符合这些标准者，方才拥有被传授经戒的资格。而能获得这一资格，前去十方丛林听法师说经演戒，立自己修道之誓愿，对于一个道士来说，既是一种殊荣，更是一种鞭策，是其修道生涯中的一件值得永远回忆的大事。在道教发展早期，传戒是公开进行的，黄巾起义被镇压后，改为秘密进行，直到全真道派兴起，丘处机所创立的全真道龙门一派才又恢复了公开传戒的制度。道门规定，只有有律师的十方丛林才有传戒的权利，各地宫观（包括子孙庙）届时选派道徒前去集中受戒，有时一同受戒的道徒多至千人。

在道教传戒方面，全真派的传戒历来最受重视，也最为规范。[①]

道教全真派的传戒是从金元全真教出现以后举行的。长春真人丘处机根据道家学说和已有的道教戒律，经过精心构思，订立了道教全真传戒仪范。清顺治年间，全真龙门派第七代律师王常月方丈又创全真丛林，在北京白云观［北京白云观位于北京西便门外。始建于唐代，为玄宗奉祀圣祖玄元皇帝——老子之圣地，名天长观。金世宗时，大加扩建，更名十方大天长观，金末重建为太极宫。此外还有多个白云观，比较著名的还有陕西白云观和兰州白云观等。陕西省榆林市佳县白云观，位于陕西省榆林市佳县城南白云山上，创建于明万历三十三年（公元1605年），集道教诸神于一山，融明、清建筑艺术为一体，今为全国重点文物保护单位。兰州白云观，位于兰州滨河中路南侧，又叫吕祖庙，系清道光十六年（公元1837年）由陕甘总督瑚松鹅捐俸修建，供祀吕洞宾，为古时兰州三观之一。其山门额雕有"升云得路"四字］首次公开设坛传戒。他承袭全真派戒法科仪，讲说《初真戒》《中级戒》《天仙大戒》，合称"三坛圆满大戒"。王常月说："学道不持戒，无缘登真箓。"传戒时戒坛一般分为三期进行，由十方丛林的"传戒律师"，又谓传戒本师传戒。传戒期间要经过"考偈"，受

---

① 全真传授戒法，自元朝长春真人丘处机订立传戒仪范始，已有700多年历史。清康熙年间王常月方丈在北京白云观开"三坛大戒"，广度弟子，全真道风大振。清末民国初，北京白云观、沈阳太清宫、西安八仙宫、汉中张良庙、成都二仙庵等全真道十方丛林都曾多次举办传戒活动。为了弘扬全真优良传统，1989年在北京白云观举行了新中国成立后第一次全真传戒活动。有75名全真道士参加了受戒活动，其中乾道占60%，坤道占40%，绝大部分为青年道士。通过传戒活动，使戒子们学到了道教知识，提高了道德素质，有益于个人修持和道风的弘扬。为适应新时期全真派发展的需要，中国道教协会于1995年11月和2002年8月分别在四川青城山、辽宁千山举行了新中国成立后第二、三次传戒活动，全国各名山宫观的求戒弟子近千人参加了这两次传戒活动。这两次传戒活动历时都在20多天，规模空前。经过戒坛审核，发给戒子"净戒牒"，以及《初真戒》《中极戒》《天仙大戒》《守戒必持》等经书律文。

戒弟子分清名次，按《千字文》次序排号，传戒圆满后，编入《登真箓》。获得戒名后，自愿遵守戒律不犯规戒，经审查合格，发给"戒牒"，以为凭据。由于是庄重严肃的宗教仪式，所以传戒程序也相当严格。从始至终，全真派道教传戒活动的全部仪式程序主要包括：

扬幡（传戒活动开始配合有隆重的"扬幡科仪"，目的在于誓告天地神明，宫观即将开坛传戒，请求善加护持）——张榜（即张贴、宣读榜文，公示天地四方，某月某日某名山道观开坛传戒，主持戒坛的方丈传戒律师为何人，开坛传戒的意义何在等）——开坛（宣布正式的开坛陈词，伴有开坛音乐）——取水（令通灵道士取来神水备用）——荡秽（这是大型科仪开始之初即要做的内容，请神水为坛场洒净，以科仪祝告神明，请得十方神圣临坛护佑）——迎师（设坛宫观全体道众和赴坛戒子以隆重的科仪形式迎请方丈大师临坛主持传戒活动）——请圣（道教请圣科仪是道教法事道场中重要的科仪之一，通过作法恭请诸神归位，其请神的时间、方位都相当讲究。主持者念念有词：香自诚心起，烟从信里来。一诚通天界，诸真下瑶阶）——祝将（道教祝祷仪式之一，意在虔诚地沟通天神天意，祝词有"祖师赫赫显威灵，护经护道护坛庭""若要道门常清静，大众回坛称天尊"等）——演礼（以演礼大师为主，为众戒子演示规矩礼仪，以及戒坛所发的法器、戒物、冠服的使用和收执方法）——审戒（由大师临坛，与众戒子面对面地按仪规设盟发誓，当堂逐项询问戒规，询问众戒子能否持守。戒子如表现得不坚定，即不能通过此项考核，不能继续留在戒坛参加传戒科仪活动）——考偈（由戒坛预设考题，主要考核文采学问，通过该项程序，众大师们可以从中了解戒子的禀性和志向，以便进行道教人才的后续培养。考偈结束，即按"千字文"的排序，排出名次）——诵经礼忏（法事规定仪程之一，反复诵经反复跪拜祈求）——上大表（为明确祈祷意愿而上奉大表和起韵化表，待表化毕即宣布上表成功。高功法师念念有词，词有"鼓打三声天门开，捧表童子下瑶阶，劈开三把黄金锁，请出祈福意文来"）——说戒（传戒中最主要的就是"说戒"，所谓传戒本身就是为戒子讲戒条、说律法，帮助戒子了解戒律。通常由传戒律师亲自临坛说法。所传戒的内容，基本依照《关于全真派道士传戒的规定》中的第十二条，即"传戒以《初真戒》三皈、五戒、十戒、女真九戒为基础。参照《中极戒》《天仙戒》为备存戒条"）——传授衣钵（给入道者发放衣服等）——发放戒牒（颁发"净戒牒"）——晋表谢神（出具谢神表文）——大回向（道场圆满时的一种科仪，是为道场圆满做的总忏悔。高功拈香说文，朗念回向文，众念《弥罗宝诰》及《洞玄灵宝高上玉皇本行集经》，高功起送花赞、出具大回向文）——落幡送圣（与法事开始时的扬幡仪式相呼应，落幡送圣既是礼送圣灵，也意味着结束仪式）等仪式。

仪式完成后，持有戒牒的"准道士"们便正式升格为道士，可以云游诸多十方丛林，并能够获得道教门派内的认可和接纳。那些因为身体不适、路途遥远等原因不能参加受戒仪式的道人，也会被"授方便戒"。到了近现代，也会变通为之，即按照道教仪轨，以通信的方式进行受戒活动。

另据有关文献记载，所有的道教十方丛林中传授戒律的仪式确实都十分讲究，要严肃而又隆重，必须由一系列程序组成。根据《太上出家传度仪》等道书规定，受戒弟子要先向尊神礼拜上香，以表求道之虔诚；接下来要恭听道师为其讲解出家因缘，向俗世（包括帝王、父母亲友等）辞谢告别，转而向太上无极大道表示皈依，如此方能向度师虔请教戒。具体的授戒仪式由奉道、拜师、传箓、传戒等组成。"奉道"和"拜师"两项仪程是整个授戒仪式的序曲，即受戒弟子表示皈依道门之誓愿，以及长跪拜师。"传箓"这一仪程比较复杂，包括法师洒净、步虚、启师、传经箓、礼拜三师、诵九真妙戒、发牒、回坛谢师等具体步骤。所谓"洒净""步虚",无非是法师在神坛上祭祀众神以及走法步、诵经、念咒,等等。"后师""礼拜三师""诵九真妙戒"是"传箓"仪程的主体部分,此处之"三师"是"灵宝三师"的简称,分别指经师、籍师、度师,为太上老君的化身,所以受戒弟子礼拜三师,即意味着礼拜太上老君。"发牒"就是发给受戒道徒戒牒,按全真道规定,道徒受戒后便可名列《登真箓》,取得戒衣、戒牒,从此便成为一名正式的道士,或住丛林,或住小庙,或云游参访,行动自由。所以,"发牒"对于一个道徒来说意义非同小可,标志着他的道士身份被正式确认,在他的整个修道生涯中具有里程碑的意义。"传戒"的仪程与"传箓"基本相似,也相当繁复,有时甚至还要增加鸡血涂符、上刀山等项目,以表守戒的决心。这种情形不独在全真道派的授戒仪式中有,有时在正一道派的授戒仪式中也出现。正一派道徒在临坛接受道坛法师传授法箓经戒时,既要在法师引导下表示对"道""经""师"三宝和九戒①的衷心皈依,还要虔诚地发十二宏愿②,用以表示守戒的决心。按照正一道的《天坛玉格》规定,该道派道徒受戒之后,将被授予神职,颁发符箓、法印、天篷尺、拷鬼棒、令牌、令旗等凭证和法器。全真道授戒中的传授经戒,包括传授10和必读道经(《道德经》《老子道德经河上公章句》《老君传授经戒仪注诀》等10种)、传授斋法、书写道经法(包括缮写、精校、放置、曝晒、密藏等)、书写章表(法事活动中所用)法,以及日常生活中穿衣法等内容。这些方法和技能,也是一个合格的道士所必须要掌握

---

① "九戒"为念真戒,即克勤,忠于国家;初真戒,即孝敬父母;持真戒,即不杀生,慈救众生;守真戒,即不淫,正身处物;保身戒,即不盗;修真戒,即不嗔,息怒宁人;成真戒,即不诈,不贼陷良善;得真戒,即不骄,不傲忽至真;登真戒,即不二,奉道专一。

② "十二宏愿"为乾坤明素、气象清圆、主躬康泰、融洽八埏、天垂甘露、地发祥烟、四时顺序、万物生全、家多孝悌、国富才贤、箓生受福、正教兴行。

的。由于传戒的仪式如此复杂，内容如此丰富，而做起来又必须按部就班，如法如仪，所以道徒们的受戒仪式往往需要数天乃至半月左右才能进行完。有的还需要更长的时间，如全真道龙门派的"三坛大戒"（初真戒、中极戒、天仙戒），其全部过程便需要100天才能进行完毕。在受戒期间，道徒们住在十方丛林里，过着十分严格的宗教生活，听传戒律师即丛林方丈宣讲戒律，诵读熟记有关戒律条文，以及礼神拜师等。所以，道徒赴十方丛林受戒，十分类似于参加一次短期培训，其紧张程度是不言而喻的。道徒参加受戒仪式，经考查合格，发给戒牒、戒衣，并且名入《登真箓》，便由道徒升格为道士。这既是对他在此之前辛勤修道的一种肯定，也是对他今后更加努力修道的一个激励。受戒之后，道士要对授戒传箓的师父设斋谢恩，并且还要牢牢记住师父传授的经、籍、度三师的名讳、状貌等，以备上章奉表时使用。对于已经接受下来的"三坛大戒"的戒律条文，道士要时时重温，对照检查自己的思想言行。

由此也不难看出，道教戒律实际上就是监控道士生活的一系列宗教性的伦理道德规范以及道教宗教禁忌。道士在日常生活中一旦违犯戒律，就会受到惩罚，亦即"律"之以"戒"。《道教义枢·十二道义》释"戒"为解、界、止，其作用在于"能解众恶之缚，能分善恶之界，又能防止诸恶也"；释"律"为率、直、栗，认为其作用在于"率计罪愆，直而不枉，使惧栗也"。据此可见，"戒"是禁止道士作恶的规定，而"律"则是道士犯戒后的相应处罚，使犯戒者畏惧。由于二者紧密相关，故常将二者并称。

总而言之，为了道教自身健康发展而诞生的道教戒律清规，在促成最终"得道成仙"的功能方面效果很难求证，但在维护道教和道士的宗教名誉方面业已发挥了很大的作用，也每时每刻地影响着道士的宗教生活和日常生活。不过，这里还需要特别指出的是，由于道教教派的不同，对何为犯戒的理解毕竟有明显出入，尤其是全真派在宫观中实行的某些戒律清规，对正一派道士以及其他散居道士或民间道士来说，就不是适宜的。

第二节　戒律的种类和内容

　　戒律对于道士的生活具有如此重要的作用，所以历来受到重视，一些"学者型"的著名高道都致力于道教戒律的整理、制定，从而丰富和发展了道教戒律的种类和内容，而这些道教戒律一旦制定出来，便对中国古代道士的生活产生了极大的影响。

　　前述《老君一百八十戒》，又名《长存要律百八十戒》，简称《百八十戒》，是早期道教的五斗米道的主要戒律。就"百八十戒"的戒条内容来看，也有不少原本属于一般社会公德范畴，如有关人际关系的：不得多蓄仆妾、不得淫他妇人、不得贩卖奴婢；有关处世原则的：不得盗窃人物、不得破人婚姻事、不得言人阴私；有关爱护自然环境的：不得烧野田山林、不得妄伐树木、不得妄摘草花；等等。另有百余戒多是从教义出发规定的价值观念和行为准则，如关于道德信仰的：不得渔猎伤煞众生、不得预人间论议曲直事、常当念清俭法慕清贤鹿食牛饮；关于坚定信仰的：不得轻慢经教、不得向它神鬼礼拜、常当立大意秉志不得杂犯负违三尊教命；关于科仪方术的：不得祠祀鬼神以求侥幸、不得炼毒药著器中、常当勤求长生昼夜勿倦不得懈慢；等等。可见这一大戒的内容确实相当丰富。

　　从文献看，在确凿可考的道教戒律制定者中，有一些人享有盛名。葛洪就是后世非常敬重的一位。葛洪（公元 283 年—343 或 363 年），字稚川，自号抱朴子，世称小仙翁。出身江南士族，丹阳句容（今属镇江人）。他是魏晋时期的著名道士，道教丹鼎派的代表人物。世所公认的道教学者、炼丹家、医药学家。尽管他最关心的是外丹术，但对道教祭献、礼仪、修行、伦理诸方面的规戒也有较为系统的阐释。在《抱朴子·内篇·微旨》中，他将戒律与禁忌、劝善结合起来加以阐说，认为冥冥之中存在着司过之神，专掌人间善恶赏罚，因此修道者必须遵守有关道戒，才能既保平安，又可达到修炼的目的。

此后又经过寇谦之、陆修静、陶弘景等众多高道的努力，道教戒律渐成系统，种类陆续增多。在六朝末期，还出现了道教最早的系统记载戒律的著作《洞玄灵宝奉道科戒营始》，汇总了道教三洞的戒律，已蔚为大观。此后，道教的戒律在种类和内容上更是有增无减。其种类之多和戒条之繁，覆盖了道士日常修行与生活的各个方面。恰如《洞玄灵宝玄门大义》释戒律第六所介绍的那样："戒之为义，又有详略。详者，太清道本无量法门百二十九条、老君及三元品戒百八十条、观身大戒三百条、太一六十戒之例是也。略者，道人三戒，录生五戒、祭酒八戒、想尔九戒、智慧上品十戒、明真科二十四戒之例。"《云笈七签》卷三十八《说戒》、明《正统道藏》中均集录了众多的道教戒律，其中戒条最多者达至 1200 条，可见其详备程度。

如果按照戒律种类中的那些"详者"去执行，道士们"随情随性"的一举手一投足都有可能违反戒律，由此亦可证明道士的修行生活具有严格的规范性，身心没有修炼到一定程度者，很难适应这些多如牛毛的道门规矩。这些戒律中的"详者"，大抵可视为是对"略者"带有诠释性的实施细则说明。譬如在道教的"五戒""八戒"中都有道士不得妄语、恶言的戒条，但是在比"五戒""八戒"更加详细的戒律中，这一戒条则演变成许多相关的戒条，如见师父时措辞要妥当，平时言语要细声慢语，不可高声喧笑杂谈，不得谈朝廷大事及闺阁中事，等等。如果严格按照戒律中关于日常用语的详细规定来约束道士，恐怕也真能达到"圣人无言"的地步了。这里不可能对道教戒律中的那些"详者"，如六十戒、一百二十九戒、百八十戒、三百戒甚至一千二百戒等加以具体介绍，不过，如果了解了道教的三品戒、五戒、八戒、初真十戒、二十七戒、三坛大戒等，对于道教戒律的基本内容也就有了一个基本的了解。

道教的教规很多，一般可以分为三类：一是戒，即约束道教徒的规定，禁止修道的人去做。奉戒的目的是克制"恶心邪欲"。二是律，即约束道教徒规定的条文，律主要规定犯戒后给予何种处罚，使人有所畏惧。戒律的作用在于坚定信徒的宗教信仰，提高信徒的道德水平，维护教团内部的秩序。三是仅仅适于道教戒律的律条有简有繁，制约也有松有紧。总而言之，有上品戒、中品戒、下品戒之分，这就是道教所谓的三品戒之说。所谓三品戒是为不同品级的人制定不同品的戒。其意说，上品人不会犯过失，可以不持戒。中品人有的方面品行好，有的方面差，而且容易受客观环境影响，所以要受十戒或五戒，预防犯过失。下品人分两种，一种愿意受戒，可以受三百戒等，一种无可救药。所谓三品戒是一种因人制宜的戒律思想，属早期道教。

道教戒律清规的种类确实很多、详略不等，为了便于读者直观了解其内容，这里选择若干基本的戒律的条目列示如次：

所谓《三戒》，即道教皈依戒，内容是：

第一戒者，归身太上无极大道；

第二戒者，归神三十六部尊经；

第三戒者，归命玄中大法师。[1]

所谓五戒，就是道教的积功归根五戒，内容是：

---

[1] 唐代道士张万福：《三洞众戒文》。

一不得杀生；

二不得茹荤酒；

三不得口是心非；

四不得偷盗；

五不得邪淫。

所谓八戒是：

一不得杀生以自活；

二不得淫欲以为悦；

三不得盗他物以自供给；

四不得妄语以为能；

五不得醉酒以恣意；

六不得杂卧高广大床；

七不得普习香油以为华饰；

八不得耽着歌舞以作娼妓。

所谓十戒即《玉清经》所说的中品之戒，内容是：

一不得违戾父母师长，反逆不孝；

二不得杀生屠害，割截物命；

三不得叛逆君王，谋害家国；

四不得淫乱骨肉姑姨姊妹及他妇女；

五不得诽谤道法，轻泄经文；

六不得污漫静坛，单衣裸露；

七不得欺凌孤贫，夺人财物；

八不得裸露三光，厌弃老病；

九不得耽酒任性，两舌恐口；

十不得凶豪自任，自作威利。

所谓《二十七戒》指妙林经二十七戒，主要内容是：

不得盗窃人物，不得妄取人财，

不得妄言绮语，不得因恨杀人，

不得贪嗔痴狠，不得慢老欺人，

不得咒诅毒心，不得骂詈高声，

不得批毁谤人，不得两舌邪佞，

不得评人长短，不得好言人恶，

不得毁善自誉，不得自骄我慢，

不得畜毒药人，不得投书谮善，

不得轻慢经教，不得毁谤圣文，

不得恃威凌物，不得贪淫好色，

不得好杀物命，不得耽酒迷狂，

不得杀生淫祀，不得烧野山林，

不得评论师长，不得贪惜财贿，不得言人阴事。

从上述部分道教戒律的列示，我们可以看出宗教文化引人向善的特点在道教戒律中也有明显的体现。作为广义的道德教化文本，这些责令道士们修持的言行规范和要求，其中一些内容其实也适合于社会文明的建设和发展，甚至某些基于道法自然的要求如"不得好杀物命""不得烧野山林"等，还体现了强烈的保护生态的环境意识。道教戒律中反复强调"不得杀生淫祀",确实具有文化哲学意义,对今人也有重要的借鉴作用。在道教戒律中,"戒杀生"是其贯通诸多戒律的"大戒"或"通戒"。前述的几个戒律中除了皈依三戒没有明确提到"戒杀生"之外,其他的"五戒""八戒""十戒""二十七戒"在显要位置都有戒杀生的戒条。又如六朝时的道经《太上洞玄灵宝智慧定志通微经》的"十戒"中第一戒也是"不杀,当念众生"。著名道士陆修静在《洞玄灵宝斋说光烛戒罚灯祝愿仪》中,也把"守仁不杀,悯济群生,慈爱广散,润及一切"作为重要的戒条。当道士们养成爱护生命的习惯后,他们对生命包括所有有生命特征的动物、生物都会格外关切和呵护。在著名的《老君说一百八十戒》等更为详细的戒条文本中,甚至具体规定道教信徒不能惊吓和虐待动物。如"不得惊鸟兽"(《老君说一百八十戒》第 132 条),"不得妄鞭打六畜"(同前第 129 条)规定等。更为难能可贵的是,道教戒律不仅强调要"不杀生",不骚扰和虐待动物,而且还要主动保护和救助动物。如在著名的《太上洞玄灵宝智慧罪根上品六戒经》中,其第三戒就强调说人应当去抚恤死者,保护生命,救死扶伤,如此做的目的不仅能救赎自己的灵魂,还能使存在的一切生命能够终其天年,不至于中途受伤或夭折。这样的生命哲学观念也体现在《六度生戒》中,其第四戒就明确指出:"施惠鸟兽有生之类,割口饲之,无所爱惜,世世饱满,常在福地。"从施以鸟类、兽类以恩泽的行为中,实施者可以得到世世代代的幸福圆满。这样的人生观、宗教观与幸福观的会通也颇为耐人寻味。

在此,我们还要再次强调如下几个道教基本戒律,并着意从文化正能量的角度来看待道教戒律。这也就是说,从道教若干基本戒律中也可以看出其基本品格。

三品戒。是道教戒律中比较笼统的一种戒律范畴,系针对人有三品而为道士提出的相应的修道规戒。《玉清经·本起品》云："戒有多种，人亦多品。上品之人，身先无犯，亦无所持。中品之人，心有上下，观境即变，以戒自制，或受十戒五戒以自防护。下品之中复有二品：上品者身欲奉戒，或受一百九十九戒，或受观身三百大戒，或受一千二百威仪之戒以自防护，令无越逸。下品者，身同禽兽，虽有人形而无人心。纵受其戒，终无所益。"原来各种戒律是因受戒对象资质之不同而分别设置的：上品人悟性高，可以不持戒而言行自然合乎戒律的要求；中品人自觉性较差些，易受周围环境影响，所以应该接受五戒、十戒的约束，以防犯过失；下品人自我管理能力甚差，但有的人尚有接受戒律的意向，所以接受三百大戒等犹可奏效。而那些自我约束能力极差，又不愿意接受戒律约束者，实在无可救药，即使受一千二百戒也不会奏效。因此，从道教戒律有详有略这一点便可以看出，道门中往往根据道士资质的不同而因材施教。这种将戒条与人品联系起来的差异化戒律思想和教育方法也是具有启示性的。

五戒。这是借鉴佛家戒律而形成的道教戒律种类之一。简言之则为不杀、不盗、不淫、不口是心非和不饮酒。详细言说则如《三洞众戒文》卷下所述："第一戒，目不贪五色，誓止杀，学长生；第二戒，耳不贪五音，愿闻善，从无惑；第三戒，鼻不贪五炁（qì，气），用法香，遣俗秽；第四戒，口不贪五味，习胎息，绝恶言；第五戒，身不贪五彩，履勤劳，以顺道。"其对道士在日常生活中目之所观、耳之所听、鼻之所嗅、口之所食所言、身之所穿等方面都作了明确的规定，目的在于要求道士在日常生活中积德向善，超俗返道。因此，此"五戒"又被称为"积功归根"五戒。"五戒"是道教戒律的最低标准，适用于初入道门的出家或居家道士规范自己的生活言行，以符合道门要求。

八戒、初真十戒。这两种戒律是在"五戒"的基础上顺延扩展而来的。"八戒"扩充出的三戒大意为：不能睡卧俗界的那种高大宽软的舒服床具，尤不能与他人共用之；不能靡费烟火和灯油以图排场；不能耽听歌舞交游娼妓。体现了道门强调道俗不可混杂，以及注意节俭的道德规范，亦体现出道士日常生活中简朴、清静、脱俗的风格。"十戒"扩充出的五戒为：不得不忠不孝不仁不信、不得败人成功离人骨肉、不得毁贤扬己、不得贪求无厌、不得交游非贤。其中"不得不忠不孝不仁不信"一条又居于"十戒"之首。所增加的这5条，内容都涉及儒家传统道德规范，尤其是将"忠孝仁信"放在首要位置，体现了对儒家伦理的重视。由此可见，道士们在日常生活中，在修炼葆真的同时，也努力地实践着儒家的伦理规范，在他们看来，后者也是得道成仙的先决条件之一。"初真十戒"比"五戒"又高了一个等级，其是对已经达到"五戒"要求的道士所提出的更高的一种要求，即道士必须先接受"五戒"，然后才能受"初真十戒"。另有"元始天尊十戒"，与"初真十戒"大同小异，亦主要强调道士日常生活中的言行要符合儒家忠孝仁爱的伦理范畴，差异只在"元始天尊十戒"规定道士在日常生活中不得毁谤道法，不得轻易泄露经文，而"初真十戒"中则没有这一点。另外"元始天尊十戒"禁止道士赤身裸体，而"初真十戒"则强调道士要不苟言笑。

二十七戒。又称元始天尊二十七戒。《云笈七签》卷三十八述二十七戒为：不得盗窃人物，不得妄取人财，不得妄言，不得因恨杀人，不得含嗔痴恨，不得慢老欺人，不得咒诅毒心，不得骂詈高声，不得訾（zǐ，子）毁谤人，不得两舌邪佞（nìng，宁），不得评人长短，不得好言人恶，不得毁善自誉，不得自骄我慢，不得畜药毒人，不得投书谮善，不得轻慢经教，不得毁谤圣文，不得恃威凌物，不得贪淫好色，不得好杀物命，不得耽酒迷狂，不得杀生淫祀，不得烧野山林，不得评论师长，不得贪惜财贿，不得言人阴事。另有"老君二十七戒"，在具体内容上与"元始天尊二十七戒"有一致之处，但是更加强调老子无为无欲、顺应自然、柔弱守雌的思想，将老子的人生哲学戒律条文化，用以规范道士的日常生活言行，因而互相之间区别亦甚为明显。二十七戒的条文增加了不少，对道士们日常思想言行所应遵循的规矩规定得更加具体细致，但因其各条之间互有重复，因而比之"八戒""十戒"，在实际内容上并没有增加多少。二十七戒所立之规矩，基本涵盖了道士日常生活的各个方面，道士们就是在这些规矩的约束之下，日复一日、年复一年地在宫观中修行着。尽管戒律如此周密，但是对于一个已经修炼到一定境界的道士来说，由于已经将戒律的外在强制性要求转换为内在的自觉性需求，在道教的宗教伦理规范方面已经具有极高的悟性，所以即使并非刻意强迫自己，也能在日常言行中做到不逾规矩，因此便不以为苦，反而能获得一种超尘脱俗的精神之乐，而这也正是道士们在日常生活中所要努力达到的一种与修道目标一致的精神境界。

第三节　戒律的执行与清规

道教的戒和律在道门本有区别，即戒之于前，律之于后。"律"也就是对违戒道士的依戒处罚，即为执行处罚的条文。这与通常所说的"法"与"刑"的关系很相似。为了保证道戒的权威，律的制定和执行就十分必要。因此宫观中担任法师这一道职的道士就必须十分熟悉律文规则，以便根据情况行罚。道教律文主要有《天师老君玄都律》《女青鬼律》《四极明科》《明真科》《千真科》等。不过应当说明的是，"戒律"一词在使用的过程中愈来愈成为一个以"戒"为中心的词语，与此同时，"律"的本义则以"清规"一词来代替。这样，"清规"便成了惩戒道士的处罚条例。

所谓宫观清规，则具体规定了对各宫观住观道士违犯戒律而进行惩处的手段、方法和轻重程度。有跪香、迁单、逐出等，其中的"跪香"即罚跪，不是跪着上香，而是长跪直至燃完一炷香为止；"迁单"即降职，一说是将犯戒者逐出本道观，贬至其他宫观；"逐出"即下催单，逐出丛林，这等于取消其道士资格了。而道教清规中的"火化示众"则是顶级处罚，算是处以极刑了。譬如清咸丰六年（公元1856年）北京白云观的《执事榜》即《清规榜文》，就针对道士违戒情况而制定了23种清规即处罚条例，但处罚类型主要就是跪香、迁单、逐出及火化示众等几种。内容如下：

> 开静贪睡不起者，跪香①；
>
> 早晚功课不随班者，跪香；
>
> 早午二斋不随众过堂者，跪香；
>
> 朔望云集祝寿天尊不到者，跪香；
>
> 止静后不熄灯安单者，跪香；
>
> 三五成群，交头结党者，迁单②；
>
> 失误自己执事，错乱钳捶者，跪香；
>
> 奸猾慵懒，出坡不随众者，跪香；
>
> 上殿诵经礼忏，不恭敬者，跪香；
>
> 本堂喧哗惊众，两相争者，跪香；
>
> 出门不告假，或私造饮食者，跪香；
>
> 毁坏常住物件，照数包补者，仍跪香；
>
> 越职管事，倚上欺下横行凶恶者，跪香；
>
> 厨房抛撒五谷，作践物料饮食者，跪香；

---

① 跪香：即罚跪，待一支香燃毕方允许起来。在北京白云观23种清规中有13种都采取了这一处罚形式，约占57%。

② 迁单：即降职或加以驱逐，贬至其他宫观。在北京白云观23种清规中仅有2项。

公报私仇，假传命令，重责迁单；

毁谤大众，怨骂斗殴，杖责逐出 ①；

无故生端，自造非言，挑弄是非，使众不睦者，逐出；

违令公务，霸占执事者，逐出；

茹荤饮酒，不顾道体者，逐出；

赌博引诱少年者，逐出；

偷盗常住物件及他人财物者，逐出；

犯清规不受罚者，杖责革出，永不复入；

违犯国法，奸盗邪淫，坏教败宗，顶清规，火化示众。

著名的道士清规榜单还有《教主重阳帝君责罚榜》，共计 10 条：

一、犯国法，遣出；

二、偷盗财物、遗送尊长者，烧毁衣钵，罚出；

三、说是谈非、扰堂闹众者，竹篦罚出；

四、酒色财气食荤，但犯一者，罚出；

五、奸猾慵狡、嫉妒欺瞒者，罚出；

六、猖狂骄傲，动不随众者，罚斋；

七、高言大语、作事躁暴者，罚香；

八、说怪事戏言、无故出庵门者，罚油；

九、千事不专、奸猾慵懒者，罚茶；

十、犯事轻者，并行罚拜。

北京白云观因是全真道第一大丛林，所以其制定的上述清规条律

---

① 逐出：即下催单，逐出丛林。在北京白云观 23 种清规中有 7 项，约占 30%。

很有代表性，影响极大。不过一般来说，清规都由各宫观自己定立，条款多寡不一，处罚程度也不一致。如清道光二十三年（公元1843年）陕西张良庙所定清规，就有36条之多。其中除跪香、迁单、逐出、杖责等处罚外，还有炙断眉毛、摘去衣领以及打扁拐等极其严厉的处罚。

比较而言，全真道这一在宋元道教改革浪潮中涌现出的新道派，在戒律清规的制定与执行方面较之于正一道这一传统道派反而更严格一些。正一道是道教符箓各派的统称。元代以后与全真道并列为道教两大派。正一道也为道士制定了许多戒律，也举行庄重的授戒传箓仪式，然而由于许多正一派道士并不出家，可以像常人一样住在家中，还可以娶妻生子，故而没有宫观尤其是全真道十方丛林那样监督严密的环境，所以对戒律的执行也就难以严格起来。特别是有些正一派道士，与统治者关系密切，深受宠幸，在生活上遂不能恪守道戒而出现腐败的现象。这种现象即使在唐代也存在。唐室重道[1]，修建国立道观，出家进观做道士不仅是一种荣幸，还可以享有种种特权，故而出现了卖牒谋财的现象。只要有钱即可买牒出家，取得免税特权。于是信道是假，谋财是真，导致了道士素质的低劣和道教教团声誉的低落。在这种情况下，道士们在日常生活中对于戒律清规的遵守就难免出现松弛现象。这种情形在宋徽宗时代更加严重，使以符箓派为主流的道

---

[1] 初唐之时，李唐统治者为了寻求统治天下的合法性，特意提高其门第，神化其统治，于是精心运思和筹划，鉴于道教所奉的教主老子姓李（李聃）、唐皇室也姓李的缘故，遂自尊老子为始祖，宣称李姓为"神仙苗裔"。由此也找到了尊崇道教的理由。而其时道士也为李氏王朝歌功颂德，认定李姓王朝的建立乃是"奉天承运"。武德八年，高祖李渊进一步颁布了《先老后释诏》："老教孔教，此土先宗，释教后兴，宜崇客礼，令老先、孔次、末后释。"明确规定道教在佛教之上，制定了有唐一代奉道教为皇家宗教的崇道政策。强调在全国都要尊崇道教，并对几大宗教进行明确排序，即以道教为首，儒教次之，佛教最后。并以皇帝诏命的权威，责命天下学子、百官学习《道德真经》，从此钦定了道教作为"国教"的地位。

教陷入外盛内衰的境地。于是产生了改革道教的历史要求，新兴的全真派就是顺应这种要求而产生的。全真道的先驱者们刻苦自励，淡泊清静，潜修内丹，轻财仗义，济人之急，故能广受欢迎。全真道又力倡三教（儒、道、释）合一，吸取儒、释之长，完善戒律清规，并加以严格执行。陈垣先生曾说："然全真何以能得人信服乎，窃尝思之，不外三端，曰异迹警人，畸行感人，惠泽德人也。"他接下来还援引《甘水仙源录》称全真道士"涉世制行，殊有可喜者，其逊让似儒，其勤苦似墨，其慈爱似佛，至于块守质朴，淡无营为，则又类夫修混沌者"。[1] 由此可见，全真道士修行的态度确实认真，这自然说明他们在日常生活中，能够从思想到言行严格按照戒律所制定的规范行事，以及教团内部重视戒律的制定和清规的执行，至少在全真道的中前期是如此。从前引全真道最大的十方丛林北京白云观所公布的《执事榜》即《清规榜文》中，就可以看出全真道在戒律清规的制定和执行方面，确有一个良好的传统。

全真道在道教文化的发展中有着突出的贡献。"全真"即意味着对"全假"的坚决排斥，意味着宗教立场的彻底和对宗教戒律清规的恪守。在这方面，道教中的全真派对佛教是有积极借鉴的。

道教清规原本由各道派或道观自己制定。全真道就在自己制定清规过程中多方面借鉴，从而制定了一系列有具体针对性的全真道清规，如《全真清规》《教主重阳帝君责罚榜》《清规玄范》《清规玄妙》《执事榜》，等等。这些清规维护的不仅是道士们自身的"文化身份"，也是维护着道教文化自身的"全真"和特色，进而对维护社会的风清气正也会做出一定的贡献。

---

① 陈垣：《南宋初河北新道教考》，辅仁大学 1941 年版，第 35 页。

谈及道士对道教文化的贡献，这里，还有必要特别介绍一下全真道龙门派中兴之祖、清顺治时期白云观方丈王常月的事迹。王常月，原名平，号昆阳子，山西长治人。他在王屋山由全真道龙门派六祖赵复阳授以戒律，此后便虔诚学道，饥餐松柏，渴饮清泉，精研道书，遍访高道，拜求神仙，鉴于顿悟，继续师业，担当起了中兴龙门道派的重任。清顺治十二年（公元 1655 年），他来到了京师，奉旨在白云观主讲道法，不久即为白云观方丈。他为了弘扬道教，广收门徒，并率先改变自魏晋以来道门秘密传戒的旧制，实行公开传戒，产生了很大的影响，连康熙皇帝也皈依于他的门下，诚敬听道。自此，白云观焕然一新，规模更大，成为名副其实的"全真第一丛林"。王常月能够有此成就，并获得了朝廷三赐紫衣的殊荣，与他对道门戒律清规的高度重视和善于因人施教的布道方法有关。他在兴教之初，就精心撰著了《初真戒律》，称"戒是全真第一关"。他把戒律比喻为降魔之杵、护命之符、升天之梯、引路之灯、仙舟之筏。为了传戒，他曾率领詹守椿、邵守善等门徒，长途跋涉到江苏茅山、南京，浙江杭州、湖州、湖北武当山等地立坛传戒。传戒度人之时，他非常注意方式方法，视受戒对象不同而因人施教，巧言恳劝，道语缤纷，兼涉三教，圆融贯通。[①]王常月的一些说戒语录，被他的一些高徒收集起来，编为《龙门心法》二卷（即《碧苑谈经》），为清代龙门派提供了经典的修道理论著作。他的那些高徒或聚或散，大都能谨遵师教，恪守戒律，为中兴龙门道风作出了不懈的努力。

　　不过全真道士中也有视戒律清规如股上玩物、一纸空文者。按照全真道戒，修道者必须出家，并忍耻含垢，苦己利人，戒杀戒色，节

[①]《邬阳真人道行碑记》称王常月在传戒时能"遇大器讲天仙，遇中器讲地仙，遇小器讲人仙。而其于人也，遇上等讲道行，遇中等讲因果，遇下等讲报应，因人施教，直欲就海内众生而各成就之"。

饮食少睡眠，等等。然而无论是从正史上，还是从野史或文人笔记中，都可以看到一些道士在日常修道生活中因不能忍受道门的清苦而违反戒律清规，从而惹人耻笑的记载，其中就有全真派道士。

据《元史》卷一百七十五记载，元泰定元年（公元 1324 年），大臣张珪（guī，归）上奏，言："比年僧道往往畜妻子，无异常人，如蔡道泰、班讲主之徒，伤人逞欲，坏教干刑者，何可胜数。"这里指责的"僧道"，也包括了当时正红火的全真道的一些道士在内。更为严重的是，到了泰定三年（公元 1326 年），全真道掌教蓝道元因淫逸之罪被黜，并牵连至其他教派的道士，结果那些违犯戒律而娶了妻子的道士统统被朝廷罚去服苦役了。不难想象，连当时的全真道掌门人居然也不能遵守戒律清规，那么道众中自然更难避免这类事了。古代文献中对此多有记载，如有的道士贪财，利用符箓法术骗人钱财；有的道士自命清高，但一旦遇上权贵阔佬就会变得"礼度甚恭，异初来傲睨之态矣"①；有的道士贪色，修道多年而毁于一旦②；有的道士慕权，下贱地去乞求一个县尉芝麻官③；还有的道士千方百计巴结帝王显宦，乐陶陶住在与官府一样豪华的宫观里④……凡此种种，不一而足，说明道教的戒律清规对有些"伪道士"并非总是奏效的。

不过，道教的正统派却相信只要违反了戒律，肆无忌惮地作恶，迟早会受到惩罚的，这种惩罚，除了教团内部根据清规而对犯戒者作出处罚裁决外，还包括来自上天的处罚。因为对于一个真心皈依道门而虔诚修行的道士来说，其必定相信天地间有专门掌管人间功过的神灵，这个神灵对人所犯的每一个过失，无论轻重，都记录在案，并通

---

① 《云溪友议》卷十。
② 《北梦琐言》卷十一。
③ 《北梦琐言》卷六。
④ 《甘水仙源录》卷九。

过一定的折算，从其寿命中抵冲，以疾病灾祸等形式对犯过者加以处罚。这"司过之神"自然计算人之过失十分精确，毫厘不爽，即使犯戒道士能逃脱道门清规戒律的制裁，但却无论如何也难以逃脱"司过之神"的"暗算"。[①] 另外，在道教神仙信仰中，冥府系统亦对人间善恶加以监督，阴府"判官"随时对有过之人（包括道士）立案审查，在审查过程中还会用上一些听起来使人不寒而栗的酷刑，如肢解、剥皮、破腹、火烧、汤煮、挑眼、拔舌、刀锯、锥刺，等等。对于道士而言，这样的"司过之神"和地狱法庭实际构成了对戒律清规的一种补充，道教教团可以赖此而增强对道徒的约束，从而起到戒律清规起不到的作用。这是从反面（惩罚）对道士的恐吓，与许诺守戒修道即可成仙的正面引导，恰是一反一正，相互为用，构成了对道士的一个完整的"监控系统"。也正是由于有这样来自身心内外的"监控"，使得游离于道教宫观之外的道士也往往会有惊人的自觉自律意识。著名导演陈凯歌执导的电影《道士下山》，塑造了一个不谙世事的小道士，因为闹粮荒离开道观下了山，经过了一系列事件和考验之后，仍能不受世俗及色欲诱惑，并领悟了师父所言"不择手段非豪杰，不改初衷真英雄"，在精神修炼方面攀上了更高的生命境界。当然，在中国古典传奇小说和晚清以来武侠小说以及著名的金庸武侠小说中，"道士下山"多被演绎成为五花八门的文艺场景，以至于"道士下山"被反复地运用并成为一个魅力无限的叙事"原型"。道士们不仅传播着"道学"，而且武功超群，在险恶的江湖上也往往大有作为。但他们无论如何大显神威，却也要恪守作为道教信徒的戒律清规，才能守住自己作为道士的独特"身份"。至于《金瓶梅》所描写的行止有亏的道士陈经济与娼楼嫖妓的金道士，就常违反道教教规，宿娼饮酒，骚扰地

---

① 葛洪《抱朴子·内篇》卷六《微旨》："天地有司过之神，随人所犯轻重以夺其算，算减则人贫耗疾病，屡逢忧患，算尽则人死。"

方，由这样的描写也能看出作者及整个作品的批判倾向。

　　美国著名学者罗伯特·麦基在《故事——材质、结构、风格和银幕剧作的原理》①一书中，非常看重一个"激励事件"在人生展开或故事叙述中的关键作用。他认为一个故事通常是一个由五部分组成的设计：激励事件，故事讲述的第一个重大事件，是一切后续情节的首要导因，它使其他四个要素开始运转起来——进展纠葛、危机、高潮、结局。而道士下山故事原型就会被不同时代的作者所重构或置换，"道士下山"作为"激励事件"既改变着道士的命运，也改变着与之关联的凡夫俗子的命运，将他们推出现行的生活轨道，出现在众多的神魔小说与侠义小说（幻想小说），以及后来的武侠小说（武侠、奇幻、科幻小说）之中。事实上，唐传奇中的《虬髯客传》就对年轻的金庸产生过相当深刻的影响，他在中学读书时就曾写过一篇《虬髯客传的考证与欣赏》，登上了学校的壁报。后来，身怀奇术的道士们（准道士）不仅频繁出现于江湖，也经常出现于金庸小说中。道士出山上山的叙述就构成了作品的"激励事件"。如"射雕三部曲"（"射雕三部曲"是当代著名作家金庸《射雕英雄传》《神雕侠侣》《倚天屠龙记》三部武侠小说的合称。该三部小说因情节上有明显的承接关系而得名）的第一部，就描写了高道丘处机的下山。丘处机下山引起了一系列故事，使郭靖与杨康二人就像岳飞"花缸"般漂流一样，出现了命运的巨大转折，使他们到了北国。在遥远的的北国，马珏在蒙古现身，因为有缘而将全真派的内功法门教给了郭靖，使得主人公可以在江湖上叱咤风云。接下来有王处一、周伯通等全真派前辈现身，又与各方面发生关联，生发出更多故事：周伯通在桃花岛上，不但将空明拳与双手互搏的武功悉心传给了越来越有高功的郭靖，他还代圣人传教，作为王

---

① 中国电影出版社，2001 年版。

重阳的"替身",将九阴真经传给了他的结拜兄弟；与道家有缘的洪七公、黄药师、欧阳锋、段智兴等天下四绝也功夫了得，他们先后分别成为郭靖的师父、岳父、死敌或救星，使郭靖接受了生生死死的人生考验，并在女主角黄蓉的陪伴下，离神奇的《九阴真经》与《武穆遗书》越来越近，遂能去华山论剑，志在争夺天下武功第一的桂冠，还能前往襄阳进行守卫以完成"为国为民"的光荣使命。"射雕三部曲"之后，读者仍然能够看到道士们进入武林或社会后的诸多作为，他们的传道包括传授武功，可以给他人带来不平凡的"激励"作用：丁典之于狄云、谢烟客之于石破天、无涯子之于虚竹、岳不群之于令狐冲等，就分别提供了有效的"激励事件"，这些各有奇功的道士，或者是练习道家武功、有道家气味的侠士，将原本是平民百姓的少年从平常的江湖生活中召唤出来，为他们指出了修习道家高深武功的道路，给他们带来了诸多有关人生的启示，使他们进行着新的人生旅程，演绎着一个又一个不一样的武侠故事。①

　　总而言之，戒律清规是道教自身建设中的一个十分重要的方面，正所谓"众行之门，以之为键"，其对道士们的生活影响至大。遵守之，

---

① 进入网络时代，沿着金庸开辟的武侠小说道路，很多与道士叙事相关的武侠及仙侠小说诞生于网上，构成了网络武侠仙侠文学世界。如有网络写手重构金庸小说中的道士故事，写出了篇幅浩大的《金庸世界里的道士》（萧舒）。作者认为：金庸的世界里有英雄，乔峰、郭靖、杨过、张无忌、令狐冲；金庸的世界里有美女，黄蓉、小龙女、赵敏、周芷若、盈盈；金庸的世界是虚幻的，金庸的世界又是真实的。一个现代人，在金庸的世界中真实地生活着，让主角引领你在金庸的世界里悠闲散步。于是，小说出现了这样的故事梗概：主角元神未灭，附体于金庸世界里一个道观中的小道士身上。他在荒山之上，独自一人，艰苦修道，终于回复如前世。他坐着马车，一路向北，欲见郭靖夫妇。华山之巅，逆天行法，救北丐西毒于既死，救程英、完颜萍，数言惊退李莫愁，从此，他进入了神雕的世界。倚天、笑傲，他的身影总在其中闪烁，他是这个世界的看客，他又是这个世界的主人，他傲啸山林，他偎红倚翠，他隐于山林，他出没于闹市，他是无所不在的。会尽天下英雄与红颜，做个逍遥神仙，这便是本书的主旨。如此演绎或重构金庸小说，确实体现出了网络时代亦即消费时代的特点。网址：http://www.555zw.com/book/4/4184/

就必须过那种严格意义上的清苦禁欲的生活；背逆之，则随时都会有遭受惩罚的危险，即使品尝到了一些世俗之乐，也终究要为此付出沉重的代价：不仅不能成仙，还要在地狱中受酷刑！不过，对于一个具有较高悟性，且修炼到一定境界的道士来说，遵守戒律清规与潜心修道在方向上是一致的，所以道门的清规戒律再严格，亦不足以构成其生活中的苦恼。因为以清修为乐，以道为性命之宅，虚怀静养，超尘脱俗，积善积道，以成升仙之功，这本来就是道士生活之本色。另外，所谓戒律清规，主要是宫观内部的规章制度，对于那些散居道士或民间道士来说，如果不是十分自觉，由于缺乏严格的监督保证，其约束力也非常有限。还有，对于那些在道教史上赫赫有名的高道来说，如"睡仙"吕纯阳、"邋遢道士"张三丰，他们日常或常睡不醒、豪饮大醉，或不修边幅、居无定处、食无定时，等等，应该说与道门的戒律清规相左，然而并不妨碍其成为高道。这说明虽然无规矩不成方圆，然而对于登真升仙这一修道目标来说，戒律清规毕竟属外在形式性的东西，顿悟者可以超越形式、超越手段而直达目的。吕祖和张三丰这样的高道，天生道体，悟性高超，自是戒律清规缚不住者，所以在自由自在中照样可以功德圆满。但是，道众中如吕祖、张三丰这样的"天才"毕竟少数，所以大部分道士在日常生活中仍不得不接受戒律清规的制约，以成其道业。

第五章
道士的法事活动

　　为了强化宗教意识和弘扬教义，道士们常要郑重举行一些法事①活动。这是道士作为道教的神职人员，在神与人之间沟通所担负的神圣职责。在法事活动中，道士们既要通过各种礼仪方式表达对神的崇拜和向往，又以虔诚而又神秘的方式将神唤至人间，度化救世。在道士漫长的修道生涯中，参加法事活动是一项非常重要的生活内容，他们必须以全部身心投入这一活动之中，如法如仪地担当好自己的角色。由于道教崇敬神仙，这意味着其神学思维必然会导向拜求神仙来解决诸多世间现实问题，因此注重祭祀祈祷和各种科仪就成了道士们的文化选择。每当信众陷入精神的或生活的困境而有求于道教，或者信众有祈福的愿望，道士们往往都会通过道教科仪来给予回应。而民间的崇道习俗更是常见，如烧香与拜神、还愿、迎财神、求签等在民间确实极为普遍，无论是经济发达地区还是穷乡僻壤都可以见到崇道拜神的各种行为。

　　作为道教科仪集大成的《道门科范大全集》，共八十七卷，其中五十一卷著录为杜光庭删定。其内容繁复，举凡道教各类科仪大都在

---

① 法事：初为佛教用语，后泛指僧、道等宗教信徒的拜忏、打醮等事。

编。诸如上清升化仙度迁神道场仪、生日本命仪、消灾星曜仪、消灾道场仪、祈嗣拜章大醮仪、忏禳疾病仪、祈求雨雪道场仪、灵宝太一祈雨醮仪、东岳济度拜章大醮仪、南北二斗同坛延生醮仪、北斗延生捍厄仪、安宅解犯仪、文昌注禄拜章道场仪、真武灵应大醮仪、誓火禳灾说戒仪、道士修真谢罪仪、解禳星运仪、北斗延生清醮仪、北斗延生忏灯仪、北斗延生醮说戒仪、北斗延生道场仪、灵宝崇神大醮仪等。举行这些科仪就是道士们的主要法事活动，有的是基于道士修炼或教团组织的需要而举行的，可谓是"自需自办"式的法事，如传戒授箓、诵经拜忏、道首升座，等等；有的则是基于社会上的个人或官方的需要而举行的，可谓是"他需应办"式的法事，如道教宫观中的道士常应他人要求而举办的祈祥道场（祈福禳灾仪式）和度亡道场（超度亡灵仪式），等等。如果从道士举行法事的形式来看，则有斋醮、符咒、占卜等常行科仪。这里就道士举行的法事活动择要介绍之。

第一节　道士的斋醮法事

道士做斋醮法事，俗称做道场。本来斋和醮是道教的两种法事仪式。道教之斋有供斋、食斋和心斋。供斋是设供敬神，食斋是节制食欲，心斋是净虑思道。据《云笈七签》卷三十七《说杂斋法》，这三种斋法的功用各不相同，供斋可以"积德解愆"；节食斋可以"和神和寿"；心斋功用最大，即能够除嗜欲、去秽累、绝思虑，彻底向道，达至与道契合的至乐境界。因此，"斋"是道士日常修道的主要内容。醮，原意是祭，即祭神，通过一些祭祷礼仪向神表白心愿，以祈福禳灾。所以，"醮"主要是道士出于某种特定需要而向神提出的祈求。但是，由于二者在内容和程序上相互联结，关系密切，故而在唐代以后，斋醮便常常连称，几乎包括了道士所举行的各种礼仪活动，包含着丰富而又复杂的内容。不过，将敬神与求神、忏谢与禳灾等不同的方面整合为严整的仪式，这在道教史上也有一个逐渐形成的过程。

在道教宫观内或一些特殊场合，人们常常可以看到道士们身着金丝银线的道袍，不仅穿戴整齐，还手持各异的法器，吟唱着古老的或特色的道教曲调，在设定的道教坛场里翩翩起舞，犹如演出一场又一场的折子戏，这就是道教的斋醮科仪，俗称"道场"，谓之"依科演教"，简称"科教"，也就是斋醮法事。

从道教经籍的记载来看，斋醮的渊源可以上溯至原始宗教的祭祀礼仪，与巫觋之风有内在的承继关系。在东汉五斗米道时的道教斋仪，其形式和内容都颇为粗陋，如修"涂炭斋"时，在露天地里立坛，作斋的人都要用泥涂额头，口中衔璧，覆卧于地，叩头忏谢。这种斋仪尚带有原始特征，故常遭信徒们的讥嘲。在太平道，也仅以自省思过的方式默祷神灵，祈求降福消灾。为了发展道教，北朝时期的寇谦之（公元 365 年—448 年）、南朝时期的陆修静（公元 406 年—477 年）和唐末五代时期的杜光庭（生卒年不详）等高道，对道教的斋醮仪式进行了整理和补充，使其不断得到充实与完善。

寇谦之在他"清理道教"的努力中，使天师道焕然一新，将奉守道诫、斋醮礼拜放在了重要地位。他在《音诵戒经》中强调指出，修道者必须奉守道诫、斋醮礼拜，方能感动神仙，口授诀要，度化飞升。由于重视斋醮之功，寇谦之在斋仪方面整理出了一整套仪式，如奉道授戒之仪、求愿收福之仪、禳灾除病之仪、忏过解罪之仪，等等，并对具体的礼仪程序作了相当详细的规定。

比寇谦之稍后的陆修静在斋醮仪范的整理和创设方面，也作出了很大的努力。他很重视斋仪，认为斋是清心去欲、求道学仙之本，如果能够恪守斋仪，则功德无量，既可以消凶咎、去怨家、除疾病，还可以宁家安国，延年益寿，感动天地群神，得道升仙。基于这种认识，他精心建构了一套相当完整的斋醮体系，名为"九等斋十二法"。其名目及功用要旨如下：

> 第一洞真上清之斋，以无为为宗，有二法：其一法绝群离偶，眠神静炁，遗形忘体，合于道无。其二法心斋，疏瀹（yuè，月）其心，澡雪精神。
>
> 第二洞玄灵宝之斋，以有为为宗，有九法：其一法金箓斋，调和阴阳，消灾伏异，为帝王国主请福延祚。其二法黄箓斋，为人拔度九祖罪根。其三法明真斋，学士自拔亿万曾祖九幽之魂。其四法三元斋，学士自谢涉学犯戒之罪。其五法八节斋，学士忏谢七玄及己身宿世今生之罪。其六法自然斋，普济之法，内以修身，外以救过，为百姓祈福消灾。其七法洞神三皇之斋，以精简为上。其八法太一之斋，以恭肃为首。其九法指教之斋，以清素为贵。
>
> 第三洞神涂炭之斋，以苦节为功。上解亿万曾祖、宗亲门族及己身家门无鞅数罪，拯拔忧苦，济人危厄。

在此，陆修静将此前道教斋醮之法如上清派的二斋法、灵宝派的九斋法以及天师道的一斋法整合入"三洞"，成为一种对后世影响很大的斋醮体系。陆修静不仅在总体上设计了这一体系，还在细则上作了相应的规定和说明，并身体力行。南朝泰始七年（公元471年），宋明帝病重，陆修静亲率道士建三元露斋（即涂炭斋）。此斋经改修后连续举行了36天，道士们"负戴霜露，足冰泥首"，在阴雨寒风中苦撑。陆修静以"五感文"砥砺众道士。其文要义是：感念父母生我育我之辛苦；感念父母为我而受三涂之苦；感悟人生的迷悟苦痛；感念太上众尊、大圣真人的开化拯救；感念我师的开度之恩。有此"五感"的感召和勉励，斋醮仪式得以顺利进行。

自然，陆修静整理的斋醮仪式在道教史上仍有发展的余地，到唐代的时候，斋醮仪式在进一步发展的同时，也出现了驳杂纷乱的情形。唐末五代的杜光庭，为道门中的博学者。他出于对斋醮仪式的高度重视，收集、编纂和删定陆修静以来流传的各种斋仪，遂成道教斋醮仪式的集大成者。他编撰了《太上三五正一盟威阅箓醮仪》《洞神三皇七十二君斋方忏仪》《太上洞神太元河图三元仰谢仪》《道门科范大全集》等多种道教仪书，特别是后者，其中集录了众多的斋醮仪礼，如生日本命仪、忏禳疾病仪、消灾道场仪、祈求雨雪道场仪、文昌注禄拜章道场仪、安宅解犯仪、北斗延生清醮仪、北斗延生忏灯仪、道士修真谢罪仪、上清升化仙度迁神道场仪、灵宝崇神大醮仪，等等，几乎应有尽有。杜光庭整理的斋醮仪式，既是对此前（尤其是唐代的）斋醮仪式的总结，又下启宋代以来的斋醮仪式，使斋醮活动从宫廷到民间都更加普及。不仅注重斋醮的正一道道士经常举行，注重清修的全真道也渐习斋醮，以应社会之需。而且，为适应社会需要，一些新的斋醮仪式仍不断地产生出来。有"小道藏"之称的《云笈七签》卷三十七《斋戒》与明《正统道藏》洞玄部戒律类《斋戒录》即载有各种门类的斋法，名目繁多，这里无法一一介绍。

"斋醮科仪"指醮祷亦即祭祀活动所依据的一定法规。一般有阳事与阴事之分，在道教祭祀中具体区分为清醮与幽醮。清醮主要与"生活"有关，主要有祝国迎祥、贺师圣诞、祈福谢恩、祈晴祷雨、解厄禳灾、却病延寿、生日庆贺等，属于太平醮之类的法事；幽醮则与去世或灾难有关，主要有摄召亡魂、破狱破湖、沐浴度桥、炼度施食等，属于济幽度亡斋醮之类的法事。斋醮仪式由于类别不同，其规模、内容和程序相应地就会有所差异，但重大的斋醮仪式程序大致相同，一般由以下仪节组合而成：设坛、摆供、燃灯、焚香、升坛、礼神、存念冥想、高功宣卫灵咒、鸣鼓、降神、迎驾、奏乐、步虚、赞颂、宣词、唱礼、送神等。这些仪节在进行中都有具体的程序要求，做起来并非是轻而易举之事，而且所需要的时间也比较长。如举行意在超度全体道士列祖列宗的黄箓斋，便需要 3 天时间，每天的程序都排得满满的。斋期中，每天清晨、正午、日落之时都要行道、诵经，直到第四天清晨才散坛。这并不是最长的，尚有连续进行 49 天的大道场。就具体细节而言，也相当讲究。设坛摆供所需供品有绢、巾、衣、金环、盐、钱、纸、墨、笔、砚、时鲜花果、旌旗、镜、剑、弓矢，等等，这些供品不但要求新鲜干净，而且在摆法上也有一定之规。其他仪节也必须如法如仪，不得有误。

如果将斋醮法事的那种特有的场面比作一场庄严而神圣的演出，那么这场演出基本是由音乐和舞蹈连缀而成的。在法事中，司鼓的道士称为知鼓，依次有知钟、知磬、知锣、知笙等，俨然是一支独特的民乐队。法事中，少不了诵经念咒，每位道士必须按要求（如十方韵、北京音韵或子孙韵等）来吟诵，必须熟悉经文中的咒、赞、偈的唱法，以保持某种特殊的乐感和韵味。自然，因法事内容的不同，这种由器乐和声乐组合而成的道场音乐也会有节律、曲调及韵味上的不同。也正是由于有了这种道场音乐的感染及节律的暗示，道士们便很容易被宗教氛围或情绪牢牢地抓住而彻底地进入"角色"。斋醮法事中的音乐伴奏和道士们吟唱经文词章的曲调行腔，自然不同于凡响俗音，除被视为具有宗教法力而外，在音乐方面亦极有特点。其器乐部分，有吹打，有合奏；声乐部分，有合唱，有独唱。形式多样化，根据法事仪式程序进行的需要而变化组合。一般来说，器乐用于法事的开头、过门、结尾以及为诵唱伴奏。声乐即道士们的吟诵则是道场音乐的主体部分，具体分为诵、赞、颂、偈等，所以除曲调外，还有与此相配合的曲词，即道士们吟唱的这些诵、赞、颂、偈的文字部分。道士们在法事仪式中吟诵词章时的行腔曲调，称为"步虚声"，所吟诵的词章便相应地称为"步虚辞"。道士们认为他们所采用的这种腔调是上界众仙云游虚空时的吟咏之声，所以称为"步虚"。其起源难以确考，但可以肯定的是它与古代巫术中用以祈神、迎神、娱神的音乐有密切的联系。南北朝之时，以"步虚声"为代表的道教音乐已初具体系。唐代道教兴盛①，"步虚声"也发展迅速。唐玄宗不但组织人广制道曲，而且自己亦亲自创作了《霓裳羽衣曲》《降真召仙之曲》等道曲，甚至亲临宫观指导道士们演唱步虚声韵。成书于北宋时期的《玉音法事》和明代的《大明御制玄教乐章》，为具有集成性质的道曲曲谱集。步虚词作为歌词，其体多为五言体诗，与斋醮仪式中献给天神的奏章祝

---

① 唐玄宗李隆基有鉴于武则天、韦氏均是依靠佛教势力篡夺天下的事实，自即位之日起，便设法大力推进开国以来的崇道政策，极力提高道教的地位，促进道教的发展，从而形成了唐代道教的全盛时期，这在道教发展史上具有重大影响。唐玄宗的主要政策如次：一、尽量神化太上老君，掀起崇拜热潮。李隆基多次到玄元皇帝庙跪拜，并多次追加太上老君的封号，天宝十三载尊为"大圣祖高上大道金阙玄元天皇大"。同时为高祖、太宗、高宗、中宗、睿宗五帝加"大圣皇帝"之字，使唐代开国以来的诸帝均和"大圣祖"老子更加紧密地联系在一起，借以维护李唐王朝的统治。并令天下各州建玄元皇帝庙，每年依道法斋醮。又多次下令给玄元庙更改名称，加西京改太清宫，东京改太微宫，诸州改紫极宫，并为之选配道士，赐赠庄园和奴婢等。同时大肆制作玄元皇帝神像，分布天下。据《唐鉴》卷九记载，开元二十九年正月，玄宗自称梦见玄元皇帝，并告之曰："吾有像在京城西南百余里，汝遣人求之，吾当与汝兴庆宫相见。"玄宗遂遣使求得于周至楼观山间，闰四月，迎置兴庆宫。二、尽量提高道士的社会地位。唐玄宗于开元二十五年（737）七月，下令重申："道士女冠宜隶宗正寺，僧尼令祠部检校。"并规定：凡道士女冠有犯法者，须按道格处分，州县官吏一律不得擅行决罚，违者处罪，借以维护道教的尊严。玄宗还经常召见道士，拜官赐物，甚至亲受法，以道士为师。三、规定天下诸州均须遵守道教节日制度。对道教代表人物和各地的灵山仙迹，都规定了崇礼醮祭制度。四、设置崇玄馆，规定道举制度，以"四子真经"开科取士，并设置玄学博士。五、规定以《道德经》为诸经之首，并亲自作序，令天下学者习之。六、搜集天下道书并进行整理和传播。道教的重要经典《道藏》便是此时成书。七、大力倡导斋醮和道教乐曲。名著至今的《霓裳羽衣曲》便是李隆基自制于太清宫，并亲自教道士步虚声韵。由于唐玄宗的种种措施，唐代道教的发展也达到了历史的高潮阶段，对当时朝廷的士大夫也产生了深刻影响。

文"青词"①一样，俱是以文学性极强的形式来传达宗教的内容和情感。所以，如果从音乐的角度来看，我们可以将斋醮法事称作是一场曲目丰富、节奏旋律变化无穷的音乐会。其中赞神的颂歌，曲调悠扬恬静；祈神的乐曲，音韵庄严肃穆；法师召神镇邪时所伴奏的曲调，则无不威武雄浑，如惊风迅雷；迎接神仙、娱乐神仙以及表现天宫仙境快乐生活时用的曲子，则充满了欢快、热烈的情绪；表现神仙降临斋坛，则用超然飘逸、缈缈如幻的乐音。参加斋醮仪式的道士们就是在这种如梦如幻的奇妙乐曲中，礼拜作法，边行走，边诵唱，如仙行云中，缥缈虚远。在"步虚声"所营造出的宗教气氛的作用下，道士们心灵世界中的宗教情感也随之而流淌，进而迷狂，从而使精神彻底进入与天国神仙对话交流的境界。在这种人神交感的庄严、神圣、神秘的气氛中，道士们礼赞神仙、祈祷神仙、命令鬼妖，为人间，为自身，迎来天国之福，送走人间不幸与灾祸。

在斋醮仪式中，道士们在道曲的伴奏下，一举手一投足都具有舞蹈造型的意味。所以说，其又是一种带有神秘色彩的集体舞蹈，其"领舞"兼指挥者自然是斋醮活动的主持人高功法师。法事开始，深孚众望的高功法师高坐主坛，众多副手分列左右，配合行事，计有：正副两名都讲法师，正的主管法事程序，带领道徒行礼拜揖，副的主管道场音乐；两名监斋法师，正的监察道士在法事中的表现，副的保障神坛的斋供，传递有关物品；两名侍经法师，正的负责照管高功法师桌案上的经文、词呈，副的则主管其他呈表，随时传递；侍灯、侍香法师亦各守其职，确保烛灯、香火不断。总之，参与法事活动的道士均必须严守科范、配合默契，以保证整个法事井然有序、严谨不疏。在

---

① 青词：又称"青辞"。唐李肇《翰林志》："凡太清宫道观，荐告词文，皆用青藤纸朱字，谓之青词。"此为"青词"之出处。其文体以骈体为主，对仗齐整，文辞赡丽。

道场上，高功法师的行坐礼拜均有侍经法师照顾，以显威仪。而法师们的步伐、手势以及法器（镜、剑、印、法尺、令牌、手炉、拂尘等）的使用，等等，也有相当严格的规定。

法师做道场时的步伐叫"步罡踏斗"，简称"踏斗"。其中"罡"指魁罡，"斗"指北斗，行法道士依次踏北斗诸星的位置，并做诵、咒、闭吸气等动作，故名之。步罡踏斗是斋醮时礼拜星斗召请神灵的仪式，其取法于禹步。禹步是道教召役神灵的一种方术，据《洞神八帝元变经·禹步致灵》介绍，这种方术为夏禹所发明。夏禹治水时发明了计程之矩，但如遇到视力所不能达及者，他便召来海河山地诸神询问之。一次，大禹来到南海之滨，见到有只鸟只要一念咒语便可以让大石头翻动不已，便模仿该鸟念咒时的步法，效而行之，亦产生了同样的效果。此术传于后世，因系大禹所制，便称为"禹步"。道士们认为禹步是召神见鬼的最为灵验的法术，故推其为万术之源，玄机要旨，任何法事活动都离不了此法。其法如下：用清净的白灰撒作星图及八卦之图，作法者站立在地户巽（卦名）上，面向神坛鸣鼓十五通，然后闭气行步。先举左脚踩于离卦，右脚踏坤卦；左脚踩震卦，右脚踩兑卦，左脚从右脚并踩兑卦；右脚踩艮卦，左脚踩坎卦，右脚踩乾卦；左脚踩天门，右脚踩人门，左脚从右脚并立人门，然后通气呼吸念咒。图示如下：

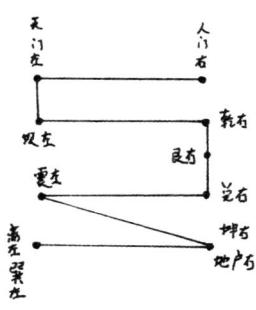

禹步图示

道士们以为这种先左后右，一跬（kuǐ，傀）一步，一前一后，一阴一阳，初与终同步，置脚一横一直而呈丁字形的行步，象征着阴阳交会，故法力无边。后来，道士们在行此仪式时不再临时以白灰撒画北斗图和八卦图，而是事先准备有画着北斗图、八卦图的布单（称作罡单，象征九重之天）。作法道士脚穿云鞋，登上罡单，伴随着缕缕道曲行禹步，诵青词，且舞且唱，俾将祈愿表文送至天界，祷告神仙降福禳灾。

　　道士们在行法时的手势指法也非常讲究。这种手势指法与禹步配合，被认为具有行使法术、役使鬼神的作用。因此要求道士熟练掌握。最常用的指法有剑指、金牌指、金龙指、三山指、刀山剑树指、雷指、神虎指、金莲指、招讨指、锁指等，此外如天师诀、本师诀、天纲诀等手势指法，虽不如剑指等用得多，但也要习练备用。手势指法不同，其功能作用也各不相同。比如，天师诀是以大拇指掐在食指的第一指节上，其余三指平伸，指尖朝上，作用是拜请神灵降临；天纲诀是食指平伸，指尖朝上，其余四指微向内弯，作用是指挥鬼神，导气入符。

　　此外，道士们在行法时，有时还要使用一些法器，常用的有镜、剑、印、令牌、拂尘等，这些法器也被视为各有妙道与法力。如镜能照妖显恶，剑能除妖伏魔，印能镇服恶神，令牌能召天将前来助威，而拂尘则能拂去灵魂尘垢，且能降魔除妖、变换无穷，因而是不可缺少的道具。

　　斋醮仪式中，道士们的这种由特殊步伐（禹步）、特殊手势（指法）、特殊道具（法器）构成的"舞蹈"，与"步虚"音乐一样，亦是一种礼赞神仙、祈告神仙的特殊语汇或信息，其来自道士们的心灵深处，表达着他们欲与神仙对话，为众生求福音、除灾难的强烈愿望。

　　在斋醮法事中，道士们还要进行存念冥想，这也是非常重要的仪节之一。设坛摆供，燃灯焚香，高功法师升座，礼赞神灵，这些仪节之后，已进入醮坛的道士们便唱着咒语而开始冥想，通过冥想充满了五行之气和丹田中三清的状貌而使精神、意念发挥作用，祈神降福。比如，在举行超度亡灵的法事时，道士们认为通过他们的颇具法力的冥想，可以使诸神诸仙降临斋筵，使三官护法，功曹使者往来传讯，以及召来被锁在地府的鬼魂，于是各路孤魂野鬼便可以在作法者和天尊诸神的引导下，离开阴府，投胎转生。这说明，道士们注意将醮事活动与平时的炼养方术结合起来，因此那些不炼内功法者，便不能登场作法。

在法事中，道士们所要做的还有发炉、复炉、称法位、谢神等。所谓发炉，就是道士们在法鼓声中通过吟唱发炉咒[①]而将自己身中之神唤出的一种法术。而所谓复炉，则是将发炉时呼出的神再依照仪式纳回自己体内。所谓称法使，即是向神禀告自己的生日籍贯、入道时间和法位情况等。这些法术，一般在斋醮法事中每日早、中、晚三次的行道仪式（斋醮中要举行行道仪式，每日早、中、晚三次按时举行，每次包括发炉、称法位、上香、礼忏、三启、三礼、重称法位和复炉等程序，目的是向神示诚，以得神助）中使用。谢神是法事活动的最后一项仪式，先是以拜表的形式，向天界诸神报告斋日中行道、诵颂所积功德，祈求济度亡灵、福佑生者。上奏的表文，称为"黄缯（zēng，增）朱表"。宣读之后，高功法师祈奏"谨遣臣等身中五体真官等捧表上天献神"，同时进入冥想，设想已被唤出的身体中的三五功曹诸神驾着羽车，在紫气中冉冉升至天界上表，毕后归来又重新纳入体内。然后，向神献上果食、酒茶之类供品，并宣读祈祷文，感谢诸神的降

[①] 发炉咒为："无上三天玄元始三燕，太上老君，召出臣身中三五功曹、左右官使者、侍香金童、传言玉女、玉帝直符、直日香官使者各36人。出当召此间土地里域真官正神，速出关启。臣今正尔烧香，奉为某官某乙为国为家，修建无上黄箓大斋若干日夜。愿得太上十方正真生燕降流入臣等身中，所启速达上御至真天极大道玉皇上帝御前。"

道教法器中的剑

临和斋醮圆满。至此，法事的全过程才告终结。

为了进一步了解道教斋醮法事及相关情况，下面再从科仪的斋仪、醮仪有所不同的角度略加介绍。

斋仪。在传统上，道教重大科仪有所谓"三箓七品"之说，皆属于斋仪。斋，是道教对其崇拜仪礼的一种传统称呼。修斋的主观愿望主要是修身养性、提升道行，追求的不外是积德解愆、和神保寿、内外清虚、身与道合等。道教认为个人的能力毕竟有限，举凡要祈求和仰仗神力的事，如求仙、延寿、祈福、谢罪、禳灾、超度亡人等，都要修斋，所以建醮、诵经、礼忏、祭祀及其他道场法事，都把修斋视为极其重要的事情。从字面看，"斋"的原意指齐和净，后为斋戒、洁净之意。在宗教文化中的斋，则是指在祭祀前必须沐浴干净，在沐浴洁身后立即换上相应的正式服装，还要更加讲究饮食起居，要严禁荤酒，以期素食清心①，不居内寝，要以极为虔诚和认真的态度参与修斋、修道。由此，不仅要修内斋（极道，包括心斋、坐忘、存思等），而且要修外斋（济度，包括三箓七品②）。

于是逐渐创设了一系列的斋仪。早期道教创设有自己的祭祀天地水三官的仪礼，但作为斋仪的程序相对较为简单。到了魏晋南北朝时期，则逐渐趋于细化甚至繁冗，并且创立了各种仪礼的具体名目。"三箓七品"就是对不同使用范围和不同功能斋仪的传统分类或概括。

所谓"三箓"指的是金箓斋、玉箓斋、黄箓斋；所谓"七品"指的是三皇斋、自然斋、上清斋、指教斋、涂炭斋、明真斋和三元斋。以下分而述之：

【三箓】1. 金箓斋。金箓斋是道教大型的斋醮科仪之一，它的服务对象通常是帝王一级的人物，因其规格最高，故以"金"标之，以示贵重，其宗旨是为帝王祈祷风调雨顺、国泰民安。即"上消天灾，保镇帝王"。2. 玉箓斋。玉箓斋也是大型道教斋醮科仪之一，其服务对象是帝王眷属、大臣将相以及民众。即"救度人民，请福谢过"。3. 黄箓斋。黄箓斋是专为超度亡灵而起建的度亡道场，即"下拔地狱九幽之苦"，这是一种度亡禳解科仪。从功能上看，黄箓斋的侧重点是用以超度亡灵，所以俗称"度亡道场"。这种科仪之所以有"黄箓"之称，是因为"黄"乃地之本色，地为众阴之首，孤魂亡魄入于阴地，故以"黄"为象征。

---

① 道教很看重素食清心的文化功能。现在全真派道士，仍保持食素。正一派道观在初一、十五或其他宗教节日，均要素食。这都是在持斋以奉道。值得注意的还有，奉道与养生往往是内在一致的。如道教在斋醮时，往往就与炼养并行不悖。道士们在建醮做法事之前，必须通过斋戒沐浴，彻底清洁身心，在清除肉体污秽的同时，也清心寡欲、宁静致远了。即使在建醮即做法事的过程中，也要运用存想，调节气息以求聚精会神，排除杂念，达到真心清净的境界等，这些都是斋醮中有利于身心健康的因素，都具有重要的养生作用。高道往往高寿显然与此有关。

② 见《洞玄灵宝玄门大义》。

道教法器中的镜

【七品】1. 三皇斋旨在辅助帝主，保安国界。2. 自然斋旨在救度一切存亡，自然之中，修行时节。3. 上清斋旨在求仙念真，练形隐景。4. 指教斋旨在请福谢罪，禳灾救疾。5. 涂炭斋旨在拔罪谢殃，请福度命。6. 明真斋，旨在学士修真有份，以度长夜之魂。7. 三元斋，旨在学士己身悔罪。

道教根据阴阳运化理论而从事宗教活动，旨在解救人间困苦灾难。道教认为，天地阴阳失序发生灾难时都应该及时举行相应的科仪。而且态度一定要庄重和认真。因此，进行修斋就是非常重要的环节。修斋时首重虔诚整肃，一些具体的道具和程序也是必需的。比如启圣祈真时就必须焚香燃灯。燃灯有灯仪，不同的时节也有不同的要求。比如立春、春分时节点燃九灯为宜，立夏、夏至点燃九灯为宜，等等。其他修斋之仪还有很多，如叩齿、叩头、服饰、法器等，每至细节也各有讲究，要想求得好的祈愿效果，就需要格外的虔诚、认真。

醮仪。道教科仪中，除了斋之外，还有一种祭祀活动是"醮"，亦称为醮仪。如前所述，斋是指祭祷中必须整洁身心，醮则是指祭祀活动本身。由于斋和醮关系密切，又由于道教建醮（做法事）要设坛，道士们在预设的道坛上如仪进行，故建坛又称坛醮。道教徒往往把祭祀祈祷活动简称坛醮，借此祭祀之法以与神灵相交感。出于不同的祭祀目的，所设坛醮的名称也会有所不同。相关道教文献对其仪式程序、宣词上章之文书表章格式等都有相应的规定。

"醮"亦有"醮法"。意思是指进行祭祀法事有其特定的程式、礼仪等规矩。坛醮的具体程序，一般为设坛、上供、烧香、升坛、鸣鼓、发炉、降神、迎驾、奏乐、献茶、散花、步虚、赞诵、宣词、复炉、唱礼、祝神、送神等。道教在宫观和特定场合设立坛醮，是道士们从事宗教活动的主要部分。但从实际"操劳"的效果而言，不仅要满足祈求者的主观愿望，对有些道士来说也有精神上的满足，同时也有实实在在的"谋生"方面的考量。道士们从事的祭祀坛醮就是他们的宗教化的职业，他们认认真真甚至神神秘秘地进行祭祀活动是需要有条件保障和一定回报的。从事祭祀活动有许多讲究，有时候还需要许多天才能完成，仅仅是时间精力的投入就是相当可观的，何况还要讲究仪式的"视听效果"，往往与艺术构思和创作也是相关的。

事实上，在道士们从事的斋醮仪式中就运用了许多赞颂词章，文学史上也有很好的命名，即称之为"步虚"和"青词"，算是两种形式特殊的文学样式。所谓"步虚"，就是颂神悦仙之辞。建醮时，道士们须旋绕香炉或烛灯，在带有舞蹈形式的旋绕时还要按一定的曲调口诵相关词章，这就是"步虚"词。一般为诗体语词，或五言、七言，或八句、十句、二十二句不等。早在寇谦之、陆修静时，就出现了《华夏颂》《步虚词》等。现存的道教文献如陆修静《太上洞玄灵宝授度仪》、杜光庭《太上黄箓斋仪》中，都收录了一些步虚词。所谓"青词"也被称为"青辞"，亦名绿章，为道士们斋醮时送给天神大仙的奏章祝文。唐代李肇《翰林志》："凡太清宫道观荐告词文用青藤纸，朱字，谓之青词。"青词和步虚一样，一般也是精心撰写的美言美语的文字，多为四六文句构成的骈体文章，讲究对仗工整，文辞华丽。[1] 在古代"大文学"视野中，论政治的骈文和谈宗教的骈文往往都是很雅致的。这些青词也有规定的格式，如开头要叙明祝祷者姓名，祈祷神祇尊号，接下来要表明所奏事由，末节则要用"以闻""谨词"之类的文辞来表达谦卑祈请的口吻和态度。唐宋时期，许多文人官吏频频出入于道场，他们有时候甚至亲自动笔撰写步虚词或青词，有时候甚至还是遵照上峰的指示执笔从事的"遵命文学"。更为隆重的时候，有的帝王也会为斋醮作赞颂辞章。比如宋太宗、宋真宗和宋徽宗等就分别撰写了《步虚词》《散花词》《白鹤赞》《玉清乐》《太清乐》各数十首。这里仅选摘三首精短的步虚词以供鉴赏：

其一

青溪道士人不识，上天下天鹤一只。

洞门深锁碧窗寒，滴露研朱点周易。

其二

阿母种桃云海际，花落子成三千岁。

海风吹折最繁枝，跪捧金盘献天帝。

其三

华表千年一鹤归，凝丹为顶雪为衣。

星星仙语人听尽，却向五云翻翅飞。

---

[1] 道士上奏天庭或征召神将的符箓所书内容，凡用朱笔书写在青藤纸上的即为青词。例："洛水玄龟初献瑞，阴数九，阳数九，九九八十一数，数通乎道，道合原始天尊，一诚有感。岐山丹凤双呈祥，雄鸣六，雌鸣六，六六三十六声，声闻于天，天生嘉靖皇帝，万寿无疆。"

道教法器中的印

　　值得注意的是步虚词作为道教诗歌体式之一，有其很好的音韵和意境，具有较高的审美价值。尤其是从道士创作转换到文人创作，这种趋势更是得到了强化。一般认为文人拟作步虚词的首倡者是庾信。唐宋时期，文人创作步虚词颇为流行，步虚词的内容题材、体式特征、创作目的也发生了较大变化。而由道教科仪的步虚声演化为文人创作的步虚词，是道教促进文学发展的又一典型事例。①

　　此外，由于斋醮在朝野的广泛影响，古代文学尤其是叙事作品中也有不乏相关描写。如著名的小说《封神演义》《三侠五义》《红楼梦》《水浒传》《三国演义》等，都有相当细致的道教斋醮场面的描写。以至于近些年来的某些长篇小说中，如秦地小说《白鹿原》和《盐道》等，也有基于道教斋醮仪式影响而举行民间祈雨或跳神的描写，往往给读者留下深刻印象。

---

① 张振谦：《道教文化与宋代诗歌》，人民文学出版社 2015 年版，第 279 页。

第二节　道士的符箓咒术

符，在道教中指由道士们书写的一种笔画繁复、结构奇特的似字非字的图形，又称符图、神符等。作为一种文字或符号，道士们认为它们具有某种神力，能遣神镇鬼、治病求福，甚至有求必应，法力无边。这些特殊的文字或符号大多写在纸、绢或建筑物上，大部分文字似字非字，图形也千奇百怪，要带有特殊的或神秘的色彩，绝对要精心设计而难以辨认。符箓意即依照天神所授信符，体现着神的旨意。这些符箓还是天神通过特殊方式所赐的，据称天神会将符以云彩形状映于天空，有道术的高人看出门道便描录下来以传神意，或是天神直接授给某位他所看中的高道。总而言之，其来自神秘的天界，是上天下达神明指令、显示天威的手段，是天神赋予高道神力的信物。所以，道士有言："符者，三光之灵文，天真之信也。"[①]作为一种法术手段，符与气（阴阳太和之气）、药（五行英华之药）具有同样重要的作用，为道教秘术中之秘者。

道符源于早期的灵物崇拜，与原始宗教信仰者的书写行为相关。汉代巫师、方士已经感悟出通神符号的神奇作用，他们可以模拟符信并假托为神仙所颁，并施之于鬼神世界，说用它可以召劾鬼神，镇压精怪。发展到了两汉时期，由于帝王将道符与天命紧密结合在一起，从而制造出精妙的符命，大大提高了符的社会地位和影响。东汉中后期的道教人物也是心有灵犀，创造性地接受了这种崇拜形式，并将其至少发展为多种类型，形成道符的第一发展阶段。此后，魏晋南北朝时期，道符的形式逐步统一，使笔画的长条类型道符演变成为具有一定美感的最基本的符制，这就形成了道符的第二个发展阶段。而自隋

---

① 《云笈七签》卷四十五。

唐时期开始至明清，由于道教的复兴，道符也进入鼎盛状态，在长条类型道符为主的情况下，创造出灵宝天文、符印等新品种，并且书之于更多的纸张及其他一些物品之上，还在国际范围开始传播，这就形成了道符的第三个发展阶段。目前见到最早的这类道符大约出现于东汉。早期道教教团即继承神符，并加以发展，创出有系统的符书，其后又不断加以造作，遂使符的种类十分繁多。依所托尊神或传授祖师命名，有老君符、天师符、壶公符等；依施用对象分，有杀鬼符、护身符、治病符、镇妖符，有致雨、召风、起雷、祈晴、驱蝗符等；依道法科范而言，凡立坛、投简、上香、召将、竖幡、进表等诸环节，都各有专符。预期是有阴阳之符的区别，类似于书法印章有阴文和阳文的区别：道教内部习惯上将在炼度、九幽等超度亡灵的法事中使用的符称为阴符，将在延寿、祈嗣一类为活人举行的法事中使用的符称为阳符。既然在理论上，符被认为是能代表玉帝、神仙权力和神通的信物，那么符箓就具有了神奇的法力。魏晋以后的道书和文学作品常常将符与精气学说结合起来，称符原本为天上云气自然结成，由天神摹写，始传予世，故有召劾鬼神、安镇五方诸灵之效验，故在书符时要有创造性和想象性。

《太平经》卷一百十四记载："是生神之愿，辄有符传，以为信行。"这自然是道教的观点。其实，如前所说，"符"并非道教特有的东西，早在战国时代就有了信陵君让如姬窃虎符以救赵的故事，西汉以前的符则有符节、符信、竹使符、铜使符等。不过这些符只是君臣之间承受使命的一种信物，尚无宗教性的功能。后来，在《河图》《洛书》以及神仙信仰的影响下，王莽、刘秀等皆用"符"来表示自己上承天命，以达到政治上的目的。这对道教创教者是有启发意义的。太平道、五斗米道初创时即开始制作和使用神符，如张角、张道陵等人都擅长以符水为人治病或以符咒召劾鬼神。《太平经》卷一至卷十七中有"服开明灵符""佩星象符""佩五神符"的记载，全书所记载的"符"计有三四百种之多。所谓"服"和"佩"，便是通过较为简便的仪式将接受的符焚后和水服下或佩戴起来，以期收到"灾害不能伤，魔邪不敢难"的神效。《后汉书·费长房传》说费长房因有符便神通广大，鞭笞百鬼，一旦失去其符则为众鬼所杀。《三国志·张鲁传》中也有关于张鲁制作符书的记载。道教经籍中有太上老君降授"正一盟威"经书930卷和符图70卷的说法。葛洪在《抱朴子·内篇》中认为符有避邪、避虎狼鬼怪的作用，他所列示的"老子入山符"共有7种，其中的2种如下图所示。将这2种神符放在住所的房梁或屋柱上，居住山林或暂时入山的人便可以安然无恙。在道教法术中，用符治病是道士们最为常用的一种方法。传说张道陵在阳山治妖时，有毒龙于深水池中作怪，使百姓受害生病。张道陵便画了一道符，作法投入水中，龙妖即逝，灾病即消。天师道尤崇信画符治病、驱邪伏妖。影响所及，深入民间，迄今不绝。其他道派也相继采用符术施法，并在符图的制作上更加讲究，笔画也愈加繁复，宗教的神秘色彩因之而更浓，所附符文也有了相应的范式。

老子入山符之二

如"开坛符"的符文为：

太上灵宝开坛符命

右符告下

灵宝官属 守卫神祇 今日欣庆 历观诸天

请灭三恶 斩绝地根 飞度五户 名列大玄

魔王保举 无拘天门 万神朝礼 三界侍轩

魔王束首 鬼精自亡 琳琅振响 十方肃清

一如告命 风火驿传

天云 ×× 年 × 月 × 日　承告奉行

"开坛符"的符图如下图所示：

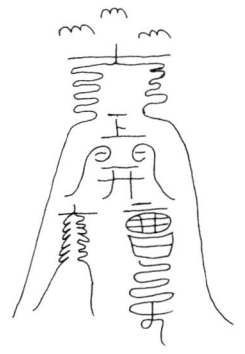

在开坛仪式中，宣告完开坛符符命，主持者高功法师即念："开坛符命已宣传，律令飞敕彻底天，三界大魔齐消散，五方鬼怪尽除蠲（juān，捐）。真文本是皇人篆，但荡无极听鸟言。咔嚓一声冲太极，无鞅数众听灵篇。"然后，命执事将开坛符火化，上达神界，焚香致

太上童子—将军箓

敬，祈求神助。在一系列的祈祷仪式之后，高功法师宣读总结式的说文："向来开坛安位功德，上奉高真，下度亡魂，赐福消灾，同赖善功，证无上道，仰凭道力，为上良因，志心称念，开坛演教天尊，不可思议功德。"

箓，即"记录"，分为两种。一种是天神的名录，即记录有关天官功曹、十方神仙名讳、职司的册簿。其作用非同小可，道士一旦有了它，便可以知道奏请或召唤哪路神灵，遣往何方，执行何职，从而在对付妖魔邪鬼时能立于不败之地。另一种为道士名册，记载道士的姓名、道号、师承、道阶等，又称"登真录"，通俗些说便是道籍登记簿。不过这是一种特殊的登记簿，如前所述，要举行正式的仪式才能使道士的名字登记在上面，而一旦名登道箓，便等于在神那里挂了号，既受神的保佑，又有了代表天神行法术的权力。在道士们看来，箓与符一样，是神授的法宝，象征着天神的旨意，故而又称法箓、宝箓。箓一般在道教内部秘授，由于其作用与符相似，常与符配合使用。又由于箓一般都配有相应的符图，所以常将符箓并称。符箓一般由道士们用毛笔蘸着朱砂在黄纸上写画而成。

箓早在五斗米道初创时即已开始使用，其后的相关名目不断增多，到魏晋南北朝时期已发展出一些成套的法事仪式，如金箓斋、黄箓斋、玉箓斋等，各有其神奇的功用。"金箓，上元，主天。天者乾，为天，金箓主之，故消天灾也。黄箓，下元，主地。地者坤，坤色黄，故黄箓主之。济拔七祖，七祖恐在地府。玉箓，中元，主人。人出箓者，资于德。玉备德，故玉箓主王公。"[1]正由于箓有如此神通，便出现了庄重盛大的授箓仪式，即将一些道徒引入道门并授以道阶，又将一部分道士提升到更高的道职位置上，因此是道士修道生活中的一件大事。有些帝王也因崇信道教而亲备法驾受箓，如北魏太武帝、唐玄宗、宋徽宗等便均受过符箓。在道教史上，宋代以前特别流行"三山符箓"，即由龙虎山、阁皂山、茅山分别传承天师、灵宝、上清诸道派的符箓。天师道派的符箓很多，如太上童子一将军箓、太上正一仙官七十五将军箓、太上三五正一盟威仙灵百五十将军箓，等等，这些符箓统称"太上三五正一盟威宝箓"。所谓"太"，为最高、最大、最尊贵之意；所谓"上"，即指太上老君；"三"则指天、地、人三才；"五"是"黄中总数，统御生死，以摄万灵"；"正"意为至正不偏；"一"为守一不二；"盟威"是指威伏六贼。受天师道派之箓的对象不分老少、男女，但必须经过一定的考验或训练。这连"童子"也不例外。7岁至16岁的儿童少年要入道，应首先学会散气（即特定的调息方法），再学会散化（在散气基础之上的一种更为高级的导引行气方法），然后才授太上童子一将军箓。此箓的名称又可分别称呼为"仙官一将军箓"和

---

① 《道门经法相承次序》。

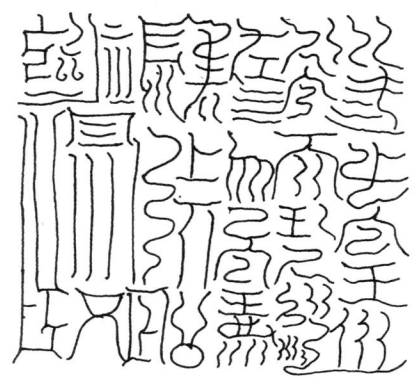

北方灵宝符命图（灵宝五符之一）

"灵官一将军箓"，前者授给男孩，后者授给女孩。拜受此箓后，学道的孩子才可以称为散气童男或童女祭酒，也叫正一箓生弟子。一将军箓的奉受者可以召使北一上官部诸神吏功曹力士，其神通也颇大。注重对儿童少年进行道教教育，这也许要算是天师道派授箓法事的一个特点吧。灵宝道派的符箓也很多，如灵宝五符（指东、南、西、北、中央五方五符经文法箓）、老君六甲符（传为老君传授的符箓）、八景天书箓（又称洞玄灵宝三部八景神仙二十四生图经）、五岳真形图（传为三天太上道君所绘的五岳山川的图形），等等。这些符箓的神通均被充分渲染而达到极大化，如灵宝五符能够降伏万邪，役使鬼神；老君六甲符能够万病自除，长生不老；五岳真形图可得山川之神的迎送保护，家有此符箓即可心想事成，门户兴隆。上清道派的法箓多在借鉴其他道派符箓的基础上形成，有太上帝君金虎符箓、太上神虎符箓、太上黾（miǎn，免）山元箓、上清灵飞六甲箓，等等。这些符箓能够召请的天神官吏各有不同，故一个道士所受何种符箓，便决定着他的道阶的高低。如受太上帝君金虎符箓，就可以呼唤六天大鬼辟轧

太上龟山元箓

毒王、北帝魔王振拾罗旌、北丰鬼相四天磊这三王的隐名，有役命天仙神人、呵斥群灵、庇护生灵的神通。佩戴此符箓，要用白素朱书，用紫锦囊盛装，扎在头上或用雌黄碧带系于腰右。此箓属于上清道派的第一阶位。而受太上三景三奔箓，则达至上清派的第三阶位，只要存思五帝君及其夫人，即可得到神助。受此箓者可称作三景（日、月、星）弟子。

　　咒，是通达灵界的密码与歌诵，具有号令与说服的作用。作为语言表达的一种特殊形式，咒或咒语在道教中运用得极为广泛，举凡道教法事的一些关键环节都要有咒语伴随，如结坛有净坛咒、镇坛咒；登坛也要有卫灵咒；画符时候要有书符咒；步罡之时要有步罡咒；诵经时也要先念开经玄蕴咒；至于杀鬼制魔、捉妖、祈雨等，也都有相应的咒。从这个意义上说，没有咒就没有道教的法术。通常是道士实施法术即作法时口中念诵的三言、四言、五言等短语。其内容，或以恶毒之语诅咒鬼邪，以达到驱鬼逐妖避邪的作用；或用祈请恭敬之词祷告神灵，以冀降福赐安。其形式，少则数字，多则几百字，一般首句呼唤鬼神之名，中间叙说要求或命令，末句以"急急如律令"或"如某尊神律令"作结。如《敕符咒》："上帝有敕，速起青雷，准此符命，不得徘徊，神威一振，万魔成灰，急急如大木郎 [1] 起雷律令。"[2] 又如道士对人施行定身法时念的咒是："日出东方，黑气腾腾。千人万人，眼前昏昏。前面山当，后面水拥；左边龙蟠，右边虎文。吾奉三山九侯先生律令。"咒语虽然出自道士之口，但却被认为是代神立言，故又称"神咒""神祝"。《太平经》卷五十云："天上有常神圣要语，时下授人以言，用使神吏应气而往来也。人民得之，谓之神祝也。"咒语也像符箓一样，在道士看来有感召神灵、役使鬼神、镇邪治病的作用。这里再领略几则完整的咒语：

　　敕灵官符咒（用于祈福避邪开光）：

　　三天有命，玉帝令章。四圣叮咛，何神敢当。上帝有敕，敕召灵官。斩邪不祥，暂离本位。来赴坛场，统制鬼神，斩诛不祥。天符到处，永断邪殃。救民疾苦，大赐威光。急急如律令。（《太上三洞神咒》）

　　杀鬼咒（用于驱鬼杀鬼）：

　　太上老君教我杀鬼，与我神方。上呼玉女，收摄不祥。登山石裂，佩带印章。头戴华盖，足蹑魁罡，左扶六甲，右卫六丁。前有黄神，后有越章。神师杀伐，不避豪强，

---

① 大木郎：即东方雷神。
② 《道法会元》卷一〇二。

先杀恶鬼，后斩夜光。何神不伏，何鬼敢当？急急如律令。

（《三皇内文遗秘》）

治惊病咒（用于治病安神）：

冥冥冥冥，风雨奔倾。惊邪等鬼，知汝姓名。风惊名顶，热惊名辛。急惊慢惊，恃垒之精。元皇正气，速降吾身。扫荡邪鬼，速得安宁。急急如律令。（《太上三洞神咒》）

可以比较一下，道教和佛教都有法事，也都有咒语，其作用也都是很微妙的。因为要信仰宗教，就要相信宗教对灵魂对人生还是具有种种作用的。这里且录一则据说是明朝智真法师所传的《清心咒》（也叫《普安咒》）：

清心如水，清水即心。微风无起，波澜不惊。幽篁独坐，长啸鸣琴。禅寂入定，毒龙遁形。我心无穷，天道酬勤。我义凛然，鬼魅皆惊。我情豪溢，天地归心。我志扬迈，水起风生！天高地阔，流水行云。请新治本，直道谋身。至性至善，大道天成！

许多读者是在武侠书或武侠剧里听到这么优美的《清心咒》的，当某人烦躁或有了魔心时，就有高僧或高人给弹一首或吹一首清心咒的曲子，于是某人就会平静下来甚至安然熟睡了。其实，这《清心咒》已被音乐家谱成催眠曲了，它就像母亲唱的摇篮曲，柔和而又安详。这说明，有人甚至以为所有咒语都是恐怖性或魔幻化的，原来并非如此。

道士的念咒渊源于先秦巫觋的"咒禁法"，又曾受到佛家香咒、赞偈的启发。南北朝以后，还由咒语衍生出了对神明的赞诵、祈诉、传令等略语形式。在道教典籍中，许多经书都有咒语，并与一定的符箓相配，但也有不与符箓配合而单独作用的咒术。

在各种斋醮法事中，一般都配有相应的神咒，以增强法事的宗教效果。北宋时期，道士们在传统咒术的基础上发明了一种新的符咒法术，名为"雷法"。这种雷法被视为是一种高级道术，只有高道方能行使。天师道第三十代天师张继先在《明真破妄颂》中对如何行使雷法作了解释，认为施行雷法需以自己内炼、真性不迷为本（即明真），以符图咒诀为末，故不能舍本逐末，在符图咒诀的形式上浪费精力。他认为"雷乃先天炁化成"，只有修炼真性，与道契合，才能真正通天、感神，使法事有效。否则妄弄符箓咒术，不会灵验。施用雷法，更应如此。在道士们看来，雷是天刑的执行者，而雷法则有求雨祈晴、降魔除邪的作用。施行雷法时要做一些规定的动作，意将雷力引入自身，然后相机施放，同时念出咒语："吾受雷公之炁，电母之威，以除身中万病，百姓同得以治形。令吾得使五行之将，六甲之兵，斩断百邪，驱灭万精。急急如律令。"人们熟悉的"急急如律令"，作为道教符咒常用的结尾语，系仿效汉代公文常用结束语"如律令"而来，意在表示：神鬼们要像对律法命令一样急速执行之。[1] 这是一种命令的口吻，因为在作法时，道士在幻念中已经认为自己成了高级的天神，有了役使一些神鬼的权威。

道士们除在法事活动中使用咒语外，在日常生活中也常用咒语，如在诵经、睡眠、出行、饮食、栉（zhì，至）发[2]、沐浴等时也都念咒语，不过大都很简要，便于记诵和奉行。如睡醒时念咒："当愿众生以迷入觉一旦豁然。"听到钟声时念咒："大音希声能悟证真。"洗手洗脸

---

[1] 另一说认为"律令"为鬼神名，行走如飞。"急急如律令"即谓如"律令"神一样迅速。《土风录》："律令，雷部神名，善走，用之欲其速。"

[2] 栉发：栉，梳；栉发，梳头发。

时念咒："除垢神延凝真不散。"穿衣时念咒："检束威仪服膺（yīng，英）善法。"饮水时念咒："神水入腹五脏清明。"出堂时念咒："四方无碍入众妙门。"临睡前念咒："太真玉女侍真卫魂三宫金童来守生门。"等等。几乎用之于日常生活的每一方面。咒语进入道士们的日常生活领域，这说明原本作为法事用语的咒，在此已被泛化为修道语录或标语口号一类的东西了，故道士们又常将其与符合在一起，或带在身边，或贴在墙上、床头等处，无不对他们的修道产生警策的作用。

另外，道士们有时亦使用反咒语，顾名思义，就是通过念反咒语，唤来神将，将对方之咒还给对方。自然，据说必须是心诚心善者的咒语才能灵验。蒲松龄《聊斋志异》中写的崂山道士曾收了一个吃不了苦且心地不纯的徒弟，学了穿墙术的咒语，在崂山时咒语还灵验，回到家中到处显摆，一样的咒语就不灵验了，使这位半途而废的崂山道士的脑袋碰出了大血包。

第三节　宫观常行科仪及其他

道门中有所谓"道无术不行"的说法，故道士们将演道视为从道、事道、显道的重要方法和手段，由此而衍生出了一系列的法事活动。上述的斋醮、符咒等作为具体的演道方式，当然是道士们非常重视的法事活动。但这样的法事活动主要是为了济世度人，为宫廷和民众之需而举办的。这样的法事常是因需而起，并不是定点定时的常规演道。相比较，只有道士们在宫观里的常行科仪，才是主要为了自身修道需要而定点定时举行的法事。这些常行科仪包括早坛和晚坛功课、节日庆典、开期传戒等，其亦为道士们提供了演道的机会。

要举行斋醮科仪就离不开道士们的辛勤努力。从军言军，从教言教，在商言商，在道言道，举行斋醮科仪原本就是道士们的事业或工作。斋醮科仪往往要通过一系列的规定动作才能完成，诸如建立道坛、设置用品、诵经拜忏、踏罡步斗、捏诀念咒等，就都是不可或缺的基本功夫和步骤。在这个完整的过程中，作为行动主体的人（道士）则是最积极、最活跃的，也是最关键的因素。因为所有的这些仪式都是由这些道士充当"执事"才能逐一完成的。因此，在此特别介绍一下完整斋醮科仪中的"执事们"。

在斋醮仪式中，醮坛执事们都各司其职，也各有一定称谓和分工。据《金箓大斋补职说成仪》，执事主要有：

1. 高功：位居各执事之首。担任者必须"道德内充，威仪外备，天人归向，鬼神俱瞻"，在仪式中既像总导演，又像男一号，要"蹑景飞晨，承颜宣德，惠周三界，礼越众官"。

2. 监斋：其地位仅次于高功。主管科仪典法，为高功的副手。其具体职责包括两个方面，一为"总握宪章，典领科禁，纠正坛职，振肃朝纲"；二为"周密察非，从容授简，有严有翼，毋滥毋堕"。

3. 都讲：与高功、监斋合称"三法师"。主管唱赞导引，亦为高功的副手。担任者也要求很高，必须"洞辅该通，法度明练，赞唱仪巨，领袖班联""玄坛步趋，升座讲说。昭符人望，默契人心"。

以上三职，均为高层或主角，正一派称为"三法师"，全真派没有此称而统称为"高功"。但三者在斋醮科仪中既各有明确职能分工，又互相配合、相辅相成，共同发挥着对斋醮科仪的主导作用。其他执事们，亦各有其职：

4. 侍经：是具体负责陈列、布置和收藏经卷的道士，为诵经做好定音、调音和仪表的准备工作。

5. 侍香：是具体负责清洁香炉和香案的道士，在仪式中保持焚香不断。

6. 侍灯：是具体负责整理和清洁点灯用具的道士，在仪式中保持灯烛辉照不致中断。

7. 知磬和知钟：是具体负责击磬和击钟的道士。磬钟之声直接规定了诵唱经文和仪式进行的节奏。

这些执事都是后勤性质的，在场感很强。

此外，据《太清玉册》卷四，醮坛执事还有一些是扮演"角色"的，要有表演和唱功或说功：

其一，炼师："其职也，内外贞白，心若太虚；德体好生，诚推恻隐。致坎离之妙用，合造化之元功；炼质升真，超凡入圣。"

其二，摄科："其职也，严格威仪，宣扬玄范，端临几度，密迩道前。音传金玉之声，问答琳琅之韵，必敬必戒，以谢以祈。"

其三，正仪："其职也，通贯科仪，整肃玄纲，务在老诚之士，方严中正之规。"

其四，监坛："其职也，激浊扬清，摄邪辅正，升坛隶事，先须严洁之功；通真达灵，必假监临之力。事须处恪，好令差迟。"

其五，清道："其职也，肃清云路，荡涤尘氛。"

其六，知炉："其职也，玄教威仪，仙班领袖。"

其七，词忏："其职也，吟咏洞章，歌扬玄范。"

其八，表白："其职也，奏陈虔格，注念精专。"

这些执事们一起密切配合，可以完成各种大型的斋醮法事。自然，这样的集体从事的法事活动并非日常化的。道士们每日功课性质的诵经修炼通常是在宫观中完成的。

住在宫观中的出家道士每日早晚需定时定点参加诵经，被称为早坛和晚坛功课。这种诵经不是由道士们自由地诵读道经，而是集体性的、仪式化了的演道方式，是从金代王重阳祖师开创全真道、建立丛林制度以后确立下来的，道士们又称其为玄门功课或日诵功课。

日诵功课为宫观中最常行的法事，每一个环节都有相应的仪范。

同举行斋醮法事一样，也要有板有眼、规范操作。每天早晨四五点之时，"开静"的钟鼓云板声一响，道士们便起来洒扫庭院殿堂，然后整理好冠服，来到七真殿拈香行礼，开始早坛功课。所诵的经文有《净口神咒》《净心神咒》《净身神咒》《太上老君说常清静经》《无上玉皇心印妙经》等 20 多种，但不一定都念，一般只念《清静经》和《心印妙经》两种。早坛功课意在与晨时阳气上升的自然规律契合，炼养身心，又以勤谨与虔诚，与神相通，缔结三缘，延生保安。晚坛功课在晚上 6 点半左右进行，所念的经文有《太上洞玄灵宝救苦妙经》《元始天尊说升天得道真经》《太上道君说解冤拔罪妙经》等十余种，旨在超阴度亡，履行济度孤魂游魄和一切众生的职责。有的丛林在午餐前也要上殿诵念《三官经》。

从科仪程序的繁多、讲究来看，早、晚坛功课也是众多道士相互配合的一场有声有色的演出。乐器伴奏自不必说，还要礼拜玉帝、三清、四御等尊神，拜毕，尚须在高功法师带领下，念诵雷声普化天尊神咒而环绕天尊座坛转圈 9 次（早坛顺时针方向，晚坛逆时针方向），名为"转天尊"。诵经开始后，监院要到香案前拈香、行礼；高功法师亦要出场上单、拈香、行礼。仪式进行过程中，道士们还要整班在经师的带领下来到殿外天坛行天地科仪，以及到院中预先设好的香案前对"天地兰界十方万灵真宗"的牌位行礼、拈香。然后，还要去灵官殿进行祝神科仪。即使在诵经咏唱时，仍要穿插拈香、叩拜、上表、奠茶等仪节。至于诵经时的领诵、合诵、念白、咏唱，此起彼伏，跌宕有致，那特殊的步虚声韵，充满诗意的赞偈（jì，季）颂语[1]，在一片道曲清音、香烟缭绕之中，成为道士们献给天界诸神的灵魂之歌。

---

[1] 如行天地科仪时高功法师拈香说白："香自诚心起，烟从信里来，一诚通天界，诸真下瑶阶"及"行溢三千数，时订四万年，丹台开宝笈，金口永流传"。几乎每进行一项仪节，高功法师均要吟诵此类赞诗，堪称"领唱"者。

道门的早、晚坛功课如此隆重，如此庄严，如此神圣，仪式程序既繁多而又神秘，无不体现了道士们对早晚诵经法事的重视。即如《太上全真早坛功课经序》中所言："功课者，课功也。课自己之功者，修自身之道也。修自身之道者，赖先圣之典也。诵上圣之金书玉诰，明自己之本性真心。非科教不能弘扬大道，非课诵无以保养元和。经之为经，是前圣之心宗；诰之为诰，乃古仙之妙法。诵之诚者则经明，行之笃者则法验。经明则道契于内，法验则术彰于外。经明法验而两全，内功外行而俱有。此是住丛林者之规范，升仙者之梯磴。"

　　道士们在举行诵经法事时，亦有一定的禁忌，就是凡遇戊日均不举行，如果犯禁，便遭天谴，叫作"戊不朝真"。除了早、晚坛功课外，亦包括其他斋醮法事，均在禁忌之列。其原因，据说是汉武帝求仙心诚，感动了西王母降临而至。汉武帝问西王母，人间的虫蝗、水旱之灾是因何而起的。西王母回答说是由于下界民众无知，一年四季在六戊之日犁地种田，触犯了阴阳禁忌，才致使灾荒降临，民遭饥馑。而且，一旦冲犯这一禁忌，是根本无法禳解的。因此，道士们便于六戊之日不上殿诵经，不建斋设醮，以免犯忌。

　　宫观中的节庆仪式也很多，每遇神、仙诞辰，都要举行隆重的斋醮法事，包括三清节（分别为冬至日、夏至日、二月十五日，依次为元始天尊圣诞、灵宝天尊圣诞、道德天尊圣诞）、王母娘娘圣诞（三月三日）、玉皇大帝圣诞（正月初九）、长春真人圣诞（正月十九日）、吕祖师圣诞（四月十四日）、重阳祖师圣诞（腊月二十二日），等等，不一一罗列。每逢这些节日，宫观中必定设坛庆贺，道场有大有小，如系大型道场（如玉皇圣诞），为示隆重，常由三四个高功法师联手主持，科仪程序繁多，拈香、行礼、步虚、踏罡、祈祷、上表、诵经、发炉，应有尽有，节目一环连一环，如果再加上庙会集市的话，便更热闹非凡了。道教系多神崇拜，供奉的天尊、神仙、圣哲很多。道士们对这些崇拜的对象常要表达虔诚的敬意，并祈望得到这些尊神诸仙的恩助，所以在诸神的生日或得道升飞之日举行隆重的法事来庆贺，以便"表文上达，恩命下颁"，仰凭道力，获致功德。出于这样的信仰，道士们便一年到头忙于在宫观中搞此类节日庆典，由此而构成他们宫观修炼生活中的一项重要内容。

　　道士的法事活动还有占卜一类，渊源于先秦巫觋之风。《太平经》卷四十云："古者圣人问事，初一卜占者，其吉凶是也，守其本也，乃天神下告之也。再卜占者，地神出告之也。三卜占者，人神出告之也。"先秦古人用龟壳、蓍草以卜筮吉凶，认为其预测的结果是天神所表示的意旨。这种占卜术被后来的道士们所继承，并用来沟通神意，达己目的。这目的通常为预卜吉凶、为人解厄。换言之，占卜就是求神预示吉凶，以求吉利吉祥和避灾避凶。道教将之演变为卜卦、抽签、测字等一系列预测行为，使之带有未来学的意味。道教文化本身也是有传承的，这种承袭古巫觋之风而以占卜为沟通神意之术就是一例。其中，占卜等方术还与文化经典《周易》有着内在的联系。比如道教的占卜之术主要有六乙和六壬等。而六乙也称为"泰一"，就是根据《周易》中的相关占巫行为演化而来的。太乙盘则是由圆盘和方盘组合而成，其圆盘象征天，方盘则象征地，正所谓"天圆地方"，中间有轴心相连接，可以自由旋转，在圆盘和方盘的四周有数字，都具有特定的符号象征意义。由该占卜之法所获取的结果被道士主要用来推测人事之凶吉，以达到避难、驱邪的目的。六壬也是用来预测人事之凶吉的。堪舆实际上就是风水术，用来选择所谓的阳宅和阴宅。就其动机或目的而言，主要是良善的和慰安的。然而，此类行为的实际情形却多是钻入钱眼，大有诓欺之嫌而为世人诟病。又由占卜衍生出扶乩（jī，基）、占候、抽签、测字、看相、风水、堪舆，等等，这在民间道士那里，大都成了谋财的法宝或途径。还有一些等而下之的未入道门却自命活神仙的巫婆、神汉一类的人物，更是装神弄鬼，害人匪浅。这些实与道教济世度人、贵生清净的真义相悖逆的人和事，在清修派道士那里是避之唯恐不及的。但是，就卜卦、占候、抽签、测字、看相、风水等多为正一派道士操持的道术而言，是否全然荒诞不经？是否在这些被命之为东方神秘文化的一些现象中，仍然潜存着一些有价值的文化或科学方面的信息呢？这些还有待于在深入研究的基础上加以破译。

从不同视角对道教道术甚至所有宗教进行观照，其观点往往是不同的，甚至经常是对立的。由此历来争议也确实很多。事实上，同样一个事物在不同的文化语境中也往往会给予不同的判断，即使是政治上的诸多话题或事件也是如此。但总体上讲，对道教道术确实也要给予辩证的分析和把握。恰如有的学者指出的那样："道教道术非常庞杂，也有神秘的意味，但也有某些可取之处，其中也包含着传统的天文知识以及传统的科学知识，如黄白烧炼、服饵方药、气法静功、武术动功、吐故纳新、斋醮音乐等，在客观上对冶炼学、医药卫生学、音乐艺术等方面的发展，确曾有一定的积极影响。古代的罗盘技术就是在道教堪舆的基础上发展起来的，对古代的航海事业做出了重要贡献。当然，道教的道术也有不科学的成分，有的当属于宗教迷信，社会上也有不法之徒，披着宗教外衣，以此诈骗钱财，甚而危及生命，故对所谓道术宜慎辨之、慎行之，以免受害。"[1]事实上，道教道术或法术除了道士们自身修炼的价值，也在服务社会、安抚心魂、促进艺术等方面发挥着一定的作用。至于作伪行骗者在任何行业中都会产生，在道教信众中也会混入一些"不法之徒"，但他们肯定不是严格意义上的道士或居士，他们的恶行不仅应该得到社会的"法治"，而且也

---

① 李跃忠、曹冠英编著：《道士》，北京，中国社会出版社 2009 年版，第 160 页。

应该得到宗教的"惩治"，至少也要得到命运上的"报应"。至于那种抓住一点不及其余的所谓"批判思维"，其实往往是片面的，甚至也是心怀叵测的。

第六章
道士与社会生活

　　道士们追求的理想是长生不死、羽化登仙，这意味着他们踏入道门之后，就必须基本舍弃世俗的日常生活方式，而过道门的那种清净的生活，养性修炼，以便早日实现自己的理想。道教教义认为，即使在日常生活中，时时处处也皆可悟道。而在进入道门后，无论是集体性的宗教生活，还是个人化的宗教日常生活，包括个人从事的动功或静功修炼以及闲暇自处等，皆要依经而行，遵道而为，要有高度自觉自律的道士意识，不能将自己混同于普通的俗人或老百姓，总之，既然进入道门，就要处处体现着道教重生贵生、度己度人的教义思想。

　　但是，道士们从来也没有完全割断自己与社会生活的联系。他们并不以一定角度、一定程度上的介入、参与社会生活为坏"道"、失"性"，反而认为这亦属于自己的宗教使命、职责的范围，或者以为栖山林而荫仙风、践市朝而观世变正是道性圆融之体现。

　　正因为如此，道士们的生活，呈现出既出世而又入世的两重性。一方面，他们抛却尘俗，寄身宫观，潜隐默修，刻意炼养，恪守科仪，恬淡为怀，一心向往那缥缈美妙的神仙境界。另一方面，他们又通过举办法事、看病行医、传教布道等手段，将自己生活的触角伸向民间、官方，以便扩大教团势力，获得广泛的社会支持。登峰造极者甚至可以将皇帝发展为信徒，从而影响乃至左右朝政，且以获得这种现实的满足而为荣。道士们的这种既出世而又入世的生活态度，使得道门生活与社会生活之间实际存在着互相影响、互相渗透的现象，因而亦使道士的生活在诸多方面同社会生活产生了广泛联系。道士们就是在这种出世与入世、此岸与彼岸的通联中，以宗教为手段，创立了一种亦真亦幻、真幻结合的生命存在模式，从而在社会生活中扮演了相当重要的角色。比如，有研究表明，著名的古代崂山道士就并非过着完全孤立封闭、与世隔绝的生活，他们通过讲经说法、诗词琴曲、陪游借宿、行医诊病等途径，与宫廷、士林、民众、僧人等发生着较为密切的联系。尤其是崂山道士行善积德、铺路修桥、治病救人、救济贫弱的事例也很多，赢得了很好的社会声誉。崂山道士丰富的社会交往，在一定程度上促进了崂山道教的发展，扩大了崂山道教的社会影响。①

第一节　道士与宫廷

在漫长的中国古代社会，特别是封建社会，宗教神权与宫廷政治关系非常密切，可谓是形影难离的双胞兄弟。这里所说的宗教神权即包括道教。道教与中国古代宫廷政治的关系非常密切，一些道士出于宣传、弘扬道教义理，扩大道教的势力和影响的目的，或者出于辅佐政治、拯救天下的目的，与宫廷往来，成为天子的座上宾，从而对宫廷政治产生了很大的影响。也有的道士是出于个人的私心，欲通过与宫廷的交往抬高自己的声誉，扩大自己的势力，故不惜一切手段拉拢、欺骗宫廷、官府，以期获得皇帝的恩宠，然而却对宫廷政治产生了极

---

① 参见任颖卮：《古代崂山道士的社交生活》，《东方论坛》2010 年第 6 期 。

其恶劣的影响。这样的道士在道教史上均不乏其人。当然要做到这一点，必须是那些道阶较高、在道门和社会上有较大的或广泛影响的道士，一般隐居道士则是无法问津宫廷政治的。

在道教初创时期，道士就与宫廷政治结下了难解之缘。那些谋求创教的道教先驱者，已经意识到与宫廷政治的远近，实际会影响乃至决定道教的命运，所以千方百计接近宫廷，通过走"上层路线"来实现自己的兴教目的。比如《包元太平经》^①的作者甘忠可便假以"天帝使赤精子下教我此道"（《前汉书·李寻传》）之名，将黄老道与儒家谶纬学说糅合在一起，制作了该道书，并且在神化自我的表象下，力图介入当时的政治，提出了"尊天地，重阴阳，敬四时，严月令"的政治主张，以此预先警告统治者必须遵此而行，否则就会发生灾害，断绝后嗣，试图达到影响宫廷政治进而扩大道教影响的目的。然而，最终甘忠可向宫廷政治靠拢的企图失败了，这是由于当时的汉室还没有想在政治上利用尚处于草创阶段的道教，所以有人便向朝廷弹劾甘忠可利用鬼神罔上惑众，使他终因议论朝政的罪名而被杀，他的几个弟子在汉哀帝执政时虽曾一度得到了宠信，但最后也因"左道旁门扰乱朝政、欺罔天子"等罪名或被诛，或被流放。结局固然悲惨，但甘忠可等人将宗教与政治合流的选择，却深深地影响了后来的一些道士。如早期道教的两大道派太平道和五斗米道，就以不同的方式积极地介入了政治。张角在"黄天当立"的信念支配下，率领太平道信徒们走上了造反的道路；张鲁则在五斗米道滋生的土地上建立起了政教合一的地方政权。

道士真正与宫廷政治结缘，成为宫中的座上宾，有的甚至成为"帝王之师"，是魏晋以来的事。北魏高道寇谦之在这方面扮演了一个成

---

① 道教早期经书之一，12卷，成书于汉成帝时（公元前32—前7年），已佚。一般认为《太平清领书》即脱胎于该书，它们的出现与传播标志着道教的形成。

功者的角色。寇谦之出于改革天师道之目的，欲取信于北魏太武帝拓跋焘，以便获得统治者的支持。然而，这在当时来说殊为不易，因为经过"黄巾起义"的惊吓后，统治者们对道教心有余悸，可是追求长生的心理又使他们对道教的神仙方术十分迷恋，所以对道士们欲迎还拒，心存戒备。但是，寇谦之下决心要设法爬上"国师"的宝座，以便借助官方的力量改革和弘扬道教。经过长期的修炼，他炼就了一身过硬的道术，可以长时间辟谷，"气盛体轻，颜色殊丽"①，自具仙风道骨，宛若神仙降世。他从教义和组织两方面改革天师道，废除了早期道教（三张时期）教团私授教职、入道收费、自收租米钱税等做法以及盛行的男女合气（房中修炼）之术，又吸收儒家纲常名教思想，模仿佛教礼仪规戒，制定了一套比较完整的符合统治者需要的道教教义和斋戒仪式，严禁道徒犯上作乱。同时，他又假托神灵，上演了两场太上老君降世封他为"天师"，以及授予经书和修炼秘术的仪式或情景剧②，以此来扩大自己的影响，终于取得了天师道掌门人的地位，从而做好了向统治者靠拢的准备工作。然后，他来到北魏京师平城（今山西大同），献上自己创编的经书，欲以此为"敲门砖"，接近天子。在皇帝对他并没有表现出多大兴趣，只是把他作为一般山野道士供养起来的情况下，他又通过朝廷重臣崔浩的帮助，获得了一次进入宫中向北魏太武帝演示道术的机会。他拿出全部看家本领，辟谷、扶乩、画符、讲经，终于征服了太武帝，达到了自己的预期目的。太武帝派使节奉玉帛、牺牲，祭祀嵩山，又在平城为他建了天师道的道场，并将他在嵩山的弟子全部接来。从此，寇谦之以"天师"的身份服侍太

---

① 《魏书·释老志》。

② 北魏明元帝神瑞二年（公元 415 年）、泰常八年（公元 423 年），寇谦之在嵩山两次接受太上老君的封号和经书、修炼秘诀，以及整肃道风的使命。其实，所谓太上老君降临嵩山，只不过是寇谦之一手导演出来的闹剧罢了。

武帝，积极参与北魏的军政事务，随太武帝东征西讨，出谋划策。就这样，寇谦之道术、法术、权术、谋术、妙术并施，取得了朝廷的钦佩、敬重，太武帝还宣布在国内"崇奉天师，显扬新法"，道教遂成为北魏的"国教"，而寇谦之自然也登上了"国师"的宝座，太武帝也相应地接受了"太平真君"的符箓，成为道士皇帝。北天师道在北魏的一度兴盛，是寇谦之穷尽心智的一个杰作，亦是道士与宫廷政治结缘的第一次成功的尝试。

寇谦之之后，南朝名道、道教茅山派第九代宗师陶弘景充任梁朝"山中宰相"的事迹，又为道士与宫廷政治结缘增添了一段动人故事。南齐末年，天下纷争，生灵涂炭，这使得在茅山金坛华阳洞内隐修10多年的陶弘景产生了拯救受难苍生的恻隐之情，于是毅然下山。在待他不薄的南齐皇室和正与南齐争天下的、后来成为梁朝开国君主的萧衍之间，他选择了后者作为援助对象。他给萧衍送去上应"天运"的图谶，鼓励萧衍代齐而王天下。齐、梁禅代之后，陶弘景又在萧衍身边一班臣子绞尽脑汁而想不出合适的国号之时，亲自为萧衍选定国号为"梁"，并择定梁朝开国的"祭天吉日"，从而一跃成为萧梁的开国功臣，使得上自梁武帝萧衍，下至朝中文武百官，莫不对他佩服得五体投地，敬若天神，百般礼待。梁武帝欲拜陶弘景为师，但陶弘景阅世极深，根本不愿意将自己的命运拴在萧衍的战车之上，因此他婉言谢绝萧衍的邀请，并赋诗以明志：

> 山中何所有，岭上多白云。
> 只可自怡悦，不可持寄君。①

---

① 见《华阳陶隐居集》。

在萧衍聘书屡至、苦邀国师的情况下，陶隐居只好作了一幅《二牛图》，画的是青山隐隐、流水潺潺间，一牛散放于山水之间，无拘无束，陶然自乐；另一牛则身披绣金锦缎，戴金笼头，被人执绳杖赶，不加任何文字说明，让使者带给萧衍。萧衍展图而观，见陶弘景难以回心转意，只好作罢。但是，陶弘景并没有从此断绝与萧衍的密切联系，两人经常有书信往来，甚至在一起品评书画。陶弘景的《与梁武帝论书启》便是他与梁武帝萧衍讨论当代著名书家钟繇、王羲之、王献之等书法之优劣得失的来往启答，共九篇，可见他俩切磋书法艺术已经到了相当深入细致的地步。从陶弘景和梁武帝萧衍来往讨论书法的过程及文字中，亦可见南朝书法风气之盛。其中，陶弘景所论多有见地，如"一言以蔽，便书情顿极，使元常老骨，更蒙荣造，子敬懦肌，不沉泉夜。逸少得进退其间，则玉科显然可观"。"伯英既称草圣，元常实自隶绝，论旨所谓殆同璇玑神宝，旷世莫继。""窃恐既以言发意，意则应言，而手随意运，笔与手会，故益得谐称，下情叹仰，宝奉愈至。""又逸少学钟，势巧形密，胜于自运，不审此例复有几纸？"等皆为精到之见，且为后世书法理论研究者所重视，尤其是其谈论书法鉴赏的方法，对后人也有较大的启示意义。值得注意的还有，作为臣子的陶弘景与梁武帝讨论书法的态度，其间固有严肃认真的智慧应对，却也难免有时会有意识地迎合一下梁武帝的书法观。有学者已指出："毕竟钟繇真迹在梁代已所存无几，而二王声名宋齐以来如日中天，梁武帝无论出于何种原因提出的尊钟卑王之论，既缺乏充分的理论依据，又无墨迹可参，故即使在当时，也未真正得到广泛认可。包括陶弘景在内，虽不敢直斥其非，但对梁武帝的意见都只是敷衍搪塞而已。"①

---

① 王家葵：《陶弘景与梁武帝论书启研究》，《书法研究》，2003 年第 1 期。

此外，有时候萧衍还派人给陶弘景送去炼丹材料，而陶弘景炼出金丹后也不忘送给萧衍一份共同享用。朝中凡遇有吉凶征讨大事，萧衍总是派人前去征求陶弘景的意见，有时一月之内就有数次。萧衍每次接到陶弘景的书信，都要焚香礼拜，然后才拆阅，足见其对这位褐衣葛巾、幽处深山的"华阳隐居先生"（陶弘景道号）的敬重。就这样，陶弘景犹如野鹤闲云，无拘无束，寄身空山，燕居林下，在孤月松涛相伴下炼丹服食，著述不辍，同时又不忘萧衍的知遇之恩，尽责尽心地为朝中出谋划策，成功地扮演了一个"山中宰相"的角色，亦为道门争得了无尚的荣光。

隋朝的道士们亦曾想方设法介入过当时的宫廷政治。道士徐则、宋玉泉、孔道茂，尤其是茅山派高道王知远，都曾成为隋炀帝的座上宾。隋炀帝对道教的兴趣唯在神仙之事，目的在于淫乐享受、长生不老，所以道门中人亦投其所好，以获取私利。比如隋炀帝大业八年（612年），有嵩山道士潘诞谎称自己已300岁高龄，通长生金丹之术，以此取悦昏君。隋炀帝闻之，便命潘诞为他炼制金丹。于是，潘诞得到了隋炀帝赏赐的嵩阳观、三品官衔、童男女120人以及大量的觅之不易的炼丹药料。

唐代，是道教颇显威仪的历史时期。早在李渊太原起兵反隋之时，道士岐晖、李淳风等便出于预见而精心制造谶语，或导演老君显圣指示李姓者将王天下的戏剧，或资助粮草衣物，甚至派道徒应征参战，从多方面给予积极的响应和支持。因此可以说，道士们与唐代宫廷政治的亲缘关系，早在唐王朝尚处于孕育及襁褓阶段便已结成了。唐朝开国之后，尊道教为国教，奉老子为祖先，道士们便自然被抬举为宗室成员，并与皇室共同尊拜一个祖宗——老子（李聃）。在此情况下，唐代的一些道士享尽了与宫廷政治结缘的荣光，往来宫中成为他们日常生活中除修炼金丹之外的另一桩要事。唐代的许多名道，如薛颐、孙思邈、潘师正、叶法善、刘道合、司马承祯、王希夷、吴筠、赵归真等，皆出入宫中，为朝野所重。总的来说，唐代道士在与宫廷结缘的过程中，获得了一系列的特权和好处。以玄宗时期为例，道士们就实实在在地风光荣耀了一番。极端崇奉道教并从茅山派高道司马承祯那里亲自接受了法箓的唐玄宗，曾于天宝二年（公元743年）、天宝十三年（公元754年）两次给道士们的祖师爷老子追加封号，并亲自为《老子》作注，要求全国家家户户皆备一册；还进行了一系列的册封，封庄子为南华真人（相应的《庄子》一书便被尊称为《南华真经》）、文子为通玄真人、列子为冲虚真人等；又在两京及各州建立专修道教经典的国立学校，实行道举制，对及第的道士授予官职；将道士置于僧尼之前，扬道抑佛，广交道友，甚至还要把玉真公主嫁与道士张果。这一切自然为道教的快速发展创造了极其有利的条件，使此前道教发展受到武则天抑制的势头得以扭转，道士的社会地位亦得到了空前的提高，在宫廷的荫护下享受着种种特权。"投之以桃，报之以李。"道士们自然感念着唐朝宫廷的种种恩德，并且尽其所能来回报。道士们的"回报"，不外两种方法，一是通过法事活动来宣扬唐皇室的德政，一是提供金丹术。每逢宫廷要举行庆典、祭祀，道士们就热情主动地忙碌起来，在统治者名目繁多的斋醮、祭祀活动中承担起自己义不容辞的责任。比如，在唐代流行的各种斋醮法事中，有一种"金箓大斋"，就是专门用来为皇帝祈神赐福的。这类活动多在国立道观举行，其祭祀内容涉及唐室的长治久安、祖先的忌日法会、皇帝的生日，等等。据《大唐六典》记载，在正月、七月、十月的十五日即三元节和皇帝诞辰日，道士们要分别举行金箓斋和明真斋；在先帝、先后的忌日，也要举行规模很大的斋醮法事活动，进行追悼和祭祀。唐玄宗时，有一位叫王玙的道士，便因擅长醮祭而深得玄宗恩典，被封为太常博士、侍御史、充祠祭使。有唐一代，因道术高明，殷情为宫廷服务，而被封官加爵的道士非常多。向宫廷提供金丹术，以帮助天子及皇室成员实现长生之梦，唐代道士在这方面做得堪称尽职尽责。然而，尽管道士们很努力地炼丹、献丹，但实际情况却是，唐皇室为此付出了惨重的代价，据清赵翼《廿二史劄记》卷十九"唐诸帝多饵丹药"条记载，唐太宗、宪宗、穆宗、敬宗、武宗、宣宗等都是由于不恰当地服食丹药而中毒死亡的。

宋代，与宫廷政治保持密切关系的道士仍大有人在，如北宋高道陈抟与宋太宗，道士陈景元与宋神宗，道士林灵素与宋徽宗，都有过不一般的交往；金、元时期的高道丘处机应元太祖之召而跋涉万里赴西域传教布道，与铁木真周旋的事迹更是广为人知；朱元璋起事时，龙虎山四十二代天师张正常及善于谋略的道士周颠均尽力辅佐之，凡遇大事辄为其出谋划策，为朱元璋夺取天下和巩固政权殚精竭虑，出了不少力。

总之，这些介入宫廷政治的道士，不管是出于主动还是被动，不外两种类型。一类是虽然经常与宫廷往来，但又与宫廷政治保持一定的距离，只是适时佐政而不害政，即使不得已而栖身朝中，也是心系山林，对高官厚禄视若过眼浮云。譬如唐代高道司马承祯。再如陈抟，在朝廷严令三请的情况下，于太平兴国初年（公元 976 年）应诏入阙，宋太宗赵匡义向他恳求济世安民之术，推托不掉，便要来笔墨，在纸上写下了"远近轻重"四个字。赵匡义不解其意，问之，陈抟答道："远者，远招贤士；近者，近去佞臣；轻者，轻赋万民；重者，重赏三军。"（《太华希夷志》）陈抟虽有安邦治国之才，却不慕世俗功名，被强召入宫廷，然而仍能韬光养晦，即使有进言，务必审慎精当，切中时弊，对当局者颇有助益。他虽幸蒙帝王恩宠，仍执意返归山林，曾作了一首《辞朝诗》，表明了他的这种心迹：

十年踪迹踏红尘，为忆青山入梦频。

紫陌纵荣争及睡，朱门虽贵不如贫。

愁闻剑戟扶危主，闷听笙歌聒醉人。

携取旧书归旧隐，野花啼鸟一般春。

像司马承祯、陈抟这类道士可谓是道门中的"精英"，他们的所作所为，基本上能保持着道士的本色。另一类则与此不同，他们私欲过重，道心不纯，以神仙方术为手段，投人所好，欺世盗名。他们往往与昏庸的君主一拍即合，利用皇帝的恩宠，实现自己的野心，因此祸国殃民。代表人物如宋代的林灵素。林灵素，字通叟，北宋神宗熙宁七年（公元 1074 年）出生，温州人。他自幼因家境贫寒而出家当和尚，但因忍受不了寺院内生活的清苦，违反佛门戒律，嗜酒成瘾，被逐出山门。漂泊流浪，路遇一个姓赵的道士，便拜其为师父，一起云游天下。赵道士死后，林灵素获得了师父视若性命的秘籍《神霄天坛玉书》，便利用书中所介绍的设坛、驱鬼、兴云致雨等幻术把戏，来到京城，决心敲开皇宫大门。他一面结交宫中官吏了解内情，一面精心研究秘术，等待表演的机会。他了解到宋徽宗喜迎奉，好长生，爱游玩，对神仙方术深信不疑，便投其所好，到处炫耀自己能通神灵，擅长"五雷法"（就是用神符呼风唤雨，去灾求福）。在朝中佞臣的引见下，宋徽宗在凝神殿召见了林灵素。林灵素根据事先得知的情况，已经完全把握住了徽宗的心理所需，便胸有成竹地在皇上面前大肆吹嘘自己的来历，并恭维徽宗是神霄府①中的神霄玉清王，号为"长生大帝君"，是玉帝的大儿子，等等。昏君宋徽宗赵佶对此深信不疑，真的以为林灵素是玉帝派来辅佐自己治理天下的仙官，完全掉入了林灵素早已设

———————————

① 道教认为天有九霄，以神霄为最高。

计好的圈套。于是，林灵素如愿以偿，得到了"通真达灵先生"的封号、一座名为"通真宫"的道观、从四品大夫的官衔以及可以随时往来皇宫的特权等一系列好处。从此，林灵素便借用皇权培植自己的势力，一时权倾朝野，广邸厚禄，锦衣玉食，气焰嚣张，干尽了欺君祸国的勾当，使本已危机四伏的朝政更加腐朽不堪，对北宋后期社会发展起了非常恶劣的影响作用。他操纵徽宗，干预朝政，当时国家大事都要经他上达"天听"，请玉帝"批准"，方可行事；他讲经时，甚至连皇帝本人也只能设帷坐在旁边听讲，其他大臣则只能端坐在下面恭听，以致天怒人怨，反对者甚多。终于机关算尽，最终露出马脚，被逐出京城，落魄山林。死后，又被掘墓鞭尸。道门中类似林灵素这样的人物还真不少，在明代，因明世宗朱厚熜崇道，邵元节、陶仲文等一帮道士纷纷献技邀宠，或以房中术，或以炼丹术，博得了世宗的宠幸，不但取得高官厚禄以及金银珍宝赏赐，而且可以操纵朝政，许多士大夫也不得不夤缘以求上进。据记载，由于明代皇帝多崇尚道教，致使有的道士混进宫中，不仅与太监串通为非作歹，甚至还想方设法与宫女通奸，直到东窗事发被严惩。在清末，也曾发生过白云观方丈高云溪以神仙术诱惑慈禧太后，经常入宫而数日不出的事情，而且高云溪道士还深受慈禧信任，多以朝政见询。有史料称，高云溪还在朝廷与八国联军缔结卖国条约的事件中扮演了非常不光彩的角色。叶恭绰曾指出：因为慈禧太后对高道士的术数深信不疑，就经常派大太监李莲英与之联系："李（莲英）与璞科第之联络，实由西郊白云观高道士为媒介。……每有双方传达之事，则由高璞、李会晤，一转即直达西太后；至将达表面，始由军机处及总理衙门搬演耳。……然因此而又惹起英法德之争，纷起而谋对付，左支右绌，认至危亡，则西太后固料不到也。"① 像林灵素、高云溪这一类的道士，虽然不是平生都在骗人误事，也不是道士群体中的主体，但每每在与宫廷合谋之时，往往就成了道门的害群之马，因此人们称他们为"佞道"确不为过。客观而言，这样的"佞道"害人害己，贪婪腐恶，严重违背了道教和道家文化精神。

第二节　道士与士林

在中国古代，道士与文人士大夫的交往事迹屡见于史籍和诗文，是一个相当引人注目的社会现象。通常，道士身居山林幽谷，过着清静超脱的修道生活，其生命追求和生活方式，对于在某种程度上亦追求精神超越的文人士大夫们来说，具有极大的吸引力。于是，倾心访"道"寻"仙"在历代文人中间便成为一种风尚。这同时也为道士与文人士大夫进行思想情感交流提供了一个机会，而道士的精神信仰、生命理想和生活情趣对士林生活的渗透以及产生相当久远的影响，则是必然的了。

摆脱尘俗生活，道士们在宗教生活中体道悟道，过着自然朴素、内心平和而又惬意自在的修道生活，在坚持宗教修持的同时，不断丰富着自己内在的精神世界。正是这种精神文化方面的追求，成了许多读书人也能心有灵犀、高度认同的地方，由此也促使道教文化的优良传统得以传承，并能够与时俱进地持续发展。一般来说，古代道士具备着与文人士大夫交往的条件。魏晋以来的道士，因原始道教在向官方道教转变的过程中对儒家思想观念的吸收和利用，使他们一般都熟悉儒家文化典籍，能诗善赋者不在少数。甚至一些道士本来是习儒业

---

① 叶恭绰：《中俄密约与李莲英》，《文史资料选辑》第 8 辑，中国文史出版社 2009 年版，第 131 页。

的，曾经饱读诗书，后因科举不中、命运不济而投入道门，由孔圣的弟子变为老君的信徒，未成名儒却修成了高道。还有的道士本已入仕，但因不得志或者其他一些原因，弃官做了道士。这些道士的文化素养较高，不但通晓道教教义教理和礼仪规范，而且熟悉儒学，同时颇具才情，吟诗作赋、琴棋书画无所不能。再加上他们都精于养生修炼和斋醮法术，以及从"旁观者"的角度来看待社会，对现实和人生往往有着局内人难以企及的冷静、透彻的认识。凡此种种，使他们的生活方式和人生历程具有一种独特性，从而引起文人士大夫的兴趣。所以，一个道士一旦名声远播，便成为士林争相前往拜访的对象。

此外，由于统治者往往出于自身利益的需要而扶植道教，许多道士涉足宫廷政治，经常奉诏入宫，甚至成为帝王之师或朝中重臣，因而声名显赫，在朝的文人士大夫自然会趋之若鹜，想方设法结交他们，这样亦提供了彼此交往的机会。

再者，以诗文会友，或丹青联谊等，既是士林中非常普遍的交往方式，也是道士们与外界交往的一种方式。士林中的一些人由于信仰或政治、艺术上的种种原因，往往慕名而来，希望与道士们建立友谊。当然，也并非一味地是士林中人来访求道士，道士们有时也会主动地以此方式与士林中的名流结交。亦有一些道士虽然道阶不高，不怎么出名，但他们在云游学道或其他一些民间活动中，与士林人物相遇，彼此交谈，相见恨晚，从此结交。

总之，儒、道互补，"兼济"与"独善"因时调整而显露其中之一端，江海与魏阙相通相连，方外与方内往往共为一家，这些中国传统文化和生活的特点亦显著地体现于道士与士林的交往活动之中。

道士与士林交往的方式多种多样，或互赠诗书；或互相拜访，谈文论诗，磋商道法；或一起漫游，以及互相送别饯行，哭丧送终，等等。其中，接待前来登门拜访的文人士子，是道士与士林交往的最基本的方式。一些道士，隐身山林宫观，修炼多年，道术高超，境界不凡，声名远播，因而为士林所景仰，便纷纷前往参访之。如东晋道士许迈，博学多才，工诗能文，名播士林。他除经常登山采药，辟谷服饵，炼气守静，勤于养生长寿之道的钻研外，还特别喜欢与当时的名士、著名书法家王羲之交游。两人交往甚密，诗书往复，讨论修道养生之事。王羲之去拜访许迈，经常是数日忘返。有时他们二人一起入山采药，遍游东南一带的名山大川，散怀山水，弋钓为娱，以至王羲之甚至发出了"我卒当乐死"①（《晋书·王羲之传》）的感叹。王羲之还曾为许迈写过一篇传记，记述了有关许迈的许多奇异不凡的事迹，足见二人交谊之深。

提起王羲之，就与中华博大精深的书法文化有了密切关系。相关史料表明，被誉为"书圣"的东晋大书法家王羲之，也是虔诚的道教信仰者。王羲之的道教信仰有着深厚的家庭背景。王氏家族，这个世家大族"世事张氏五斗米道，又精通书道"。王羲之的书法艺术达到如此高度，与其信奉道教，书、道合一有很大的关系。在抄写道教经书时，必须由精于书艺的经生抄写，而抄写者在书写经本过程中不知不觉地受到了道教文化的潜移默化的影响。王羲之就是这方面的典型代表，他将修道和书法艺术相互契合，相得益彰。《黄庭经》，又名《老子黄庭经》，是道教养生修仙专著。王羲之曾用小楷书《黄庭经》，原本为黄素绢本，在宋代曾摹刻上石，有拓本流传。此帖其法极严，其气亦逸，有秀美开朗之意态。王羲之晚年隐居修性于浙江嵊州金庭道教胜地"第二十七洞天"，与道士共修服食，不远千里采药石。王羲之慨叹"我卒当乐死"。卒后，乡人根据其遗愿葬于此地。从以上可见王羲之得道的情景与心志。王羲之的言行确实多有道士之风，且乐

① 《晋书·王羲之传》。

于和士林交往，由其发起的"兰亭雅集"活动便是明证，且享有万世美名。其中所彰显的"魏晋风度"，便透露出文人士大夫与道教文化的深切契合。寄情山水，游目骋怀，道法自然，心手双畅，便成为文人们的兴趣所在。即使仅从书法文化创造的角度来看待魏晋南北朝的书法文化成就及其影响，也可以看到很多耐人寻味的东西，尤其是历来为人们津津乐道的"魏晋风度"作为一种"强势"的文艺风范在书法实践、书法思想包括书法美学等方面都有相当突出的体现。可以说，"魏晋风度"内蕴着千古"文人梦"，可谓魅力无限、影响深远。笔者曾撰文指出：魏晋文人们包括那些"善书自雄"、乐于书写的魏晋南北朝书法家们，便是创构和书写"文人梦"的一代精英，他们为汉字书法文化做出了继往开来、屡创高峰的重大贡献，并为后世建树了万世不朽的书法文化楷模。而其创构的"魏晋风度"在书法文化领域的突出体现和巨大存在，以其内在而又强大的书法"影因"对后世书法文化尤其是"文人书法"产生了既相当广泛也非常深入的影响。① 即使从王羲之言说书法的语言符号中，也能表明他与道教文化的密切关系。如他在《白云先生书诀》中说："书之气必达乎道，同混元之理，七宝齐贵，万古能名。"由此可见，他的书法艺术和书法思想，确实也"达乎道"而有了道家气息，其"道风仙骨入书境"的追求，也明显受到了道教书法的浸染。

而道教书法与道教符箓也存在着密切关系。所谓道教符箓，又称"神符""符字""墨符""丹书"等，是一种用朱或墨画于黄色纸、帛上或木板上的特殊符号，形似篆书。道教认为，这种符号文字，是仿天上"三元五德八会"之炁，自然结成"天书云炁"而产生的。相传道教符最早来自黄帝"云书"。黄帝善作云书，故以云为纪。"云书"

---

① 参见李继凯：《论书法思想史视域中的"魏晋风度"》，《甘肃社会科学》，2016 年第 5 期。

是以流云为主要模拟对象的一种书法。云书在秦汉之际演变为"神符"，古人相信天神是以云彩的形式显现出来的图纹或篆文，于是方士、道士将它记录下来，便是具有云篆书写特征的"神符"。这种书写符号具有线条组合、高古雄浑的形式特征，具有某种神秘感和相应的审美价值。有学者指出：道教符箓虽带有浓厚的神秘色彩，但从形式上看，符箓又是一种具有抽象意义的书法艺术形式。早期道教符箓，基本上是在隶书的基础上形成的，是汉代隶书若干字的结合。因此，画符就成了具有独特意味的道教书法。后来，道教为了加强神秘感，对汉字作了大胆的变形，突破了字体笔画的束缚，并吸收了古代各种字体的写法，特别是吸收了草书的写法，创造出人们难以辨认的一种文字。但符箓也不是道士随意所为的产物，而是有着一定规律的独特文字。唐代书论家张怀瑾曾说："案道家相传，则有天皇、地皇、人皇之书各数百言，其文犹在，象如符印，而不传其音指。"明代陈继儒《记道家书》也说"道家书学详见于三洞经教部"，他认为道教书体共有 32 种，包括本文、云篆、八体六书、符号、八显、玉字诀、皇文帝书、天书、龙章、风文、玉牒金书、石字、题素、玉字、玉箓、玉篇、文生束、玉札、丹书、玉策、福运之书，等等。这些道教书法符号确实很难辨认，就连宋代大书法家苏轼也在《天篆记》中说这种道士们的书写符号"笔势奇妙，而字不可识"。明代陶宗仪在《书史会要》中也认为，道教的书法"其书类飞白而不真，笔势遒劲，莫能传学"。由此可见，道教书法也确实具有自己的形式特征，在神秘的书写符号中，寄寓着宗教的文化信息。而这样道教画符的书写对道士们而言是一种文化能力，对文人的常态性的书法书写也具有一定的启发性。对于道教书法的特征，陶弘景有过论述。关于道教书法，他在《记仙书》一书中认为，道教书法的主要特征是"实中之空，空中之有，有中之无象"，这实际上是老子的"道"在书法中的体现。他还将道教书法分为两大系列："今三元八会之书，皇上太极高真清仙之所用也；云篆光明之章，今所见神灵符书之字是也。"陶弘景认为，道教书法不同于"世间长书"，只能"冥中自相参解"。道教的画符、书法以及道教的宇宙论，对文人士大夫们的书法也有明显的影响。比如唐代虞世南、李邕都崇尚道教，他们的书法，带有明显的道教书法特征。道教书法，对唐代草书的影响更为直接。信仰道教的大书法家张旭，他的狂草艺术，直接受益于道教宇宙论和狂奔宣泄的道教符篆。宋代著名书法家苏轼、黄庭坚等人的书法艺术，也都从道教书法中得到了启迪。即使到了近现代，也有许多道士在修道的同时，把书法作为宁神静气的一种方式，勤于书画，书法艺术也达到了很高的境界。很多高道，在书法界也有一定的地位。①

　　从实际情形看，古代道士们的文艺生活和士大夫文人的文艺生活几乎一样丰富多彩。有时候，两者还交叉、叠合在一起，难以分开。总体看，道士们和文人们都喜爱隐居生活和文艺创作，亲近自然和艺术是他们求得心灵安适超脱的重要途径。宁静致远，潇洒自在，这种生命体验也通向了至高的境界。

　　事实上，道士中也多有琴棋书画的爱好者，这些爱好充实了道士们的业余休闲生活。琴，是中国文人雅士酷爱的一种乐器，也是道教古乐器之一，早期道教经典《太平经》就载有道教音乐理论，认为弹琴奏乐也与道教布道相关，因为道乐可以感天地、通神灵、禳灾患，可使奉道者进入宗教般的清虚之境，从而得到心灵的净化。由此，道教音乐便具有了教化众生的神圣意义。早期道教诵习道经的方式是读经或"直诵"（即直接念诵），发展到北魏时期，道士寇谦之所传《云中音诵》即将之改为"乐诵"（即用音乐伴奏、唱诵），要求道士们把

---

① 参见张育英：《道教书法艺术》，《中国宗教》2004 年第 4 期；聂清：《道教与书法》，中央编译出版社 2012 年版。

念诵的经文与感人的音乐结合起来，这种"乐诵"一直延续至今。音乐如此，其他艺术样式也是如此，因为艺术与宗教原本就是相通的。比如弈棋，无论道士还是非道士，从棋道和人道的互鉴中都会深受启发，因为弈棋本身就能开拓人的思维，展示人的智慧。而书画有道，从事书画可以修身养性，感悟大道，这既是一种境界，一种超越，又是一种体验，一种生活。道士们通过琴棋书画等艺术爱好，修养道德，陶冶情操，超然物外，切实充实和丰富了自己的宗教生活，又能在心灵自由的层面，达到庄子所说的"天地与我并生，万物与我为一"、心与道通、天人合一的最高精神境界，由此体现了奉道后另一种丰富的生活以及个体生命的价值。

比如晚年入道的贺知章，是唐代著名诗人、书法家。他曾高中状元，为人旷达不羁，有"清谈风流"之誉，晚年尤纵，八十六岁告老还乡。天宝三年，贺知章见李林甫把持朝政，不愿与其为伍，遂辞官做了道士。并奏请唐玄宗为他的村宅赐名为"道士庄"，他的家为"千秋观"。贺知章入道后，对李白的影响很大，他也在齐州受道箓，正式成为道士。贺知章的作品被爱好书法者视为珍品。他的墨迹留传很少，现存尚有绍兴城东南宛委山南坡飞来石上的《龙瑞宫记》石刻和流传到日本的《孝经》草书。

又如由士大夫文人转化为著名道士的黄公望，是全真教高道。他也是元朝四大书画家之一。中年当过中台察院椽吏，后皈依"全真教"，成了著名的全真派道士，曾住持万寿宫，提点开元宫。后往来松江、杭州等地，卖卜为生。《道藏》收入金月岩编、黄公望传《纸舟先生全真直指》一卷、《抱一函三秘诀》一卷，阐述全真派内丹原理和功法。黄公望擅画山水，师法董源、巨然，兼修李成法，得赵孟頫指授。所作水墨画笔力老道，简淡深厚。又于水墨之上略施淡赭，世称"浅绛山水"。晚年以草籀笔意入画，气韵雄秀苍茫，与吴镇、倪瓒、王蒙合称"元四家"。还有元代的张雨（1277—1348），年少时为人潇洒，不拘小节，英气勃勃，有隐逸之志。年二十即弃家为道士，居茅山，道名嗣真，道号贞真子，又自号句曲外史，往来于华阳、云石之间，终日怡情山林丘壑，吟诗作画，超逸物外，陶然自得。师事茅山宗师许道杞弟子周大静，后师事玄教高道王寿衍，居杭州开元宫，与当时文士如赵孟𫖯、杨载、杨维桢、张小山、马昂夫、仇山村、班彦功等均有唱和往来，因而虽隐迹黄冠道士之中，却列文士学人之名，被当世名士称为"诗文字画，皆为当朝道品第一"。诗风豪迈洒脱，体格道上，语言清丽优美，用典贴切精当。书法师李邕，学怀素，兼得赵孟𫖯指授，博采众长，气势雄浑，风骨独具。其画善写木石，用笔古雅。学识广博，所著《元品录》5卷，历叙周至宋历代道家人物135人，分列十品。张雨现存词50余首，多是唱和赠答之作。其中一些祝寿之词，多为他的方外师友而作，内容较狭窄，语言也较陈旧。他与世俗朋友的唱和词作，反倒寄托了一些真实的思想感情。如他的《木兰花慢·和黄一峰闻筝》《石州慢·和黄一峰秋兴》等，就描写了"哀音暮年多感，奈对花，对酒更闻鹃"。"闻说，谪仙去后，何人敢拟，酒豪诗杰，草草山窗，还我旧时明月"，表现了他感叹流年易逝的世俗情绪，这些情绪，具有元代士人多愁善感、格外消沉的共同特点。他的有些即兴之作，如《朝中措·早春书易玄九曲新居壁》"行厨竹里，园官菜把，野老山杯，说与定巢新燕，杏花开了重来"，写出了山居的恬淡情趣。张雨还有一些描写他半是道士、半为儒生、半隐半俗的生活情景，以及"难留锦瑟华年"一类的闲情和清愁的词，表现了金元间新道教道士的特点。他还有一些咏物词，虽然极意摹写情态，但总有拘泥局促的痕迹。他的一些词着意摹仿宋词婉约派，有的词又故作奇语，但艺术上没有突破，所以个人的风格不很明显。张雨工书画，其书法初学赵孟𫖯，后学怀素、张旭。字体楷草结合，俊爽清洒自成一格。存世书迹有《山居即事诗帖》《登南峰卷》等。倪瓒《题张贞居书卷》称"贞居真人诗，人，字，画，皆为本朝道品第一"。其画以淡彩见长，善画石木，用笔古雅，尤善以败笔点缀石木人物，颇有意韵。画迹有《霜柯秀石图》《双峰含翠图》等。

　　南朝著名道士陶弘景不但是梁武帝萧衍的座上宾，而且也是当时士林争相交结的对象。陶弘景出身于士族家庭，少小聪颖，容貌俊秀，4 岁时学书法，6 岁时便游龙惊鸿，远近闻名；8 岁时读诗书，10 岁时便熟读经史上千卷，文笔出众。他以这样的才情，在茅山幽谷深涧间潜心修道 10 余年，能不道术精湛？再加上同梁武帝的特殊关系，更是名扬朝野，万众争睹了。据《华阳陶隐居内传》记载，在齐、梁间，侯王公卿中要求拜陶弘景为师者有好几百人之多，但陶弘景一概拒绝，只同徐勉、江佑、丘迟、范云、江淹、任昉、沈约、谢览等人交往。这些人物都是南朝著名的文人权贵，而纷纷拜倒在陶弘景门下，足见其在士林中之声望是多么显赫。在这众多的与陶弘景交往的文人中，尤以当时执文坛牛耳的沈约与陶弘景的交谊最为密切。喜欢作游仙诗和游览仙宫道观的沈约，对陶弘景这位方外至交钦佩至极；而沈约的淡于名利以及喜欢神仙养生，无疑与陶弘景有许多共同语言，所以陶弘景便经常接待沈约的来访，互相诗文唱和，磋商道法，乐此不疲。现存沈约的集子中就有不少诗作反映了他与陶弘景密切交往的情景，如《还园宅奉酬华阳先生 ① 诗》《华阳先生登楼不复下赠呈诗》《酬华阳隐居先生诗》等。受陶弘景的影响，沈约还产生了出世的念头，他在《赤松涧诗》中，便表达了渴望接受金液神丹之方，羽化仙游的

---

① 陶弘景（452—536），字通明，隐居华阳洞修道多年，自定道号"华阳隐居先生"，又号华阳陶隐、华阳真人等，丹阳秣陵（今江苏南京）人，是南北朝梁代著名的道教人物，茅山宗的创始人，对道教的发展做出过巨大贡献。他一生著述甚多，除道教著述外，还著有天文、历算、地理、兵学、医药学、文学、艺术等方面的著作，同时他还是一位著名的书法家和书论家。

强烈愿望。

在唐代，道士与文人士子交往愈加密切。孙思邈曾应朝廷之召，在长安居住10多年。平时，他除阅读医、道典籍，指导御医诊病、和药而外，还要接待大量登门拜访的请教者，包括书法家、文人、医师等各类人物。在长安，孙思邈曾收过一个特殊的弟子。这个弟子叫卢照邻，是"初唐四杰"①之一，博学多才，经史、书法、诗文无不精通。但是，由于怀才不遇，卢照邻在凄苦哀伤中不幸染上风湿病（一说为麻风病）。他听说孙思邈道术、医术高明，便拜其为师，搬进了孙思邈寄寓的鄱阳公主旧宅，跟孙思邈学习导引养生和医术。孙思邈对这位弟子疼爱有加，不但细心研究他的病情，配药医疗，而且还给他讲解道教养生术。卢照邻异常感激和钦佩孙思邈，曾在《病梨赋》中称颂其师是"道合古今，学殚数术"，可与道家之庄子、佛家之维摩诘比肩。

盛唐时期的著名道士司马承祯也是当时文人士子争相结识的人物。司马承祯是嵩山名道潘师正的弟子，精于上清经法以及符箓、导引、服饵诸术，曾隐居天台山玉霄峰，道号为"天台白云子"。从武则天执政到唐玄宗时期，司马承祯屡被召进宫中，朝中百官公卿与他交游者甚众。他每次还山之际，前来送行的公卿都很多。当时文人中，向司马承祯寄赠诗作的颇多，如唐代有名的宫体派诗人张说以及宋之问等人的集子中都收有他们赠给司马承祯的诗作。宋之问的《寄天台司马道士》这样写道：

> 卧来生白发，览镜忽成丝。
>
> 远愧餐霞子，童颜且自持。

---

① 卢照邻与王勃、杨炯、骆宾王在文学史上合称"初唐四杰"。

旧游惜疏旷，微尚日磷缁。

不寄西山药，何由东海期。

马司承祯为道教上清派正宗传人，而该派道士素有"餐霞"的修炼方法，大体上是面对旭日朝霞而进行导引行气，据说可使人遍体生玉光，长寿不衰，永保童颜，所以诗中以"餐霞子"来称司马承祯。宋之问在诗中哀老叹衰，抒发了自己面镜自照时，一方面想起了昔日与司马承祯交游时的情形，另一方面又感到尘俗恼人，以及期望西山仙药和东海仙境的种种心情。司马承祯看了宋之问的赠诗后，便写了《答宋之问》一诗回赠之：

时既暮兮节欲春，山林寂兮怀幽人。

登奇峰兮望白云，怅缅邈兮象欲纷。

白云悠悠去不返，寒风飕飕吹日晚。

不见其人谁与言，归坐弹琴思逾远。

在这首即景抒情的赠答诗中，司马承祯没有正面回答宋之问在赠诗中所提出的"在升仙路径上给予指点"的问题，而描述了一番自己山林生活的情景：游玩山林，攀登奇峰，观云听风，弹琴自乐。司马承祯一贯主张虚静、坐忘，游心于淡，合气于漠，顺应自然，以此为修炼成仙的基本途径。所以，司马承祯实际上间接地回答了宋之问"不寄西山药，何由东海期"的问题，以自己散怀山水、宁心静气的修炼生活方式启发这位方内诗友。唐代道士与文人的相互寄赠之作，大多属这种类型，这是唐代社会文化生活中的一种引人注目的现象。司马承祯还接待过许多文人士大夫的登门造访。比如唐开元年间，他隐居于道教中被称为"第三小洞天"的南岳衡山，在九真观附近结白云庵而潜心修道。诗人张九龄奉朝廷之命祭祷衡山，事毕之后拜访了司马承祯。谈论间，司马承祯向这位朝廷命官宣传道义，晓之以养性延年、长生不老之理，又告诉他摆脱红尘凡心束缚的秘诀，即所谓"诱我弃智诀，迫兹长生理"（张九龄《登南岳事毕谒司马道士》）者也。

这种情况，在唐代的道士与文人之间实在是太普遍了。翻开《全唐诗》，那些描写道士与文人交往情景的诗篇随处可见。他们之间，或相互赠诗，以文会友；或相互造访，共同钻研秘笈，磋商道法；或临别饯行，依依难舍；或吊丧送终，痛哭知己。甚至，一些道姑亦与文士交往，如道姑褚三清去游南岳，李白曾江上相送；李商隐曾与宋真人姐妹等道姑来往并寄赠诗作。而女道士王灵妃则可以让"初唐四杰"之一的骆宾王捉刀代笔，替自己写了一首赠与相好的男道士李荣的诗。至于孟浩然、李白、白居易等诗人，在他们的一生中，所去过的道观，所访谈过的道士，则可以开出一个长长的名单来。被参访道士与他们的一夕言谈，道观中的一草一木，以及道童所送上的一餐斋饭，往往也能引发他们的一腔诗兴。

这里不妨特别讲述一下作为诗仙和道士的李白。

李白（701—762），字太白，号青莲居士。唐朝著名诗人，有"诗仙"之称，是中国古代一位最伟大的浪漫主义诗人。祖籍陇西郡成纪县（今甘肃省平凉市静宁县南），出生于蜀郡绵州昌隆县（今四川省江油市青莲乡），一说生于西域碎叶（今吉尔吉斯斯坦托克马克）。逝世于安徽当涂县。李白少年时居住在四川，读书学道。25岁出川远游，先后居住在安陆、鲁郡。在此期间曾西入长安，求取功名，却失意东归；后来奉诏入京，供奉翰林。不久因受谗言出京，漫游各地。安史之乱起，为了平叛，加入永王李璘幕僚；后来永王为唐肃宗所杀，因受牵连而被流放夜郎。遇赦东归，投奔族叔当涂（今属安徽）县令李阳冰，不久病逝。在李白的一生中，从精神层面他更亲近道教。连郭沫若也认定"杜甫是禅宗的信徒，而李白却是道教的方士"。[①]事实上，李白在出蜀前的青少年时代，已经和道教接近。在出蜀后，更常常醉心于求仙访道、采药炼丹。特别是天宝三年在政治活动中遭到大失败，被"赐金还山"，离开了长安以后，他索性认真地传受了道箓。他因写诗而闻名，他的诗情画意通向了道家、道教文化胜境，为历代的读者所激赏，称赞他的诗可以"感天地""泣鬼神"。李白虽然生活在唐代极盛时期，也具有"济苍生""安黎元"的积极入世的人生理想。他的大量诗篇，既反映了那个时代的繁荣气象，也揭露了统治集团的荒淫和腐败，表现出蔑视权贵和向往精神自由的心灵意向。在艺术上，他的诗想象新奇，构思奇特，感情强烈，意境奇伟瑰丽，语言清新明快，气势雄浑瑰丽，风格豪迈潇洒，形成豪放、超迈的艺术风格，达到了我国古代积极浪漫主义诗歌艺术的高峰。在他存世诗文千余篇之中，如其代表作有《蜀道难》《行路难》《梦游天姥吟留别》《将进酒》等诗篇，有《李太白集》传世，其诗作大多带有道家、道教的文化意蕴。762 年李白病卒，享年 61 岁。总体看，享有至高诗名的李白，于各学派中对道家思想情有独钟。他喜欢读道家书籍与他个人气质有很大关系。他的性格豪放不羁，自幼便喜好剑术侠客、神仙之事。20 岁时，李白便开始隐居岷山习道。出蜀后，他更是常常醉心于求仙访道、采药炼丹，后来他索性认真地传受了道箓。他唯一传世的书法真迹《上阳台帖》，就是他去阳台宫寻访道士司马承祯，却得知其已仙逝后，睹画思人而作。他还有《奉饯高尊师如贵道士传道箓毕归北海》一诗，就记录了他接受道箓的过程。他的道箓，还是安陵道士盖寰替他书写的，他也以《访道安陵，遇盖寰为予造真箓，临别留赠》一诗记其事。各种史料表明，李白确实通过了正式仪式确定，成为了一名真真正正的道士。

---

① 参见郭沫若：《李白与杜甫》，该书初版于 1971 年，2010 年由中国长安出版社再版。

从李白的诗歌和书法实践中即可看出道家和道教文化的深切影响。其实，道家、道教文化对文学艺术有着相当广泛的影响，从而形成别具风格的道教文学艺术。除了深含道家、道教文化意蕴的诗歌或叙事文学之外，道教斋醮中的道教音乐以及道观的建筑、绘画与雕塑等都值得关注。在口头传播或文字记录的文学形式中，将通俗性的道教传说以极具趣味性的笔调传达，尤其经由文士艺术性处理之后，道教文学更为中国社会所乐于阅读和传诵。其文本内容多能嵌入道教文化主题。如道教文学中的仙道文学中表现出很多道教主题：仙境游历、度脱成仙、试练指点、法术除妖及创业启示等，前三者与修真成仙的经验有关，后两项一为道教法术思想，一为政治神话的制造。至于道乐、道观，多与帝王贵族有密切关系。帝王敕建道观，为中国的建筑艺术中增添灿烂夺目的一页；斋醮仪式中的道乐，也演变为中国音乐中最具宗教色彩的音乐。显然，道教文艺也都是中国文学艺术中的一个宝藏，也是道教对于中华文化的一大贡献。

宋代以来道士与士林的交往亦活跃，历朝帝王中多有喜欢召见道士、女冠者。著名道士出入宫廷乃平常之事，自然提供了许多道士与士林结识交往的机会；而文人士大夫们于应考、宦游、迁谪或闲暇之时亦喜欢涉足山林，访道谈仙，或热衷于同道士往来酬唱。所以，道士与士林之间相互交流，亦成为一种特殊的文化现象。如宋代的著名文人晏殊、范仲淹、欧阳修、苏轼①兄弟等，在他们的集子中都有大量与道士唱和的诗，这正说明道士与文人交游的风气颇为盛行。

隐士首先是知识分子，是"士"阶层的成员之一。那些能保持独

---

① 苏轼的启蒙老师为道士张易简，他 8 岁时拜此道士为师，学习古代名家诗作。但是，张易简道士亦给他灌输了不少道教的东西，对少年苏轼产生了潜移默化的影响。苏轼后来曾在《众妙堂》一诗中表达了对自己这位头戴道冠的蒙师的崇敬之情，甚至苏轼在谪居海南时还梦见过自己的这位道士老师。

立人格、追求思想自由、不委曲求全、不依附权势、具有超凡才德学识并且是真正出自内心不愿入仕的隐居者，才能被称为隐士。

真隐士的人格特点是寻求在大地上"诗意的栖居"，是人性的一种回归，是对仕隐情结的一种解脱。根据《南史·隐逸》云：隐士"须含贞养素，文以艺业。不尔，则与夫樵者在山，何殊异也"。这表明，隐士是素质很高的，多为文人。

菊，花之隐逸者也。陶公，士之隐逸者也。陶渊明的《饮酒》诗："结庐在人境，而无车马喧。问君何能尔？心远地自偏。采菊东篱下，悠然见南山。山气日夕佳，飞鸟相与还。此中有真意，欲辨已忘言。"饮酒采菊，悠然自得，陶公的生活当属隐士中的佳境了，令后人心驰神往、羡慕不已。

道士与士林的交往，实际上具有双向交流的性质。一方面，道士的宗教信仰、人生态度和生活方式对文人士大夫产生了极大的影响，这不仅体现在文人士大夫的理想信仰、生活态度和生活方式方面，而且体现在文人们的创作方面。中国古代文学中的游仙诗、神仙传记小说、神仙道化戏曲，以及山水诗、山水游记等所表现出的弃世独立之"道味"，正来之于道家、道教和道士的影响。另一方面，士林的生活情趣对道士们也产生了一定的影响，并在他们的日常生活中得到了实实在在的体现。比如与文人诗文酬唱，使吟诗作赋成为许多道士修炼之余的一种生活调剂。有的道士嗜诗的程度，甚至不亚于文人。以唐代为例，无论是名扬天下的高道，还是一般道士，都有不少人加入了写诗者的行列，如孙思邈、司马承祯、叶法善、张果、吴筠等名道都留下了不少诗作，有的还被收入《全唐诗》中。与从前的道士主要是写作炼丹诗、游仙诗、步虚词不同，唐代道士的诗的表现范围要广泛得多。比如道士张氲，《全唐诗》收录了他的三首诗。在这三首以《醉吟》为题的诗中，张氲抒发了自己归隐入道后的思想情感，形象地描绘了以花为友、以鸟为伴，优游于大自然之中的隐遁心态，以及从"小隐"到"大隐"的心理转变过程。开元道士司马退之的一首题名为《洗心》的诗，抒发了"归隐入道"的情思，也较有特点，其中写道："山瘦松亦劲，鹤老飞更轻。逍遥此中客，翠发皆长生。"情景交融，意味深长。高道叶法善的遗世诗《留诗》三首亦被《全唐诗》收录。所谓"遗世诗"，就是道士在临终之前将自己一生的修道感受以诗的形式秘赠弟子或告诉后世。叶法善的这三首遗世诗创作于开元八年（公元 720 年），其时他已 107 岁，临终之际，他将此诗留于座侧，以"遗存后世，赠言来者"。传奇道人"八仙"①之一的张果老，实际上是活动于初、盛唐时期的一位北方道士。他善作题壁诗，《全唐诗》收了他的一首《题登真洞》，诗中通过"野草漫随青岭秀，闲花长对白云新。风摇翠筱敲寒玉，水激丹砂走素鳞"这样的景物刻画，表现了自己在洞中的修道生活情趣。除张果外，许宣平、李遐周等唐代道士也留有题壁诗，尤其许宣平的《庵壁题诗》一诗，在当时影响颇大，好事者争相传抄，复题于他处。"诗仙"李白在浪游东南时曾得到此诗，对其中的"静夜玩明月，清朝饮碧泉。樵人歌垄上，谷鸟戏岩前"等抒写道人隐遁情怀、歌咏山居之乐的诗句十分喜欢，并产生了拜访许宣平的愿望。但屡访而不得相见，遂在庵壁上题写了一首表明自己心迹的诗。李白题毕去后，许宣平归庵见之，复题一首七绝于壁上："一

---

① 古今有关道教八仙的传说故事极多，八仙中任何一位都为文人骚客提供了无限的想象空间。各类文艺样式中都有关于八仙的艺术再造。"八仙"作为中国民间传说中广为流传的道教八位神仙，也寄托了民众和文人的共同理想。八仙之名，明代以前说法不一，有汉代八仙、唐代八仙、宋元八仙，所列神仙各不相同。至明代吴元泰《东游记》始定为铁拐李（李玄）、汉钟离（钟离权）、张果老、蓝采和、何仙姑、吕洞宾（吕岩）、韩湘子、曹国舅（曹景休）。据有关学者考证，北宋中期应铁拐李之邀在石笋山聚会时始有八仙之说。而所谓"八仙过海，各显神通"之说，更是使用率很高的成语。参见党芳莉：《八仙信仰与文学研究——文化传播的视角》，黑龙江人民出版社出版 2006 年版。

池荷叶衣无尽，两亩黄精食有余。又被人来寻讨著，移庵不免更深居。"
看来许宣平已不堪来访者的干扰，欲寻更为幽僻之处结庵修道。因此，
不久他便离开此庵，莫知踪迹了。事见《续仙传》《历世真仙体道通鉴》
等。道士在自己所居住的宫观洞府的墙壁或洞壁上题诗明志，其风雅
逸韵亦跃然壁上诗里行间。这种生活情趣，正是受士林影响的结果。

　　主要活动于唐玄宗时期的著名道士吴筠，大约是唐代道士中诗名
最高者之一。他自幼饱读诗书，然举进士不第，便入嵩山学道，师从
名道潘师正学习上清经法。后又云游天下，访道于茅山、天台山等地，
与天下名士多相往来，文章才艺传颂京师。唐玄宗闻其名声，曾召他
到长安，并授以侍诏翰林之职，但因难以承受俗界之累，不久便固请
还山。吴筠与著名诗人兼道友的李白交谊甚深，相互唱和不断，并经
常一起浪游，逍遥于山林泉石之间。除李白外，曾同他唱和、交游的
文士还有许多，可见其风雅逸韵不减士林才子。吴筠的诗作收在他的
《宗玄先生文集》中，数量不少，《全唐诗》中亦有收录。其中有游仙诗、
步虚词、赞美古代隐逸高士的诗，以及一些山水感兴诗，无不奇采逸
响，溢韵流美，这里特举一首他的山水感兴诗《登北固山望海》：

> 此山镇京口，迥出沧海湄。
> 跻览何所见，茫茫朝夕驰。
> 云生蓬莱岛，日上扶桑枝。
> 万里混一色，焉能分两仪。
> 愿言策烟驾，缥缈寻安期。
> 挥手谢人境，吾将从此辞。

　　吴筠之后，中、晚唐道士中亦有许多擅长写诗的高手，如吕洞宾
除写了许多题壁诗、游山诗、咏物诗外，更以一系列吟咏宝剑的诗而

称名于世，被誉为"道剑诗"。吕洞宾的弟子施肩吾则善于在诗中描绘清夜皎月，来表现自己内心之幽趣，给人们留下了不少意趣盎然的赏月诗。甚至，由于中唐以来，女性入教修道者大增，在这些道姑中间写诗也蔚成风气，她们或者互相唱和，或者以诗来抒发自己的遁世畅想，均有一种特殊的韵味。

唐以后的道士亦多有擅长作诗者，比如宋代高道陈抟描写"睡境"的诗作，不但在道门中影响颇大，而且在民间亦传播甚广。又如道教紫阳派开山之祖张伯端的《悟真篇》，是以诗词的形式写成的，内丹修炼术中那些复杂的功法程序、操作要领，以及修炼感受等，被他以种种独特的审美意象——展现于纸上，所以堪称奇书。张伯端之后，道士石泰、陈楠、张继先等亦创作了许多描写内功修炼方法和情景的诗词。

除了作诗而外，道士中擅丹青、长于书法者也不少。葛洪作为一代名道，对道教的发展做出了多方面的贡献。他擅长画符，《抱朴子·内篇》中有他画的18幅符图，在道门中影响甚大。他同时也擅长书法。他为天台观题写的字，既取意于符的图像和笔法，又运用了飞白体，显得神态飞舞，玄秘虚缈，被宋代书法大家米芾赞为："大字之冠，古今第一。"（米芾《海岳名言》）又如寇谦之，曾书写《嵩山灵庙碑》，字体大小不一，字形多变，给人以变幻诡奇的感觉，因而被赞为"六朝第一碑"，有"奇古"之风。陈抟的字更是奇逸不俗，他的刻于龙门的10个大字——"开张天岸马，奇逸人中龙"，每个字都姿态各异，是书法史上的一朵奇葩，备受后人推崇。晚清康有为曾效法书之，也深受时人喜爱。

绘画方面，陶弘景、司马承祯以及王重阳等都颇负盛名，《绘画宝鉴》卷五中所载的元代画家中，则有多位或擅长山水、或擅长人物、或工花鸟的道士画家，明、清时真草行书俱工兼善丹青的道士也不少。

道士中多有能书善画、功底不凡之辈，这与他们在同士林交往中所受到的影响有很大关系。另外，由于道教从其初创之时起便将绘画作为传道布教的手段之一，如《太平经》中就已经出现了《乘云驾龙图》《东壁图》等道画，而绘制符图则更是道徒们的必修课，所以一个道士即使从修道角度出发也要掌握一些书画的基本技能，而欲成为名道士，便尤其需要如此。

同样，道士嗜诗，除受士林影响而外，亦与他们的修道有直接关系。道教的修炼方术，包括炼丹、服气以及禁咒等，在早期一般以歌谣口诀的形式在师徒之间口口亲授，代代相传，由此道门中盛行以诗歌的形式来传授教义、经戒和具体的修炼方法，出现了丹鼎派的炼丹诗、符箓派的咒语诗，以及法事活动中的步虚词和仙歌道曲，甚至许多道教经书通篇均以诗的形式写成。所以，道士群体中出现工诗书和善丹青的高手，便不足为奇了。于是，雅好诗、书、画以及雅集赏会山水等文人士大夫的文化享受方式，便也为道士们所接受，成为他们日常生活的有机组成部分。

总体来看，道士与士林的交往，是在宗教和文化两个层面上展开的，彼此互相影响，互相渗透，从而使双方相得益彰。而对于道士们来说，这种交往、交流使得他们的日常生活，除具有宗教的神秘色彩外，又增添了几许文化情趣。所以，对于许多高道来说，仙道风度和雅士韵味常常是集于一身的。

由此，我们还要看到道士与隐士之间的密切关系。他们之间有交叉交融，更重要的是，他们都是中国古代隐逸文化的创造者和实践者。换言之，道士奉行的道教文化和隐逸文化对隐士群体的形成产生了深远影响。

所谓隐士，顾名思义，是指隐居山林乡野、不入仕途的士子。在中国古代的官本位文化及男权中心文化的背景下，自然形成了士子们的出仕则显、不仕则隐的基本生存方式。所以提起隐士来，人们就会想到他们恰是中国之士的"一半"，至少从精神文化的层面上说是如此。

据史籍记载，中国隐士产生很早。早在唐尧、殷周时代，就已经出现了像巢父、许由、伯夷、叔齐这种不事王侯、隐居山野的名角。也出现了对历史政治直接有关的隐士如伊尹、傅说、姜尚等。这些隐士大都为中国文化尤其是隐逸文化做出了创造性的贡献，对后世都产生了深远的影响。敬虚子所著《小隐书·序》云："传凡三十则，盖著闲退者之所适也。首许、巢，定路岐也。夷、皓，正根宗也。陶、邵，标趣味也……"便是对中国隐逸文化传统生成发展初期的简略描述。在我看来，中国隐逸史（或隐士史）大致可以分为四大阶段：先秦为隐逸史的发生期，秦汉魏晋为其发展期，隋唐为其成熟期。唐后历代可通视为延宕期。这里将每一阶段比较重要的隐士列示一些如下：

先秦时代有巢父、被衣、许由、吴太伯、伯夷、叔齐、老聃、庄周、桀溺、安期生、介子推、范蠡、陆通、扁鹊、鬼谷子、伊尹、傅说、姜尚，等等。

秦汉魏晋有邵平、郑子真、蒋诩、严光、梁鸿、黄石公、张良、陶渊明、谢安、戴安道、阮籍、嵇康、许迈、徐苗、华佗、陶弘景、诸葛亮，等等。

隋唐时期有徐则、张文诩、王绩、孙思邈、司空图、王维、孟浩然、李元恺、魏徵、陆羽、贺知章、卢鸿、卫大经、吴筠、崔觐、张志和、陆龟蒙、王希夷，等等。

宋元明清时期有种放、杜生、陈抟、松江渔翁、南安翁、王樵、苏辙、苏轼、魏野、林逋、顺昌山人、苏云卿、戚同文、章登、杨璞、柳永、刘秉忠、刘基、周颠、王阳明、关汉卿、王实甫、蒲松龄、范文程、曹雪芹，等等。

此外，中国近现代也仍有隐士存在，只不过由于种种原因，人们很少如此去概括或谈论。我认为：弘一法师（李叔同）、张学良、周作人、钱锺书等应该是其中的代表。

前人对隐士分类也曾有过一些看法，并且在分类时总带有很强烈的价值评估的味道，而其价值核心往往只限于道德或政治。譬如《新唐书·隐逸传》将隐士分为三类，列为三等："古之隐者，大抵有三概：上焉者，身藏而德不晦，故自放草野，而名往从之，虽离万乘之贵，犹寻轨而委聘也；其次，挈治也具弗得伸，或持峭行不可屈于俗，虽有所应，其于爵禄也，泛然受，欣然辞，使人君常有所慕企，怊然如不足，其可贵也；末焉者，资槁薄，乐山林，内审其才，终不可当世取舍，故逃丘园而不返，使人常高其风而不敢加訾焉。"这种三分法，视上等隐士为德高名盛，朝野敬重者；视中等隐士为志行高洁，仕隐自如者；视下等隐士为才具不足，以隐窃名者。其褒贬倾向十分鲜明。这种三分法及其评估在古代中国很有代表性。时至现代，对隐士的评估出现了新的变化。譬如有人将隐士作了这样的分类：一为对国计民生的事毫不在心的隐士，二为反对社会革新进步而退隐山林的隐士，三为以归隐作为升官发财的手段的隐士，四为陶渊明式的对黑暗政治不合作的隐士。在这样的分类中，前三种隐士都被当成了批判的靶子，仅对陶渊明式的隐士给予了部分肯定。因为陶渊明也有剥削行为，政治上也不纯正，归隐后又纵酒行乐，等等。更有的人连陶渊明这样的隐士也否定掉了，认为陶氏"忠晋"，有逆历史潮流而动的政治问题，于是也把陶氏划入了反对社会进步的隐士之列。照这种观点，古代的隐士简直一无足取了。事实上，我们对中国隐士及隐逸文化的历史价值、历史作用认识还很不充分。对于那些彻底隐遁山林的隐士来说，从他们身上可以看出一种面对人与自然关系的最具东方文化色彩的生命观。这些隐士的道家气味很浓，其身体力行的隐逸生活表现了东方式的生存智慧。对于那些仕隐参半、亦隐亦仕的准型隐士来说，他们常常是儒道互补生成的文化性格的代表者。入世则能兼济天下，出世也能独善其身。有人从隐士与历史政治的关系中发现：隐士思想与隐士们是操持中国文化的幕后主角。凡是历史上拨乱反正的阶段或建国创业的时期，隐士中的精英便会出来，辅助明主创造新的时代和历史。到了治平安静的时期，功成身退便成了他们明智的选择。对于那些隐而从艺的隐士来说，他们更是将人生艺术化的模范：他们将生命的全部或主要方面奉献给了文学艺术，在清苦寂寞中却体会到了艺术创造的甘苦，为后世留下了不朽的文学艺术珍品。毫无疑问，这些隐而从艺的隐士常常就是杰出的文学家、画家、戏剧家等，有赖他们，中国文艺史才会如此悠久而又辉煌。对于那些隐为学术的隐士来说，隐居求静的目的在于精研某一学科或自己深感兴趣的科学命题。有时虽挂以官家的虚衔，但也深居简出，身心整个沉浸在对自然或人生奥秘的探索之中。这样的一批科学家或学者的隐居生涯，实际也充满了求索与创造的精神，赖此，中国的传统文化才会如此厚重与丰富。

简言之，我们可以将隐士划分为四类，即隐遁山林类，指遁迹山林乡野庙观的隐士，奉行着彻底或比较彻底隐居的生存原则；仕隐参半类，指亦隐亦仕、半隐半仕、以仕为隐、仕隐兼具的准型隐士；隐而从艺类，指隐居而专心从事文学艺术创造的隐士；隐为学术类，即指隐居或形同隐居而专心于科技发明、学术研究的科学家与学者。从这样的分类中可以看出我们对隐士持有基本肯定的态度。当然隐士中也并非绝无低劣丑陋者，每个隐士在具体的生存情境中，也可能会有这样那样的毛病，因为隐士也不是完人。

在中国古代，隐逸文化是相当发达的。作为中国传统文化系统中鼎足而三的儒、道、释，都与隐逸文化有着非常密切的关系。如果将儒家文化看作一种动态的文化存在，那么它实际上于积极吸收道、佛思想文化的过程中，已为儒士设计好了退隐时的隐士形象，亦即穷则独善其身。儒家经典中也为这种隐居提供了有力的理论根据。如"天下有道则见，无道则隐"（《泰伯》）；"道不行，乘桴浮于海"（《公冶长》）；"邦有道，则仕；邦无道，则可卷而怀之"（《卫灵公》）等，便昭示了一种比较明智的文化律令。与儒士隐居的被动性及策略性不同，道家或受道家文化影响甚深的文人学士的隐居，通常带有鲜明的主动性，仿佛是自然的归趋。作为道家经典的《老子》《庄子》等著作，向以主张超凡脱俗、逍遥人生、冥合自然著称于世，这就为隐逸文化的生成与发展开辟了更广阔、更自由的道路。特别是当释家渐入华土，至唐趋盛的时候，佛禅之道对隐逸文化更是有明显的助长，许多隐士自觉地奉佛坐禅，修身养性，成为历代不衰的一种现象。儒道释的交融为中国隐逸文化提供了最具活力的文化源泉，共同构建了一个进退有据、入出自由、仕隐皆可的"士"的生态结构。这也就是由儒家的"乐天知命"、道家的"知足不辱"和佛家的"四大皆空"等文化思想交融合成出的生存模式。从这种生存模式中，隐逸文化得以发荣滋长，将人之自由本性适度解放的结果，反而使人的创造性有所发挥。这也是隐士常有奇智、奇技、奇艺、奇功、奇谋、奇能、奇事乃至奇癖的深层原因。那些隐士精英一旦出山便可济世度人，无往不胜，靠的就是隐逸文化上的深厚修养与造诣。此外，隐逸人生带有浓厚的审美人生的色彩，在养生之道、艺术之道上也多有创获，反过来也为隐逸文化的发展不断地做出了新的贡献。

在隐逸中，既可以体会到"诗意栖居"的闲适境况，也可以领略到"神仙般"的生活滋味。且听陶渊明和李太白的歌吟：

> 结庐在人境，而无车马喧。
> 问君何能尔？心远地自偏。

采菊东篱下，悠然见南山。

山气日夕佳，飞鸟相与还。

此中有真意，欲辩已忘言。

——陶渊明《饮酒》

问余何意栖碧山，

笑而不答心自闲。

桃花流水窅然去，

别有天地非人间。

——李白《山中问答》

这两首千古传诵的名诗堪称是彰显隐逸文化的不朽之作，将桃花源的意象和悠然人生的美妙烘托出来，沁人心脾，至今仍散发着无穷的魅力。

第三节　道士与民众生活

道士们皈依的道教来自民间，经由改造后逐步发展、升腾及于宫廷，并在士大夫阶层也产生了相当广泛的影响。然而道士们的根似乎仍在民间，宫廷可以压制道教，士大夫可以鄙视某些道术，但只要道士们能在民间找到大批的信众，他们就能够安然处之。因此，道士对民众生活的关注和施加的影响，无论在道教史上还是文化史上都是相当突出的现象。

从一定意义上说，道士及道教赖以存在的与其说是那些经籍戒条，不如说是民心民俗或民众生活。熟悉道教教义和法事议程固然重要，能够身体力行、积善行善、口碑流传更重要。全真教把道士的修行分为"真功"和"真行"两类，修"真功"要道士自己真下功夫、潜修苦炼，是利己的"内修"；而修"真行"则须"行善积德"，要有服务社会、服务民众的意识和本领，是利他的"外修"。所以，全真教虽然要信徒出家修道、超越凡俗，但并不是要求道士们完全不问世事，为此还需要真正拥有行善积德的"外修"功夫。尽管普通民众常常搞不清道教与佛教的区别，不知道神仙和菩萨的区别何在，但他们仍不失为是道教的虔诚信徒，因而也是道教文化最热衷寄植的对象。道士们在传播道教文化的过程中，相当注意民间既有的原始信仰和心理基础，有意识地针对民众的心理需要而向他们传播道教教义和法术，从而加速着道教信仰的民众化和民俗化，使得民众的生活包括衣食住行、婚丧嫁娶、节庆祭祀、交际往来等，无不深受道教文化的影响。同时，一些原本与道教无涉的民间信仰与民间风俗，也被道士所利用和改造，成为道教文化的载体。如果我们将道教比作一棵大树，那么它的根须则是扎在民间这块沃土上的。也正因为如此，在历史的风雨进程中，道教显示出了顽强的生命力。历代统治阶级较多地是利用道教，但也有力图抑制甚至摧毁它的时候，然而厄运一旦过去，它又可以很快地发展壮大起来，可谓"野火烧不尽，春风吹又生"，其原因正在于道教在民间有着深厚的群众基础。所以，道教与民众生活有着密切而广泛的联系，道士们要时时注意保持和加强这种联系，通过种种影响手段，将民众紧紧地吸引在自己的周围。而围绕着实现这一目的所进行的各种努力，便也成为道士们生活的一个重要部分。

作为本土宗教的道教具有自然而然"接地气"的特点，它既理解中国人的重视现实人生的特点，也能兼顾国人希望长寿有福甚至得道成仙的梦想。由此，在出家道士、在家道士和普通民众之间，还有来去相对自由的道教居士以及准居士这样的群体。通过道教居士包括准居士这样的群体，将道士群体和普通民众联系起来，客观上会扩大道教文化的社会影响。自然，从古至今，要想成为道教居士也是有要求、有程序的。一般说来，如果想成为道教居士并获得书面的证明，是需要通过道门中的介绍人或者师傅的，道门中的师傅也可以说就是你进入道教文化门槛的引路人或老师，他会指导你在自学的基础上更进一步加强道教文化的学习和悟道，系统了解道教文化的价值意义及来龙去脉，避免陷入各种认知误区。你要通过切实的努力取得道门师傅的认可，接受他对你的考验，然后才能在道门办理手续，确认你已皈依道经师三宝，才可能正式成为居士。这个过程与真正出家的程序相比要简化得多，也不需要正式受戒。因为道教居士只是一个虔诚信仰弟子的称谓，看重的是信仰或精神层面的关联性，并不拘泥于是否严格遵循道教宫观中的戒律清规。要想成为居士，一般也没有明确的年龄或性别限制，也可以根据自己的时间安排进出宫观参加活动。尽管也有居士会申请进入宫观修行一段时间，如果宫观有条件就可以接纳，并会提供住宿饮食和道服，甚至可以提供工作并让居士和道士一起参加许多宫观中的活动，在大仙大神看来，所有的信徒都是可教育、可感化的。

因为道教居士和准居士的这个群体具有自身的特殊性，道教界为之制定了一些相关要求守则，有时候会径直以"须知"这样的形式出现。且看一份传之久远的《道教居士须知》：

> 居士者，在家修行者也。皈依三宝，遵守五戒。虽身不在庙宇，但日常功用一样。若能诚心敬信，必能身登紫云，名书仙籍。若能存善济物，必获果报无穷。居士与道士，同为太上玄门之法裔。先赐派系、祖师仙名，后赐字辈、派名，末授之以三皈五戒。
>
> 道教居士要求：

一、爱国爱教，遵纪守法。

二、信仰虔诚，谦虚慈善。

三、尊师重道，团结教友。

四、不议论他教得失，不褒贬本教别派。

五、能自觉维护庙院一草一木，爱护公共财物。

六、凡居士，无论出身、年龄、地域、民族、职业、性别、学历，但求为人良善、人品正直、根基牢固、诚心好学者。

七、爱护周边村民及十方生灵，尊敬老者，扶助幼者，乐于助人。

八、不得在庙院中喧哗嬉闹、屠伤生灵、饮酒欢歌。

九、在家居士须与住庙出家道长互相尊敬、互相学习、互相督促，凡玄门弟子，均一律平等。

从这些注意事项中，我们也可以看出道士"九戒"的影子。居士在这个范围内信教从道，其实离道士尤其是正一派道士已经不远了。一个有意趣且耐人寻味的情况是，道教居士制度或机制也实际延续到了当代，即使远在彩云之南，昆明也出现了道教居士群体，居然还会由宫观管委会发起，成立正式的"道教居士林"。因为事关道教与民众的关系和当代道教命运，其相关信息丰富且情况非常值得关注，故特此将公开发布的《创建龙泉观道教居士林通告》全文照录。该通告先行介绍了相关宫观——昆明龙泉观，并具体通知了相关事项，活生生呈现着贯通古今、存在民间的道教文化：

> 昆明龙泉观是云南道教祖庭，位于昆明市北郊 15 公里的黑龙潭公园内。据《汉书·地理志》记载"益州有黑水祠"，清朝云贵总督阮元考证，此道观即汉代的黑水神祠，有"滇

中第一古祠"之美誉，曾是明代高道刘渊然祖师传道的道场。

龙泉观是一组完整的道教古建筑群，由上观龙泉观及下观黑龙宫组成，上观龙泉观建筑依山势地形逐次升高，错落有致，清静庄严。沿中轴线由山门、雷神殿、祖师殿、玉皇阁、三清殿共五进组成，两侧配以厢、庑、祠、阁，形成13个院落，从古至今都是昆明地区道教活动的重要场所，具有历史价值和影响力。观内有唐梅、宋柏、明茶、元杉四异木等昆明市挂牌保护的古树名木及明清时期碑刻34块。龙泉观1993年11月16日挂牌为云南省第四批省级文物保护单位。

2009年，云南省道教协会开始对龙泉观全面修缮，按照"修旧如旧"的原则和道教"左右对称""上下呼应"的传统营造仪制，对受损严重的"松风水月"坊、钟楼、鼓楼等展开抢救性修复，经过七年的修缮，让龙泉观的历史原貌得以恢复，2016年12月16日，龙泉观举行了盛大的开光法会。为弘道阐玄，感念祖师创立道场之盛德，决定创建龙泉观居士林，现将有关事项通告如下：

一、指导思想

龙泉观居士要高举爱国爱教旗帜，坚决拥护中国共产党领导，坚定走中国特色社会主义道路；爱国爱教，遵纪守法；信仰虔诚，谦虚慈善；尊师重道，团结教友；不议论他教得失，不褒贬本教别派；能自觉维护宫观庙院一草一木，爱护公共财物，服从管委会的分工安排及管理。

二、龙泉观居士要求

1.爱国爱教，遵纪守法。

2.身体健康，生活习惯良好。

3.遵守龙泉观的规章制度。

4.遵循《昆明龙泉观道教居士管理章程》。

5.凡年满 18 周岁以上 60 周岁以下，无犯罪记录，热爱道教，意愿义务为道教服务的公民。

6.积极参加龙泉观初一、十五，祖师圣诞，道教节庆等法务活动。

三、组织方式

2017 年 6 月 6 日至 8 月 30 日内，自愿报名，经面试考察合格后方能成为龙泉观居士林成员。择期召开成立大会，选举产生居士林林长，成立第一届理事会，按章程产生经乐班、武术班、文化班等负责人。

四、联系方式

省道协联系人：兰胜波   联系电话：（略）

龙泉观联系人：熊凤兵   联系电话：（略）

万寿宫联系人：胡　荣   联系电话：（略）

盐隆祠联系人：廖洪昆   联系电话：（略）

五、居士林地址

成立居士林地址：昆明市黑龙潭公园内龙泉观

云南省昆明龙泉观管委会

2017 年 6 月 6 日 [①]

古今宫观中的道士并非像某些人想象的那样无所事事，他们来自

[①] 创建龙泉观道教居士林通告（https://mp.weixin.qq.com/s？__biz=MzI5MTUwMjcyNw%3D%3D&idx=1&mid=2247485630&sn=c8c8b0223575b6bc570f81f61c7199a7）。笔者转录时略去了相关电话号码。

民间也会努力贴近民间，与民众日常生活包括民俗生活的贴近就是一种突出的文化现象，道士与民众生活的密切关系，在中国传统的岁时风俗或节日风俗中，就表现得相当明显。在《岁时广记》《帝京岁时纪胜》等古籍中，载有许多节日。这些节日的形成多与道教信仰有关，与"三教合流"的宗教神鬼世界有关，当然更与底层民众认知能力和弱者地位有关。民众的生活愿望很多，但在种种限制中这些愿望每每不能实现，于是便将希望寄托在神灵身上。而要神灵帮忙，就需采取虔诚的方式来敬神、祭神、感动神。而道教是多神教，拥有丰富的"神灵资源"，道士们亦自然乐于利用这些民间文化"资源"来为民众服务，通过满足民众的这一需要来达到影响他们的生活和心理的目的，以便扩大道教在民间的影响力，这便使得为许多道教的神仙过生日却成为了一些民间节日的由来。譬如，正月初九为玉皇大帝诞日，正月十五为上元天官诞日，二月初三为文昌帝君诞日，二月十五为太上老君诞日，三月初三为王母娘娘诞日，四月十四日为吕祖诞日……在民间，凡遇那些重要神仙的诞日，一般都要举行一定的庆典，由道士和民众合办，其特点是将宗教法事活动和文化娱乐（也有娱神之意）活动结合起来。庆典通常在宫观、庙祠中举行，民间称其为庙会①。在各地庙会上祭祀的道教神，既有道教尊神，也有自然神，如山神、海神、龙王、雷公等，以及城乡守护神，如城隍、土地等，还有由人文英杰转化来的神，如关帝、二郎神、药王等，情况不一，一般来说均与该地区特定的地域风光以及民众生活有较为密切的联系。比如在泰山庙会上，泰山奶奶（碧霞元君）最受崇拜；在长安八仙庵庙会上，"八仙"

---

① 近年来在中国西部也有此种民间庙会举行。据《道教之音》青海讯 2016 年 6 月 17 日至 19 日（农历丙申年五月十三至十五），青海省西宁市湟中县鲁沙尔镇南朔山道观隆重举行 2016 首届 "道韵西源" 文化庙会。在文化庙会期间，南朔山道观特邀来自陕西、山西等地的高道大德设坛斋醮，含天地祝将、请圣朝科、迎神开光、朝真拜斗、青玄祭炼、混元燃灯、祈福纳祥等一系列的道教活动。

最风光；在楚地端阳节举行的庙会上，被神化的屈原最受崇拜；而在台湾妈祖庙会上，这份神圣的荣光便非妈祖莫属了。

在道教节日举行庙会，通常并不限于一日，可以长达10日左右。在此期间，道士们忙出忙进，民众趋之若鹜，法事活动与戏剧等文化娱乐活动各自登台，神的威严与人间的温暖快乐兼而有之，实际上成为道士与民众的一次"大联欢"。比如北京白云观在每年正月十九日开始的"燕九节"庙会便是这样。正月十九日为丘处机的生日，还在丘处机生前，每逢此日，道徒们就为他祝寿，以后渐渐就形成了庙会。传说，丘处机羽化成仙后，在每年正月十八日晚上，变成士绅、游客、乞丐等返回观中，有幸与他相逢的便可逢凶化吉、祛病延年。这当然是道士们编造出来的故事，但是民众愿意相信，并且纷纷于这日晚上涌来观中烧香礼拜、碰运气，甚至连皇帝也派人送来酒席。正月十九日庙会达到高潮，京城居民多举家前往。各地道士也云集而来，切磋道术，广交道友。有时皇帝也会驾到，祀神之外，兼看表演。庙会上，法事活动中的钟鼓玉音、仙歌道曲，祭祀礼拜时的香火缭绕、祈祷念诵，以及戏曲、赛马、摔跤、杂耍等娱乐活动交织在一起，热闹非凡。明代诗人吴宽曾作七律《燕九诗》以颂"燕九节"，云：

京师胜日称燕九，少年尽向城西走。
白云观前作大会，射箭击球人马蹂。
古祠北与学宫依，箫鼓不来牲醴稀。
如何义士文履善，不及道人丘处机。

清代诗人袁启旭也有七言绝句赞"燕九节"，云：

神仙端的是谁人，笑杀黄冠羽服身。

一片软红迷去往，白云何处觅长春。

　　又如药王山（在今陕西耀县）的二月二庙会，专为纪念和祭祀孙思邈［孙思邈，西魏宜川泥阳人（今铜川市耀州区孙塬人）。耀县药王山是我国隋唐名医"药王"孙思邈晚年归隐行医地，宋代至今一直是群众纪念药王圣地。号称"关中第一庙会"的药王山"二月二"古庙会，以祭拜孙思邈、展示传统民俗文化为核心内容，已被列为国家级非物质文化遗产名录。据史料记载，该庙会期间，四面八方商贾云集，善男信女络绎不绝，地方戏、歌舞、杂技竞相表演，南北两路，途为之塞］而举办，亦历史悠久。每当庙会期间，连县跨省的民众齐集这里。看着药王山宏伟的祠庙和坐虎伴龙的药王塑像，油然而生崇仰之情，于是祭祀焚香、娱神演戏，一时间人山人海，盛况空前。清耀州知府顾曾煊有诗写药王山庙会，云："曼衍鱼龙百戏场，分棚啸侣各行觞。春人来去纷如织，箫鼓千村赛药王。"可见药王孙思邈受到多么崇高的推崇。正是有赖于孙思邈等高道的努力，使唐代在中医学和养生学方面也发展到一个新的高峰。生活于唐代这个伟大时代的孙真人亦即医药学家孙思邈，其道德医术都很受世人推崇。他医德高尚，医术精湛，善于养生，且效果极为显著。他 7 岁入学"日诵千余字，被誉为圣童"。20 岁即精通老庄学说，兼顾诸家学说，多能融会贯通。宣帝时因世乱隐居太白山，后唐太宗拟授其爵位，孙真人坚辞不受。继而唐高宗欲拜其为谏议大夫，孙真人仍坚辞不受。这样的人生选择不仅成就了他的医药事业，而且成就了他个人生命的奇迹：他于上元元年（公元 674 年）回归故里，隐于耀县五台山（即今药王山），永淳元年（公元 682 年）卒，享年 141 岁（公元 541 年—682 年）。这样的长寿即使在今天的世界上也实为罕见。何况他幼年原本多病，为了摆脱疾病之苦，他 18 岁即立志习医，当然也想为百姓民众治病，让他们也能健康长寿。通过持续努力，他对古典医药学有了深入研究，尤其注意采集和整理民间验方。他精研一方一药，并通过一生不懈努力，在药物学、营养学、针灸学、炼丹学、医疗技术等方面均有很深的造诣并做出卓越的贡献，终于成为世所公认的一代医药宗师，被誉为"药王"就是对他最高的褒奖。他所著的《千金方》首创复方，堪称是中国医药史上的重大革新。他留下了无数的人生佳话，他的人生本身就是对健康生命的有益启迪，他的医药著作《千金要方》《千金翼方》各三十卷，博采众方，融汇提升，总结了历代医疗经验，尤其是方药及养生经验，成为不朽的医学名著。正是鉴于孙思邈的实际贡献，民众才会尊崇他为不朽的"药王"和"孙真人"，为他塑像，为他举行盛大的庙会。

除了庙会，道士们经常被民众请到家中去做法事，或超度亡灵，或驱鬼镇邪，或祛病除灾。至于诸如为人占卜、算卦、看相、看风水、占梦、测字等，更是道士们宗教职业范围之内的事。这使得一些道士活跃在民间，对民众生活产生了相当大的影响，当然其中冒牌的道士也不少。那些赖此生存的道士在深入民间、影响民众的同时，也使自己无可避免地世俗化了。人们通常对这些世俗化的道士多有谴责，视为左道，斥为骗子。即使在道门中，这些道士一般也难成大气候。但是，就道士世俗化这种现象本身而言，却正是道教来自民间而又能回归民间的具体表现之一，其对扩大道教在民间的影响，作用非同小可。此外，道士们在宫观中接待抱着种种目的而前来祈祷神灵的民众，则更是日常之事。

从古至今，道士们居住的宫观也往往成为接待社会信众和旅游参观者的宝地。这些宫观虽然大多藏于山水之间，但恰恰成了自然与人文结合而成美景的所在，更成了令人向往的胜境。于是如何向社会开放并展示道教文化便成了道士们要面对的问题。于是在道门也就有了

"殿堂值日、展示素养"这样的问题。在道士们看来，担负接待信众和旅客的任务并不轻松，所谓"值殿学问多"就是说要做好值殿工作需要做好诸多准备，包括许多具体工作和基本素养及认真态度。每当道士们在道观殿堂值日，他们就要提前打扫庭院、殿堂，面对道教祖师烧香礼拜，做好各种功课，还要耐心接待香客游人。尽管天天如此，日夏如常，却也要细细思量，小心从事，要时刻保持整洁的道士形象和虔诚的态度。比如道士们每天面对祖师叩头朝礼，都不是简单地走过场，敷衍了事，而是要诚心诚意，存想圣容，还要存思首过，忏悔解禳。通过存思、存想、存神，从而升华境界，觉悟自己，服务他人，这也是道士们虔诚信仰、乐善好施的行为体现。上岗值殿之时，尤其每当人流如织的时候，更需要毕恭毕敬地理事，要彬彬有礼地接待香客游人，认真为他们解答疑惑，宣传道教文化，引导信众参与正常有序的宗教生活，为游客展示道教文化圣地的美好形象。因此，许多道士都能意识到：殿堂值日恰恰是考验"值殿道士"是否具备道教文化修养的机会，由此也能展示值日道士的自我形象和道教文化的重要使命。

几千年来，道士们支撑着道教，也参与着道教文化的传承创造，其参与社会生活及文化的方式，除了直接参与的方式，还有间接参与的方式。比如道士们住居的宫观和他们研读的文献，也可以影响到民众社会生活的方方面面。

道教宫观的介绍前面已有涉及，至于道教宫观的文化功能、建筑艺术价值等也多为世人关注和了解。这里仅就道教文献简单介绍一二。就道教而言，其文献也相当丰富，尽管经过多次浩劫，仍有很多文献保存了下来。在道教文献中，《道藏》是道教经典文献统称。《道藏》的形成大约在唐高宗、武则天时期，当时又称《一切道经》。唐玄宗即位，曾敕令编撰《一切道经音义》百余卷，对京师所藏道经两千余卷注音解义。开元年间，首次由官方组织编修《道藏》。这部《道藏》总共 3744 卷。北宋时的宋太宗曾下令搜防道书，宋真宗时则大举增修《道藏》，称《大宋天宫宝藏》，共 4565 卷，宋徽宗时刊印《万寿道藏》5481 卷。金章宗时又编成《大金玄都宝藏》6445 卷。元太宗于 1244 年印成《玄都宝藏》，共 7800 余卷。因 1281 年元世祖忽必烈下令焚毁《道藏》经版，使唐宋以来历代道士精心保存的大批道教经典惨遭浩劫。

后世自然会有道士要来竭力补救，于是就有了《正统道藏》。作为中国道教史上重要道藏之一，该书由明代多位高道先后领衔编纂：明成祖即位之初（公元 1403 年），曾令第四十三代天师张宇初重编《道藏》，永乐八年（公元 1410 年）张宇初去世后由第四十四代天师张宇清继续主持编藏。到明英宗正统九年（公元 1444 年）始行刊板，又令道士邵以正督校，增所未备，于正统十年（公元 1445 年）校定付印，遂命名《正统道藏》，共 5305 卷。由朝廷颁之天下，藏于各名山道观。到明神宗万历三十五年（公元 1607 年），命第五十代天师张国祥续补《道藏》，编就 180 卷的《万历续道藏》。该书与《正统道藏》合计共 5485 卷，512 函，即现存明版《正统道藏》，这是我国现存的唯一官修《道藏》。进入现代，伴随印刷技术的现代化，在 1923 至 1926 年间，著名的上海商务印书馆曾借用北京白云观所藏明刊《正统道藏》，以涵芬楼名义影印，缩改为六开小本，总共 1476 种，1120 册。进入新时期以来，多家出版社包括港台出版社都参与了重版或影印工作，对道教文献的保存和传世做出了不可磨灭的重要贡献，其文献留存后世还是有保障的。

现在存世的《正统道藏》堪称一部厚重巨大、内容庞杂、卷帙浩繁而又意义非凡的超大丛书。其中有大批道教经典、论集、戒律、符图、法术、科仪、赞颂、宫观、山志、神仙谱录和道教人物传记等，是我们了解和研究道教教义及其历史的百科全书。《正统道藏》中也收入了儒家及诸子百家著作上百种，其中有许多种都是已经失传的古籍。因此《正统道藏》是研究我国古代学术思想史的重要资料。《正统道藏》中还收录了许多有关我国古代科学技术的著作，例如有关医药、养生的书，是历史上医疗卫生、养生经验的总结，具有很高的价值。《道藏》中的外丹黄白术著作，为研究我国古代化学、冶金技术提供了丰富的史料。内丹方面的著作则对研究气功有重要价值。此外，关于天文历法、堪舆占卜方面的著作也不少。总而言之，《正统道藏》这部大丛书，是中国学术文化史上有重要价值的宝库。

老子在《道德经》中说："道生一，一生二，二生三，三生万物。"这个"道"是天地间的大道，这个"道"为宇宙万物之本原，"一"为道所产生之元气，"二"为元气所产生之阴阳，"三"为阴阳所产生之天地人三才，人与天地共同生养万物包括文化。《道德经》还说："人法地，地法天，天法道，道法自然。"其意思是在强调人类要以地为法则，重视立身安命的地球；地要以天为法则，尊重宇宙的变化；天以道为法则，遵循客观规律；道的法则就是维护世界生长变化过程的自然本性，维护宇宙整体的和谐与平衡。仅从道教奉为经典的《道德经》中就能领略到道家、道教文化的博大精深。而要用博大精深的道教文化在精神层面影响、引导民众，不仅表现在神仙信仰、善恶有报等方面，而且也表现在道法自然、生态智慧等方面。古代道士们乐居山水宫观或洞穴之中，在许多名山（如中国道教四大名山：湖北武当山、四川青城山、江西龙虎山与安徽齐云山。还有一说，此四大名山与陕西景福山在古时并称五大道教名山）大川中，道士们为解决生活中道路交通问题，开辟出了一条条通向幽静胜地的道路，这些道路和住所的开辟本身可以说就是对社会的贡献，对当地的民众进山寻求生计之资或远道而来的观光游玩者也提供了方便。"五岳"中的西岳华山，是道士们创造奇迹的地方，他们为开辟"自古华山一条道"、创建无数可以居住的石洞和房舍做出了卓越的贡献，为后世留下了许多道教文化遗迹。他们在道法自然的观念引导下，顺应大自然的规律，努力处理好人与自然的和谐相处问题，既依循自然之道，也彰显人文色彩，使得西岳华山既保持着险峻峭拔的自然之美，也拥有着文化高峰的人文之美，从中充分体现了道教文化中的生态智慧与人文精神的高度统一。华山道士拥有的西岳如此，道士们进驻的许多高山峻岭也是如此。事实上，道教作为中国土生土长的宗教，确实曾为中国传统文化的发展在许多方面包括生态维护方面都做出过巨大贡献。因此，道教文化在中国传统文化中占有不可或缺的地位。而道教文化所主张的阴阳合和、天人合一、道法自然、生命崇拜、自然无为以及兼容并包等思想，矢志追求的是人与自然的融会贯通，都既有深广的生命存在的哲思哲理，也有着丰富的利民利国的生态智慧，对民众福祉型社会乃至整个人类社会的持续发展和建构都有重大的战略意义，特别看重诗意栖居的西方海德格尔们对此显然已经注意到了。人们越来越相信，道教提倡的道法自然、清静无为的原则，主张尽量顺应自然，对自然进行尽可能最小的干涉，这种生态主义思想其实是很深刻的；而中国最具有自然意识和生态观念的道教道家文化，通过一代又一代道士们的积极努力，也必将越来越引起全世界更多的关注。特别是一些发展中国家为了快速发展，付出了惨重的生态破坏、心态失衡等方面的代价，于是开始重估和反思，重新确认和提倡"青山绿水就是金山银山"，从努力退耕还林建设新农村、努力种树建设森林城市以及大搞山川秀美工程等，就能够看到国人对传统生态文化已经有了积极的继承，并形成了新的社会和经济发展观。

道教和道士对民众生活的影响既广泛又深远，而且已经渗入了社会上的各行各业之中。从客观情况来看，鲁迅所说的"中国根柢全在道教"①也确实颇有深意存焉②。仅从行业技术和劳动的角度看，在中国民间，各行各业都有自己值得引以骄傲的祖师，其中多是著名的仙人或高道。如铸造行业的祖师是李老君（即太上老君），染匠行业的祖师是葛玄③，盐业的祖师是葛洪，医药行业的祖师是孙思邈，玉器行业的祖师是丘处机。"八仙"中的吕洞宾、铁拐李、张果老则分别是理发、膏药与道情（曲艺）诸业的祖师。写字刻字印字的行业则奉文昌梓潼帝君为行业祖师，梨园界则奉喜欢仙歌道曲的"道士皇帝"唐玄宗为行业祖师，从事水上航行业的则奉道教水官为行业祖师，诸如此类，不胜枚举，足见行业祖师崇拜与道教神仙崇拜真正融为一体了。这种现象的产生，既同道教重视民间方术技艺以及对下层社会生活的影响有关，也同祖师形象的神仙色彩有关，而其之所以成为可能，则与道士们深入民间、传教布道的日常努力分不开④。

　　提及道教和道士，人们最容易产生联想的就是长生不老甚至羽化成仙无所不能。其实，其中最能惠及人生的就是养生。而提及养生，人们最容易联想起来的道教人物就是孙思邈及其医药学说中的养生理论。而在中国药王孙思邈亦即孙真人的养生理论中，有很多有价值的

---

① 鲁迅：《鲁迅全集》第11卷，北京：人民文学出版社2005年版，第365页。鲁迅在1918年8月20日《致许寿裳》的信中说的原文："前曾言中国根柢全在道教，此说近颇广行。以此读史，有多种问题可以迎刃而解。"

② 参见李刚：《何以中国根柢全在道教》，巴蜀书社2008年版；王世德：《王世德文艺审美学文集》巴蜀书社，2013年版。

③ 三国时方士，字孝先。丹阳句容（今属江苏）人。后世道士尊称他为"葛仙公""太极左仙公"。北宋时封为"冲应真人"。

④ 古代道士传教的传统也进入了现代。道教是我国的本土宗教，其根就深植于中华文明的沃土之中，因为有民众和文化基础，道教在中国民间其实很有生命力。即使在中国西部多民族、多宗教地区，道教也依仗道士们的布道而产生了相当广泛的影响。如明代著名高道刘渊然在昆明地区传道时就产生了较大影响，并由此创立了"长春派"，遂使道教传入云南后在昆明地区有了广泛传播，与当地文化相结合并发展出了其带有地方性特点的道教文化，对当地民众生活也产生了多方面影响。即使发展到了当代，这种影响仍然存在于一些农村或社区之中。

医学医药理论迄今仍在惠及道士和百姓①。在孙思邈看来，其养生理论本身既有前人经验的总结，更有他本人的切身体验和独立思考贯穿其中，是他数十年行医实践的心得和结晶。他的养生理论业已形成体系，主要包括以下三个方面。

其一，以人为贵，贵在养生。孙思邈推崇道家"天长，地久"的理念，尤其强调要千方百计珍惜生命呵护生命。由此他把"以人为贵"作为养生的主导思想。他在著名的《养性》中引经据典深入阐发道："天地之性，惟人为贵。人之所贵，莫贵于生……生不再来，逝不可追，何不抑情养性以自保惜。"对于每一个活生生的个人而言，属于个人的生命只有一次，而健康、快乐、有为则是人的生命价值的具体体现，或者说"康乐人生"才是最有价值的人生目标。对于行医的"孙真人"而言，他真诚希望民众都能具有以人为贵、贵在养生的观念，有一种养生的自觉，由此才能真正重视养生。孙真人固然以积极治病救人、以延长人类寿命为己任，为此他精研医药而成为药王，但他更看重的是引导民众提高养生觉悟，悟出生命之道。他衷心希望每一个民众都能高度重视养生，格外珍惜生命。他曾说："既知生不再于我，

---

① 孙思邈的医学思想尤其是养生理论值得深入挖掘和研究，这在有条件养生的小康社会或富足社会尤其具有重要意义。目前，对孙思邈在养生理论所取得的成就，学术界给予了高度评价，相关研究也取得了较为丰硕的成果，在多方面都能够反映出孙思邈养生学的基本原则和思想方法，使世人对药王孙真人在养生学上的贡献有了基本的了解，这对进一步挖掘其养生理论的实践价值和科学内涵，明晰养生理论与方法的系统性和完整性，探求其养生学的发展具有很大的理论价值和现实意义。但是，纵观孙思邈养生理论的近现代研究历史，许多相关研究还局限于一般言论的搜集整理和比较表面的归类介绍，对其养生理论的思想逻辑以及其具体养生方法还缺乏具有创新性的探究。时代在不断发展，随着全球化进程的不断推进以及人文与科技的升华和进步，借鉴药王孙思邈养生理论而生成的现代养生学也要与时俱进，也要适应当今社会发展的需求，不但需要汲取孙真人原有养生理论的精华，同时还需要以史为鉴，不断深化相关研究。一方面需要进一步了解药王孙思邈养生理论的源流，进一步挖掘其深厚的历史的、民间的渊源；另一方面也特别需要结合当今世界的时代特点和科研成果，更加明晰孙思邈养生理论的现实意义和未来发展趋势。唯有如此，才能综合创新现代养生学，造福全人类。

人处物为灵，可幸蕴灵心阙颐我性源者？"由此强调个人要法于自然，自养其生。同时他还积极倡导"终身养生保健"：生命的健康包括养生的起点始于合房怀胎，到养胎育小，再到青壮年养生，接下来再到老年养生，都要贯穿康乐人生的生命意识，这样才是彻底的养生，不能仅仅局限于一时一地的养生。由此我们也才能领会孙真人、药王孙思邈的良苦用心。

其二，预防为先，养生延年。从病理上讲，疾病会伤害人体元气，折损寿命，而避免疾病就成了养生的关键。孙真人便抓住了这个关键来探索有效途径。他吸收此前医学预防保健的优良传统，特别强调"勿以健康便为常然，常须安不忘危，预防诸病也"。他还讲"善养性者，则治未病之病，是其义也"。"死者不可生也，亡者不可存也。是以至人消未起之患，治未病之疾，医之于无事之前，不追于既逝之后。"由此，他确立了预防为先的医药理念。至于如何预防？他提出的主要对策是："每日必经调气补泻，按摩导引为佳。"并要针对病因防外感内伤、防病通瘀、消除意外伤害，尽量避免和消除各种病源。他提出的"辟瘟法"，包括从对空气、饮水、皮肤、衣物等外部环境的清洁，到服药固本体内调理，非常全面，应用于居家或出行之中。他强调，人为的延年益寿其实是大有可为的。尽管他是信奉道教的孙真人，却也有清醒的科学意识。他认为："神仙之道难致，养性之术易崇。故善摄生者，常须慎于忌讳，勤于服食，则百年之内不惧于夭伤也。"他与那些一味鼓吹修道成仙的道士不同，他曾明确指出，"今退居之人，企望不死"其实是一种幻想，但通过积极养生而求"全其天年"，活一二百岁则是可能的。由此显示出他对人的寿命确实具有相当强的科学判断能力，并能够从积极养生论的角度出发，认为人的寿限其实并非先天预定，而是可以改变的，平日里可以通过调气、怡情、运动、炼功等来预防疾病。

其三，有病不惧，及时诊治。对于民众或个人而言，一旦有病，则应高度重视，及时诊治，孙真人明确指出："勿使隐忍以为无苦，过时不知，便为重病，遂成不救。"尤其是对有病之人和已经进入中老年阶段的人来说，讳疾忌医本身就是一种心病。尤其是中老年人患病更要积极面对，不惧怕不抑郁不避医，要将自我养生和医生救治结合起来，调动一切积极手段来综合治疗中老年疾病，这样才能达到预期的治疗目的和效果。所以，对于注重养生之人抑或患病者而言，年年月月都能牢记药王孙思邈的《孙真人摄养论》就是很有必要的了：

正月：肾气受病，肺脏气微。宜减咸酸，增辛味，助肾补肺，安养胃气。勿冒冰冻，勿极温暖。早起夜卧，以缓形神。勿食生葱，损人津血。勿食生蓼，必为症痼，面起游风。勿食蜇藏之物，减折人寿。勿食虎、豹、狸肉，令人神魂不安。

二月：肾气微，肝当正旺。宜减酸增辛，助肾补肝。宜静膈，去痰水，小泄皮肤微汗，以散玄冬蕴伏之气。勿食黄花菜、陈醋，菹发痼疾。勿食大小蒜，令人气壅，关膈不通。勿食葵及鸡子，滞人血气洉精。勿食兔及狐貉肉，令人神魂不安。

三月：肾气已息，心气渐临，木气正旺。宜减甘增辛，补精益气。慎避西风，散体缓形，便性安泰。勿专杀伐，以顺天道。勿食黄花菜，陈醋，菹发症痼，起瘟疫。勿食生葵，令人气胀，化为水疾。勿食诸脾，晦神当王。勿食鸡子，令人终身昏乱。

四月：肝脏已病，心脏渐壮。宜增酸减苦，补肾助肝，调胃气。勿暴露星宿，避西、北二方风。勿食大蒜，伤神魂，损胆气。勿食生薤，令人多涕唾，发痰水。勿食鸡、雉肉，令人生痈疽，逆元气。勿食鳝鱼，害人。

五月：肝脏气休，心正旺。宜减酸增苦，益肝补肾。固密精气，卧起俱早。每发泄，勿露体星宿下，慎避北风。勿处湿地，以招邪气。勿食薤韭，以为症瘕，伤神损气。勿食马肉及獐鹿肉，令人神气不安。

六月：肝气微，脾脏独王。宜减苦增咸，节约肥浓，补肝助肾，益筋骨。慎东风，犯之令人手足瘫痪。勿用冷水浸手足，勿食葵，必成水癖。勿食茱萸，令人气壅。

七月：肝心少气，肺脏独王。宜安宁情性，增咸减辛，助气补筋，以养脾胃。无冒极热，勿恣凉冷，无发大汗，勿食茱萸，令人气壅。勿食猪肉，损人神气。

八月：心脏气微，肺金用事。宜减苦增辛，助筋补血，以养心肝。无犯邪风，令人骨肉生疮，以为疠痢。勿食小蒜，伤人神气，魂魄不安。勿食猪肝，冬成嗽疾，经年不差。勿食鸡雉肉，损人神气。

九月：阳气已衰，阴气大盛。暴风数起，切忌贼邪之风。宜减苦增咸，补肝益肾，助脾资胃，勿冒风霜，无恣醉饱。勿食莼菜，有虫不见。勿食姜蒜，损人神气。勿食经霜生菜及瓜，令人心痛。勿食葵，化为水病。勿食犬肉，减算夭寿。

十月：心肺气弱、肾气强盛。宜减辛苦，以养肾脏。无伤筋骨，勿泄皮肤。勿妄针灸，以其血涩，津液不行。勿食生椒，损人血脉，勿食生薤，以增痰水。勿食熊猪肉、莼菜，衰人颜色。

十一月：肾脏正旺，心脏衰微。宜增苦味，绝咸，补理肺胃。勿灸腹背，勿暴温暖，慎避贼邪之风；犯之，令人面肿，腰脊强痛。勿食貉肉，伤人神魂。勿食螺、蚌、蟹、鳖，损人元气，长尸虫。勿食经夏醋，发头风，成水病。勿食生菜，令人心痛。

十二月：土当王，水气不行。宜减肝增苦，补心助肺，调理肾脏。勿冒霜露。勿泄津液及汗，勿食葵，化为水病。勿食薤，多发痼疾，勿食鼋鳖。

与养生关系极为密切的还有武功及体育，因为武功和体育可以给人带来更为积极的养生。在中国传统文化语境中，道教、道士与武功的关系被后人赋予了最富有浪漫色彩的想象。唐传奇中就有《峡口道士》描写披上虎皮的道士食人的故事，其中已经有了传奇乃至荒诞色彩。而在一些道教文献中，也确实记录了道教修炼与武术文化的关联。比如，道教圣地之一也是道教四大名山之首的武当山，就是道士武功威名传遍天下的地方。据有关文献记载，汉魏六朝时，修仙学道之士就云集到了这里。宋代的道教文献中就认为武当山是真武修炼之地，到了元代，武当山宫观教团已经颇具规模。明代，武当山道教迎来了大发展的机遇：自永乐皇帝大建武当山宫观祠庙始，明朝宫廷推出了扶植武当山道教的政策，使其很快趋于兴盛，并持续了长期发展、长盛不衰的局面。总体看虽有起伏变化，却总是享有着"道教圣地、武功超群"的美名。至今也依旧美名、盛名远播，仍在中国社会尤其是民众中有着广泛而深刻的影响。

提起武当武功，那就是说具有世界影响的"中国功夫"。其中，尤其是既能健身也能搏击的武当太极享有着广泛的赞誉。所谓"武当太极"并非是指一般常见的单纯的太极拳套路，而是一套"组合拳"：是由太极、两仪、无极等不同层次的拳术、功法组合而成的"组合拳"。

由此也建构出一套从初级到高级的由外至内、由动至静且动静结合、内外兼修的太极拳体系。这套武当太极拳，外合其形，内合其气，形气相含，神形俱妙，兼容并蓄，将练功和养生、武术和体育紧密结合起来，因之深受民众和武术爱好者的欢迎。许多道士无论出家还是在家，都乐于习练这种武当太极。

提起来武当武功，就容易想起赫赫有名的张三丰。正是他为武当武功奠定了坚实的基础。作为武当第一代内家拳的太极十三势，就是张三丰所创。这十三势包含着十三组武术动作，即由起势、抱球势、单推势、探势、托势、扑势、担势、分势、云势、化势、双推势、下势、收势等构成，其招式中具有相当强烈的攻防意识。其中内含采补混元桩、道家养身丹术和吐纳导引等道家内修养身功法，与锻炼人体八脉的养气需要也相契合。其动作的基本要求或要领是：含胸拔背，沉肩坠肘，虚灵顶颈，舌顶上腭。且要追求相合，即形与意合，意与气合，气与神合。由此就会做到开合自如、神形俱妙、刚柔相济；其绵绵不断之动作也会如行云流水、绵里藏针、刚中带柔、柔中有刚、含而不露；其呼吸之间尤能升降自然、深细长匀、息息归根。这太极十三势内蕴丰厚，影响巨大，自古为武当山道教的镇山之宝，秘传之法。又有所谓张三丰原式太极拳，亦称武当原式太极拳，也传扬甚广。该拳架古老朴实、易学易练，具有动作柔和、闪躲圆通、形态自然、正直平稳的特点。该拳还具有矮裆、沉稳、变化多的特点，能够使下盘稳实、内气充盈，腿部肌肉得以充分运动，从而具有很大的健身和技击价值。

据传，武当内家祖师张三丰感悟太极玄机，善于吸收自然万象的启示和众多武术传统的精华，自觉与自然相通，演化而成太极拳。自其开创武当派以来，已有无数信众追随之，习练和创化者绵绵不绝，而今演变出种类繁多的太极拳派，纷呈于世，由此也可见武当太极拳的深广影响以及武当历代高道大德的心悟体会和持续努力。其中，传扬至今的武当内家拳，更是一种集武术养身为一体精妙的汉族传统拳法，属于极具大众性和实用性的武当武术。有以柔克刚、以静制动和以四两拨千斤，虽后发却先至的武术特点；亦有动如行云流水、刚柔相含、绵绵不断和含而不露的武术风格。对于民众习练者来说，更有开掘潜能、开人智慧、开启精神的神奇作用，具有祛病健身、壮人体魄、益寿延年的独特功效，被誉为中华武术之结晶，东方文化之瑰宝。

　　真武道场①，武当福地，亦是武术高峰。除了拳法精绝，其剑法也好生了得，如太极剑法，便是武当独有的一种武功。这种化剑为龙的武功，以手中之剑为出神入化的武器，运用自如，舞剑者汇集阴阳两极之气，无论剑之轻重，都可以挥洒变化、收缩自如。作为武当传世的武功之一，武当太极剑是太极运动的一个重要内容，该剑法兼有剑法和拳法相结合的特点，一方面它要继承武当太极拳的拳法，表现出轻灵柔和、绵绵不断的风格，同时还要呈现出剑法精到、优美潇洒而又形神兼备的风格。不仅具有练真功夫的功效，而且有弘扬审美的作用。由此拥有众多爱之练之的民众也就不奇怪了。

　　总之，道士与民众生活的密切关系，体现在方方面面。除了上述

----

① 真武古称玄武，民间称之为真武大帝。传说中的玄武本是中国古代宗教中的北方之神。道教兴起后，玄武被纳入道教神系，并与北极大帝信仰相结合，经过高道们的创化，使之逐渐演变为道教大神。唐代宫廷中已供奉玄武神像，北宋真宗时因避圣祖名讳而改称玄武为真武。宋初已经有《元始天尊说北方真武经》等，演绎奇说，生动传神。元代武当山道士则编刊了《武当福地总真集》《玄天上帝启圣录》等经书，使真武神在武当山修仙得道的故事更加丰满完善，进而使武当山成了世人崇奉的真武道场。据记载，武当山历代皆有隐居学道之士，宋代以来的学道者多有著名的学人。元代道经中也有"三十六岩多隐士""不知多少神仙侣，为爱名山去复还"等诗句可资佐证。武当山道教在兴起和发展的过程中，在形成卓有影响的武当派的同时，也传入或产生过许多道派或派中之派。六朝时在武当山活动的高道多属于所谓上清派。到宋代，则形成了以武当山为本山，以信仰真武即玄天上帝、重视内丹修炼、擅长符箓斋醮等为主要特征的武当道，亦即武当派。元末明初，张三丰到武当山后始收授弟子，传三丰派。

诸多方面之外，还体现在其与民间秘密宗教、会社往往有着扯不清的瓜葛。^①一些民间秘密宗教如白莲教、黄天道等，以及秘密会社如洪门会（反清复明的秘密会社）、哥老会、青红帮等，多与道教相通或有千丝万缕的联系，它们亦以类似道教的符箓来招徒授法，亦崇奉道教诸神，亦主炼内丹之术，其发起人亦常常以高道自居。之所以如此，很大程度上是为了利用道教在民间的号召力，这显然也是道士深入民间、影响民众所产生的一种结果。

---

① 参见马西沙、韩秉文：《中国民间宗教史》，上海人民出版社 1992 年版。"道教与民间宗教书系"， 该书系是华夏文库 10 余种书系的一种，由大地传媒集团和中州古籍出版社策划并出版。本书系预计包含 50 余种书目，规模宏大，计划到 2018 年全部出版完成。

参考书目

1. 彭定求编著：《道藏辑要》，巴蜀书社 1995 年版。

2. 张君房纂辑：《云笈七签》，蒋立生等校注，华夏出版社 1996 年版。

3.《道藏要籍选刊》，上海古籍出版社 1989 年版。

4. 张继禹主编：《中华道藏》，华夏出版社 2004 年版。

5. 施肩吾撰：《钟吕传道集》，上海古籍出版社 1989 年版。

6. 孙思邈：《千金方》，刘清国等校注，中国中医药出版社 1998 年版。

7. 张伯端：《悟真篇三家注》，华夏出版社 1989 年版。

8. 中华书局编辑部编：《二十四史》，中华书局 2000 年版。

9. 李林甫等撰：《唐六典》，陈仲夫点校，中华书局 1992 年版。

10. 司马光编著：《资治通鉴》，资治通鉴小组点校，中华书局 1956 年版。

11. 周作明点校：《无上秘要》，中华书局 2016 年版。

12. 饶宗颐：《老子想尔注校正》，上海古籍出版社 1991 年版。

13. 陈国符：《道藏源流考》，中华书局 1963 年版。

14. 许地山：《道教史》，上海商务印书馆 1934 年版。

15. 任继愈主编：《中国道教史》，上海人民出版社 1990 年版。

16. 卿希泰主编：《中国道教史》，四川人民出版社 1988 年版。

17. ［英］李约瑟：《中国科学技术史》，科学出版社 1975 年版。

18. 闵智亭：《道教仪范》，中国道教学院编印。

19. 李养正：《道教概说》，中华书局 1989 年版。

20. 陈垣：《南宋初河北新道教考》，中华书局 1989 年版。

21. 詹剑峰：《老子其人其书及其道德论》，湖北人民出版社 1982 年版。

22. 赵明：《道家思想与中国文化》，吉林大学出版社 1986 年版。

23. 葛兆光：《道教与中国文化》，上海人民出版社 1987 年版。

24. ［日］窪德忠：《道教史》，萧坤华译，上海译文出版社 1987 年版。

25. 陈铭珪：《长春道教源流》，广文书局 1975 年版。

26. 南怀瑾：《中国道教发展史略》，复旦大学出版社 1996 年版。

27. ［美］刘达：《道与中国文化》，刘泰山等译，广西人民出版社 1990 年版。

28. ［日］福井康顺等监修：《道教》，朱越利等译，上海古籍出版社 1990 年版。

29. 金正耀：《道教与科学》，中国社会科学出版社 1991 年版。

30. 陈耀庭：《中国道教》，上海三联书店 1991 年版。

31. 文史知识编辑部：《道教与传统文化》，中华书局 1992 年版。

32. 刘仲宇：《道家与道教》，上海古籍出版社 1996 年版。

33. ［意］玄英：《太清：中国中古代早期的道教和炼丹术》，韩吉绍译，齐鲁书社 2016 年版。

34. 薛宗源：《道学与丹道》，宗教文化出版社 2016 年版。

35. 姜守诚：《出土文献与早期道教》，中国社会科学出版社 2016

年版。

36. 刘芳：《道教与唐代科技》，中国社会科学出版社 2016 年版。

37. 汪涌豪、俞灏敏：《中国游仙文化》，上海人民出版社 2016 年版。

38. 中国社会科学院世界宗教所道教研究室：《道教文化面面观》，齐鲁书社 1990 年版。

39. 马西沙、韩秉文：《中国民间宗教史》，上海人民出版社 1992 年版。

40. 聂清：《道教与书法》，中央编译出版社 2012 年版。

41. 张振谦：《道教文化与宋代诗歌》，人民文学出版社 2015 年版。

ⓒ 党圣元 李继凯 2018

图书在版编目（CIP）数据

党圣元、李继凯说中国古代道士的生活 / 党圣元,李继凯著.— 沈阳：万卷出版公司, 2018.1

ISBN 978-7-5470-4703-3

Ⅰ.①党… Ⅱ.①党… ②李… Ⅲ.①道教－研究－中国－古代 Ⅳ.①B958

中国版本图书馆CIP数据核字（2017）第287660号

出 品 人：刘一秀
出版发行：北方联合出版传媒（集团）股份有限公司
　　　　　万卷出版公司
　　　　　　（地址：沈阳市和平区十一纬路25号　邮编：110003）
印　刷　者：鞍山市春阳美日印刷有限公司
经　销　者：全国新华书店
幅面尺寸：146mm×210mm
字　　数：185千字
印　　张：7.25
出版时间：2018年1月第1版
印刷时间：2018年1月第1次印刷
责任编辑：杨春光
责任校对：尹葆华
装帧设计：范　娇
ISBN 978-7-5470-4703-3
定　　价：36.80元
联系电话：024-23284090
传　　真：024-23284448